Voyage extraordinaire
au royaume des Sept Tours

Du même auteur
(parmi les derniers ouvrages parus)

Passeport pour l'enfer, Grasset Jeunesse, 2006.

Le Voleur de destin, Magnard Jeunesse, Tipik Junior, 2006.

L'Elixir de l'oubli (série *L'Apprentie alchimiste*), Nathan, 2006.

La Table de feu, Milan Junior, 2006.

Rumeur !, Magnard Jeunesse, Tipik Junior, 2006.

Y'a pas que la mort dans la vie !, Grasset Jeunesse, 2005.

Série *Le Félin, agent secret médiéval*, Lito, depuis 2005.

Graine de résistant, Magnard Jeunesse, Tipik Histoire, 2005.

Il s'appelait... le Soldat Inconnu, Gallimard Jeunesse, Folio Junior, 2004.

Le Livre dont vous êtes la victime, Pocket Jeunesse, 2004.

L'Affaire du musée, Magnard Jeunesse, Tipik Cadet, 2004.

Guerre secrète à Versailles, Gallimard Jeunesse, Hors Piste, 2003.

Série *Les Chevaliers en herbe*, Folio Cadet, entre 2002 et 2004.

Arthur Ténor

Voyage extraordinaire au royaume des Sept Tours

roman

PLON
JEUNESSE

Blog d'information sur
le *Voyage extraordinaire au royaume des Sept Tours* :
http://septtours.canalblog.com

ISBN : 2-259-20519-4

A Nathalie qui a contribué à rendre ce voyage
encore plus extraordinaire.
Merci pour son regard elfique.

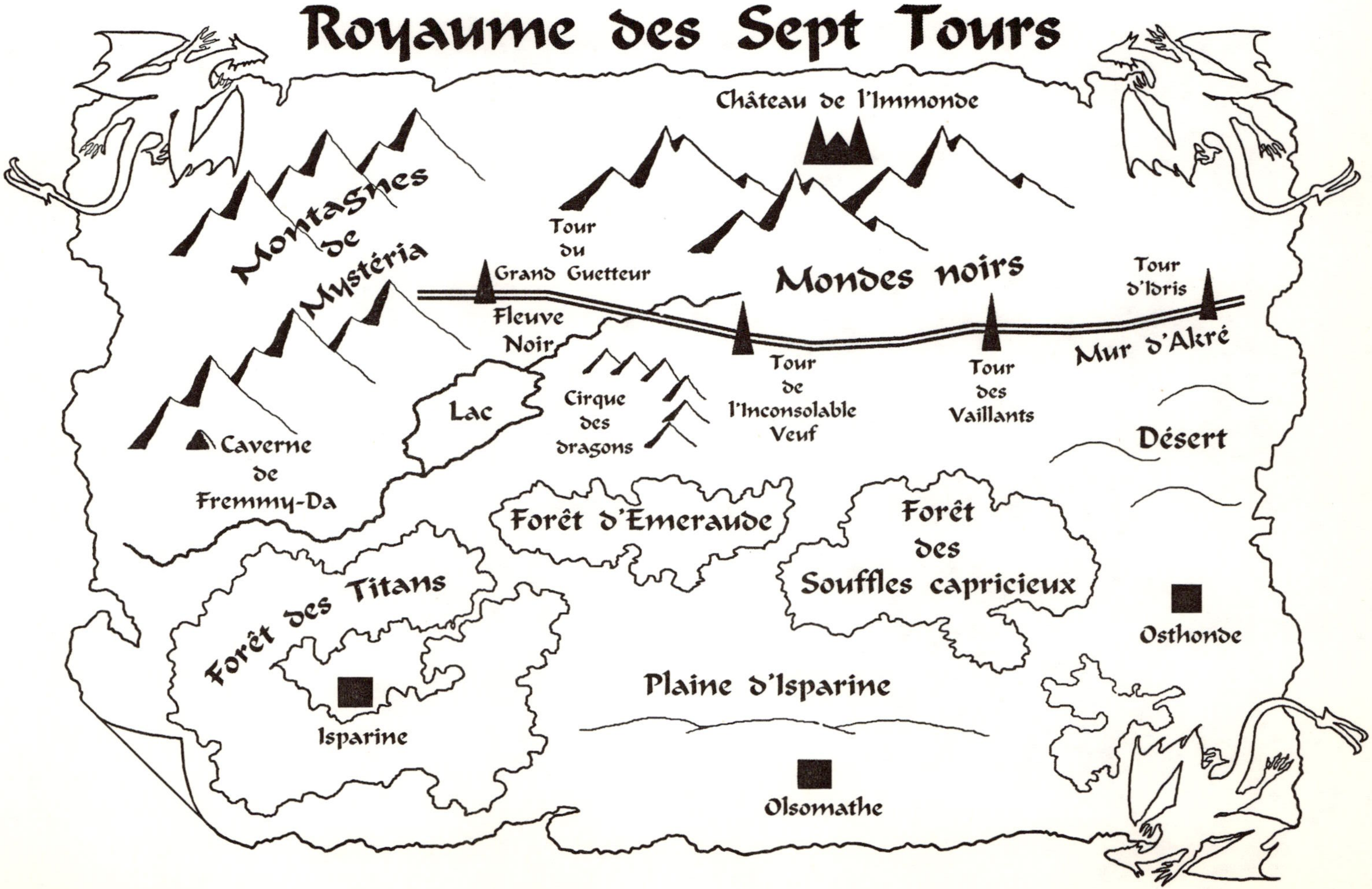
Royaume des Sept Tours
Château de l'Immonde
Montagnes de Mystéria
Tour du Grand Guetteur
Mondes noirs
Tour d'Idris
Fleuve Noir
Mur d'Akré
Tour de l'Inconsolable Veuf
Tour des Vaillants
Lac
Cirque des dragons
Caverne de Fremmy-Da
Désert
Forêt d'Émeraude
Forêt des Souffles capricieux
Forêt des Titans
Osthonde
Plaine d'Isparine
Isparine
Olsomathe

1

Bon sang ! Mais qu'est-ce qui m'a pris ?

J'avais déjà entendu parler de ces agences de voyages très spéciales, qui proposent des expéditions fantastiques dans les infinimondes de l'imaginaire. J'avais rêvé sur catalogue de m'offrir l'un de ces périples. J'avais même longuement consulté leurs offres sur Internet, m'abîmant avec délectation dans leurs vidéos publicitaires. Mais jamais je ne me serais cru capable de franchir le pas ! Je me contentais, année après année depuis l'enfance, des séjours ordinaires, bien sages et convenus que m'offraient mes parents dans leur maison du Lubéron. Mes seules folles expéditions consistaient alors en des randonnées solitaires à travers la montagne. Et depuis que je suis majeur (trois ans et quatre mois), mes deux voyages les plus lointains ont porté mes baskets jusqu'à Assouan en Egypte, et une cabane au Canada du côté de Toronto. Sous prétexte du coût élevé, j'avais remisé à fond de cale de mes fantasmes d'aventure le projet de vacances hors des frontières du réel. J'avais refoulé le désir d'une de ces expéditions extraordinaires, rendues possibles par la découverte en 2062 des tunnels quantiques. Jusqu'à ce que...

C'était un jour pas comme les autres, puisque je décidai de rentrer chez moi, après mes cours à la fac de droit Panthéon-Sorbonne, par un chemin différent de celui que j'empruntais à pied, matin et soir, depuis deux ans. Lors de cette flânerie inaccoutumée, je vins à passer par la rue Tolkien, dont une vitrine attira mon attention assez efficacement pour que je m'arrête et me mette à la « lécher » avec application, mains dans le dos. Un panneau coloré étalait un paysage d'îles verdoyantes d'une rare magnificence, avec cette invite : « Offrez-vous le grand large : Cythère, l'île des dieux et de l'amour ». C'était tentant, mais ne correspondait pas à ce qui me séduisait vraiment. Je pris un peu de recul sur le trottoir. Un bandeau en hauteur indiquait que je me tenais devant une succursale des *Explorateurs de l'imaginaire*, ce réseau d'agences de voyages d'un genre nouveau apparu depuis cinq ans et promis à un formidable succès.

Je reportai mon attention sur la vitrine. D'autres vues y étaient exposées, toutes plus attrayantes les unes que les autres, de destinations supra-exotiques (ce néologisme est entré dans le langage courant après les premières expéditions dans les infinimondes). Je me souvins que, lors de mes longues séances de surf sur le site des *Explorateurs de l'imaginaire*, j'avais eu un coup de cœur pour les contrées à la fois barbares et prodigieusement belles des légendes celtes, ces terres sauvages parsemées de cités médiévales, où l'héroïsme est roi et la magie aussi naturelle que la science dans nos sociétés modernes. Depuis que ces univers de rêve et d'aventure n'appartenaient plus seulement aux romanciers ou aux cinéastes, je ne cessais d'y penser. Voilà pourquoi, devant cette échoppe de la tentation, je frémissais d'envie...

Soudain, comme pris d'un coup de folie, je poussai la porte et entrai.

J'en ressortis une heure plus tard, le portefeuille allégé – que dis-je ? VIDE ! – mais dévoré d'impatience. Avec l'intégralité de mes économies, destinées à l'achat de la moto de mes rêves, j'avais souscrit un raid *Emotions fortes* au royaume des Sept Tours, gouverné par de mystérieux

« frères-seigneurs ». La prestation comprenait le transfert entre imaginoports, le guide autochtone – garanti pittoresque et pour moi seul –, les repas et petits déjeuners à la mode locale, onze nuitées dont trois en logis seigneurial et, histoire de me mettre dans l'ambiance, l'assurance rapatriement du corps en cas de mort violente. Le principe du périple était simple : durant douze jours, mon guide me ferait découvrir les sept fameuses tours qui bordent la frontière nord du royaume. Le contrat stipulait qu'en aucun cas nous ne franchirions cette limite, et pour cause !, puisque au-delà s'étendent ce qu'on nomme les *Mondes noirs*, autant dire l'enfer. Pour un premier voyage, j'avais donc tapé fort, choisissant la destination la plus extrême en termes de dangers, d'imprévus, de rudesse... mais sans doute aussi de souvenirs inoubliables. Je me revois encore signant d'une main inquiète la décharge, en cas d'accident ou de disparition « corps et âme ». Quand je demandai à la charmante conseillère que j'avais en face de moi : « C'est pour la forme, n'est-ce pas ? », je l'entendis répondre d'une voix neutre : « Pour ce genre de destination, non. »

Afin que je retrouve le sourire, elle m'offrit mon *carnet de voyage numérique*, un modèle « dernier cri », c'est-à-dire seul capable à ce jour de prendre des photos dans les infinimondes. Elle m'expliqua qu'à l'aide d'un stylet, je pourrais inscrire « à chaud » sur l'écran tactile mes impressions, qui seraient mémorisées à ma convenance, en écriture manuscrite ou en caractères d'imprimerie. Ce carnet contenait en outre des documents administratifs, un guide touristique complet et une multitude de recommandations à blêmir de trouille.

De retour chez moi, je passai la soirée à consulter ces informations, pour commencer de me préparer à un séjour qui s'annonçait exceptionnel, à tous points de vue.

Le jour J, j'arrivai au siège des *Explorateurs de l'imaginaire*, anxieux mais surtout terriblement excité. L'imaginoport de la porte d'Italie, dans le XIIIe arrondissement de

Paris, est le plus grand et par conséquent le plus fréquenté du monde. Lorsque j'entrai dans le hall d'accueil de ce magnifique bâtiment de verre cuivré et de poutrelles de fer cloutées style Jules Verne, j'eus l'impression de me trouver à la gare de Lyon un soir de départ en week-end. Ce qui me frappa le plus, curieusement, ce furent les appels lancés par les voix « parfaites » des hôtesses numériques : « Les explorateurs en partance pour l'Empire Mung sont attendus à la porte 8. » « Nous informons les explorateurs du voyage Odyssée 2100, vers la constellation d'Orion, qu'un retard technique de deux heures est à prévoir. Nous vous prions de nous en excuser... » C'était à la fois hallucinant de banalité et d'un surréalisme troublant.

Après avoir erré un moment dans cette fourmilière bourdonnante, je trouvai enfin le guichet d'embarquement qui me concernait. Il était assez semblable à celui d'un aéroport ordinaire. Très vite cependant, je notai des différences. Par exemple, la singularité des bagages que les voyageurs déposaient sur le tapis roulant, afin que l'hôtesse les enregistre. Je vis, attachée sur une énorme besace de peau bardée de poches, une épée longue dans son fourreau. Le voyageur suivant emportait quant à lui des éléments d'armure médiévale. Je n'aurais pas voulu avoir à payer le supplément *surcharge...*

Je pris donc ma place dans la file, étonnamment courte, pour la destination qui s'affichait en rouge sur un moniteur au-dessus du comptoir d'enregistrement : *Royaume des Sept Tours*. Devant moi, plantés bras croisés telles des statues d'airain, se tenaient deux solides Allemands, rasés et bronzés comme s'ils revenaient de quelque autre expédition dans un pays ensoleillé. Ils portaient des sacs à dos kaki monstrueux (« des sacs à trolls, » leur dis-je en riant, pour établir le contact. Je me suis vite calmé, car ils n'avaient aucun sens de l'humour). Derrière moi, venait une femme en tenue de combat, nattée, mélange de Lara Croft et d'un GI américain. Je ne tentai même pas une approche diplomatique, de peur de me prendre un direct du droit avant d'avoir fini de prononcer mon prénom.

De ces quelques observations, je tirai une première conviction : je ne devais pas espérer me faire des copains, comme dans un club de vacances. Du coup, j'appréhendais encore davantage ma rencontre avec le « gentil organisateur » qui allait m'accueillir au-delà du réel. Par association d'idées, je frémis en me rappelant qu'il existait un autre *au-delà*, dont on ne revient jamais.

Puis ce fut mon tour.

— Bonjour, monsieur, me salua l'hôtesse.

Je répondis vaguement, d'un air crispé, puis je posai mon volumineux bagage sur le tapis roulant pour l'étiquetage. En le découvrant, elle marqua un temps d'arrêt.

— Il y a un problème ? m'enquis-je.

— Euh... non, mais... Vous a-t-on bien informé sur votre destination ?

J'esquissai un sourire embarrassé en guise d'approbation.

— Parce que, reprit-elle, je crains que vous ne rencontriez quelques difficultés pour faire suivre votre... valise.

Elle prononça ce mot comme s'il s'était agi d'un minibar dans une brouette.

— Ne vous en faites pas, je me débrouillerai, dis-je avec une décontraction feinte. De toute façon, j'ai un sac à dos à l'intérieur et... et... (Je me sentais de plus en plus mal à l'aise.) Dites, mademoiselle, sur place, est-ce qu'il y a des boutiques pour acheter ce qui pourrait me manquer ?

Je crois me souvenir qu'elle serra les mâchoires pour ne pas éclater de rire.

— Votre guide s'en chargera, esquiva-t-elle. Voici votre carte d'embarquement.

Pour finir, elle étiqueta mon lourd bagage de touriste du dimanche, me souhaita « bonne chance » (pas « bon voyage », notai-je), puis m'indiqua la porte où je devrais me rendre lorsqu'on nous appellerait pour le départ.

L'affreuse attente dura une heure, puis...

« *Les explorateurs en partance pour le royaume des Sept Tours sont attendus porte 6. Embarquement immédiat. Merci.* »

Bien que d'un naturel réservé, j'aime me lancer des défis, me prouver à moi-même que je peux surmonter les pires épreuves. C'est ainsi que je me suis offert un saut à l'élastique et une séance de marche sur le feu. Avec ce voyage, j'allais sans doute repousser mes limites psychologiques et j'en étais déjà fier, même si je marchais vers le portillon d'admission sans l'ombre d'un sourire.

Une fois le tourniquet de contrôle franchi, un agent d'accueil nous guida jusqu'à une cabine dite *de transfert*. Celle-ci était de taille moyenne (trente-cinq places exactement). Les sièges étaient disposés en gradins face à une paroi métallique noire que je savais être un écran, car je connaissais le processus des « transferts quantiques ». Ceux-ci permettent de faire transiter toute chose à la vitesse de la pensée, par des *tunnels* menant à une dimension de l'univers où l'on a découvert les mondes imaginaires autrement appelés *infinimondes*.

Je m'installai, attachai ma ceinture, puis m'efforçai de respirer calmement. Une musique douce et une légère odeur de violette créaient une atmosphère apaisante dans la cabine, où les sons étaient assourdis par la moquette et les parois isolantes. L'air parfumé que nous respirions contenait, d'après ce que j'avais lu dans un net-magazine scientifique, des molécules à propriété hypnotique. En effet, une éventuelle crise de panique à l'instant précis du transfert risquait de provoquer des troubles pour la santé mentale du *transféré*. Les études à ce sujet sont en cours, et nul ne sait encore quelles peuvent être les conséquences à long terme de ces expéditions hors de notre réalité biophysico-chimique. Mais l'impatience à coloniser de nouveaux horizons, c'est-à-dire à engranger des fortunes, avait eu raison du principe de précaution. Mon voisin de gauche, un jeune homme en qui je reconnus le profil type du fondu de jeux vidéo se payant une virée de l'autre côté du miroir, m'offrit une gomme à mâcher « spécial angoisse ! », me précisa-t-il. Je préférai m'abstenir, devinant qu'elle devait contenir quelque substance illicite.

Enfin, la voix d'une hôtesse numérique nous annonça l'imminence du transfert :

« *Nous vous demandons durant la phase de conditionnement quantique de ne pas parler, de ne surtout pas crier et d'éviter au maximum de vous crisper. Vous éprouverez d'abord une sensation d'ivresse, puis de chute vertigineuse. Ces effets peuvent être déroutants, mais ils sont inévitables. Ensuite, il vous suffira de patienter jusqu'à l'ouverture des portes. La compagnie des* Explorateurs de l'imaginaire *vous remercie de l'avoir choisie, et vous souhaite un merveilleux séjour au royaume des Sept Tours.* »

Je ne pus m'empêcher d'éclater de rire, un rire nerveux que ne partagea personne dans la cabine. Puis ce fut le transfert. Une onomatopée résume bien ce qu'on éprouve à cet instant : « WOUAHOUUUUU ! ! ! » D'abord, sur l'écran devant nous, apparut un tunnel aux parois de métal brillant, qui ressemblait à un tube ferroviaire en courbe. Il était très bien éclairé par une ligne lumineuse qui courait le long de sa partie supérieure. Il s'agissait d'un modèle au fonctionnement assez proche des accélérateurs de particules. L'idée que nous allions être désintégrés jusqu'à la moindre particule, condition indispensable au franchissement du mur quantique, nous donnait à tous des frissons d'appréhension.

Une vibration dans le siège nous signala que nous étions partis, si je puis dire. Les parois du conduit commencèrent à défiler sous nos yeux, d'abord lentement, puis de plus en plus vite. Cela dura un moment, nous saisissant aux tripes, jusqu'à ce que la vitesse dans le tube devienne proprement démentielle. Malgré ma crispation extrême, j'aperçus alors un point obscur que je pris pour le bout du tunnel. Il s'agissait en fait d'un trou noir quantique, dans lequel nous devions plonger pour franchir le mur du même nom. Mon corps me parut s'étirer en arrière, et se désagréger comme la queue d'une comète. Ce n'était ni agréable ni douloureux, mais totalement inconnu. La frayeur avait disparu, tandis que ma conscience commençait déjà à flotter entre deux mondes. Le trou noir approchait tout en s'éloignant... Indicible paradoxe des phénomènes quantiques. Enfin, il y eut une ultime accélération, suivie d'un plongeon accompagné ce qu'on appelle, de manière assez curieuse mais très juste, un *claquement de ténèbres*. Dès cet instant, mon esprit fut emporté dans un étrange ballet onirique. J'ai le souvenir de flashs extrêmement brefs, parfois violents : branchages me frappant la figure, comme si je traversais une forêt à vive allure, architecture gothique sombre et sinistre, visages hideux de créatures humanoïdes, paysages grandioses... L'ensemble de ces images furtives constituait une sorte de puzzle, qui bientôt s'assemblerait en une réalité complète : le royaume des Sept Tours.

Aussi soudainement que nous avions « plongé », nous avons « émergé ». C'est alors que dans mon esprit stupéfié, je poussai le WOUAHOU ! ! ! marquant le passage du *mur du réel* (c'est ainsi que les scientifiques nomment cette frontière encore énigmatique entre les deux univers). Si l'on m'avait demandé combien de temps avait duré ce transfert, j'aurais sans doute répondu plusieurs heures. Il n'avait en vérité demandé que trois secondes et demie.

Je perçus alors à nouveau la musique douce et le parfum de violette. Je rouvris les yeux. Nous étions arrivés.

La voix parfaite de la compagnie nous ramena doucement sur terre, enfin... façon de parler, car on ne sait pas très bien où se trouvent les infinimondes. D'après les chercheurs, ils seraient à la fois *en nous*, c'est-à-dire dans une sorte de super-subconscient collectif de l'humanité, et *hors de nous*, dans un univers parallèle que l'imaginaire humain aurait rempli sans s'en rendre compte, tout au long de son histoire. De toute façon, après une telle première expérience, je m'en fichais comme d'une guigne. Toute mon attention était centrée sur une préoccupation : « Est-ce que je vais en revenir entier, ou en morceaux par colis funéraire spécial ? »

« *Mesdames et messieurs, bienvenue au royaume des Sept Tours*, nous annonça la voix de l'hôtesse numérique. *La température extérieure est de vingt-sept degrés Celsius, et le taux d'humidité de soixante-dix pour cent. Lorsque vous aurez franchi la porte de la cabine de transfert, nous vous recommandons de demeurer quelques secondes sur la plate-forme de débarquement, afin de faciliter votre adaptation sensorielle. Ensuite, rendez-vous sur l'aire d'accueil où vous pourrez récupérer vos bagages. La compagnie des* Explorateurs de l'imaginaire *vous souhaite un agréable séjour.* »

Le cœur battant, je détachai ma ceinture de sécurité, me levai (les jambes en guimauve), puis imitai mes voisins qui se dérouillaient les articulations, à la manière des commandos paras juste avant le grand saut.

La porte arrière s'ouvrit avec un bruit d'aspiration dû à la décompression, et nous débarquâmes.

2

L'arrivée à Isparine

J'avais survécu au transfert, je me sentais prêt à affronter tous les dangers du royaume des Sept Tours. Mais en franchissant la porte de la cabine, je crus que j'allais m'effondrer. Un vertige. Un assaut trop violent de sensations.

— Ça ira, monsieur, ou souhaitez-vous vous asseoir ? me demanda avec douceur une voix féminine.

Ma vue troublée repéra à ma droite la silhouette gracile d'une hôtesse d'accueil en uniforme aux couleurs de la compagnie, vert bronze et rouge.

— Je tiendrai debout, merci, répondis-je bravement.

Des mains me guidèrent jusqu'à une rambarde, à laquelle je m'accrochai tel un vieillard à son déambulateur. Tous les passagers firent de même, sauf deux qui étaient tombés dans les pommes. Nos cerveaux déboussolés avaient besoin de temps pour assimiler le nouvel environnement. En ce qui me concernait, cela fut assez rapide. Je clignai plusieurs fois des paupières, puis enfin j'eus ma première vision nette d'un infinimonde. Je me rendis d'abord compte que nous nous tenions sur une terrasse en pierre, depuis laquelle nous dominions le hall de l'imaginoport d'Isparine. L'édifice n'était pas aussi immense que je me l'étais figuré, mais beaucoup plus esthétique. C'était une coquille oblongue, en acajou aurait-on dit, offrant sur tout un côté une baie vitrée par laquelle nous apercevions une place circulaire assez fréquentée, cernée de hautes maisons de bois sombre. Le hall lui-même était bondé et bruyant. Mon regard avide accrocha quelques détails : une créature de grande taille, affublée d'une trogne patibulaire, un guerrier bardé de cuir et armé jusqu'aux dents, un personnage trapu, qui portait sur le dos un énorme sac de toile sous lequel il semblait disparaître... J'eus soudain l'idée d'utiliser mon carnet numérique pour prendre une photo. Je le portais en bandoulière sous mon blouson multipoches, dans une housse noire. J'étais tellement excité qu'il faillit m'échapper... Cette petite frayeur eut pour vertu de me calmer. Mon cliché en mémoire, j'inspirai à pleins poumons l'air étonnamment léger de ce lieu pour le moins pittoresque, remarquant qu'il embaumait l'humus, nuancé d'une légère note de crottin.

Les quelques minutes d'adaptation passées, une hôtesse nous invita à quitter la passerelle d'accueil, pour nous rendre sur l'aire d'arrivée où nous allions retrouver nos bagages. Nous descendîmes les marches dans une lumière douce diffusée par la baie vitrée, ainsi que par des verrières translucides au-dessus de nous. Au bas de l'escalier, un panneau écaillé indiquait : « Bienvenue au royaume des Sept Tours. Puissiez-vous en revenir [...] ». Le dernier mot avait été effacé. Je pensais au terme « vivant », alors qu'il devait s'agir de « satisfait ».

Après avoir récupéré ma valise en plastique bleu, apportée par un bagagiste hilare, j'attendis dans l'anxiété que mon guide se présentât à moi. Pour me faire repérer, je montrais ostensiblement la sacoche de mon carnet de voyage numérique, ornée du logo du voyagiste. Durant cette attente, j'eus droit à quelques petites poussées d'adrénaline, à cause de certains individus aux mines inquiétantes, qui marchaient vers moi comme pour me faire la peau, mais qui finalement passaient leur chemin dans l'indifférence de mon insignifiante personne. L'un deux cependant, d'une laideur saisissante, m'aborda dans une langue étrange. C'était une sorte d'hominidé qui m'avait l'air à peine civilisé. Je devinai qu'il essayait de me proposer ses services. Evidemment, je déclinai l'offre. C'est alors que le type, sans se gêner, tenta de s'emparer de ma valise. J'allais en venir aux mains, quand un homme intervint. Sans prononcer une parole, d'un seul geste impérieux, il ordonna à l'importun de s'éloigner. Et ce fut réglé !

— Ouf ! Merci, dis-je, le souffle court en reposant ma valise, pour laquelle j'étais prêt à me battre à mort.

— Vous êtes Thédric Tibert ? me demanda l'inconnu.

— Lui-même. Et vous mon guide, n'est-ce pas ?

— Je m'appelle Ergonthe, répondit-il, sans saisir la main que je lui tendais.

Je respirai un grand coup. Le raid *Emotions fortes* venait de commencer.

L'allure générale de mon guide me rassurait autant qu'elle m'inquiétait, car si j'étais certain d'être sous la protection d'un guerrier sérieusement armé (il portait une épée sur le dos, ainsi qu'une dague à la ceinture), son visage aux traits rudes laissait en revanche augurer une relation guère chaleureuse, en tout cas délicate. D'ailleurs, cela commença fort...

Ergonthe m'interrogea sur cette « caisse » que j'avais apportée. Ma réponse embrouillée ne fut suivie d'aucune réplique de sa part. Sans explication, il s'empara de mon bien, à mon grand étonnement, car je ne pensais pas qu'un tel personnage me servirait aussi de porteur. Je devais très vite déchanter, puisque ma valise finit dans une fosse à lisier de phantrons (animaux-taxis ressemblant à des éléphants de petite taille, mais particulièrement agiles et rapides). Je n'eus droit de conserver que mon sac à dos, rempli du strict nécessaire au périple.

3

Nuit de noces chez les nymphales

Alors que nous nous dirigions vers la sortie de l'imaginoport, j'eus la mauvaise idée de vouloir prendre mon guide en photo, sans lui demander son avis. Il me menaça, si je recommençais, de me faire avaler mon appareil. A son air furieux, je sus qu'il ne plaisantait pas. J'étais si confus que j'acquiesçai sans même songer à m'excuser. Je n'en conservai pas moins le cliché dans mon carnet numérique.

Sans un mot, la mine renfrognée, Ergonthe me conduisit de l'autre côté de la place, vers une sorte de vaste grange où étaient installées des écuries d'un genre un peu spécial. Il y régnait une odeur de fauve et de ruminant mêlée. Quant au bruit, on se serait cru dans une ménagerie aux dimensions du Salon de l'agriculture. Dans de robustes cages nous attendaient deux montures sellées, aussi magnifiques qu'effrayantes. D'apparence paisible, on eût dit de loin des chevaux, à robe rousse pour l'une, grise pour l'autre. Leur tête et leur corps évoquaient bien ceux d'un équidé terrien, mais à y regarder de près, ces bêtes se distinguaient singulièrement de nos craintifs compagnons de promenade. Leurs yeux, ombrés de fortes arcades sourcilières, scintillaient d'une l'intelligence de prédateur. Ils en avaient aussi les dents acérées. Leurs jambes n'étaient pas pourvues d'un sabot, mais d'une robuste patte velue à trois doigts, dont chacun était armé d'une énorme griffe en bec de perroquet. Ces étonnantes créatures me rappelèrent un bronze exposé au musée du Louvre, représentant un hippogriffe *, animal fantastique mi-cheval mi-griffon.

— Ils sont... beaux ! m'extasiai-je.

— Savez-vous monter ? me demanda mon guide.

— Oui, les poneys du club équestre de Longchamp, répondis-je en plaisantant pour dégeler un peu l'ambiance.

C'était une boutade, puisque je savais très bien tenir en selle. Il valait mieux d'ailleurs, car ces chevaux-là étaient des *équineds*, carnivores dotés d'un tempérament de fauve ! Pour parvenir à les dompter, il fallait montrer autant d'autorité que de subtilité. Je ne manquais ni de l'une ni de l'autre, mais, en la circonstance, je me demandais comment j'allais m'y prendre. Ergonthe me confia l'équined gris, sans une recommandation, tandis qu'il grimpait avec agilité sur le roux qui manifestait une joie évidente. C'était d'ailleurs assez amusant de voir ce puissant carnassier piaffer comme un cheval, balancer la tête de bas en haut et éternuer d'excitation !

Alors que je m'apprêtais courageusement à monter en selle, mon coursier tourna la tête vers moi pour me regarder. Je crus lire dans son œil une lueur d'espièglerie en rien rassurante. Le message était clair : j'avais intérêt à être à la hauteur...

De fait, le début du voyage me fut assez pénible. Agacée par mon inexpérience, ma monture devenait incontrôlable. Elle bronchait à toute occasion, s'ingéniait à faire le contraire de ce que je lui commandais. A plusieurs reprises, elle secoua vivement la tête en faisant claquer ses crocs, comme pour m'avertir qu'à la première occasion, elle me les planterait dans la viande. Cela me devint si compliqué que mon guide daigna enfin me conseiller une technique adaptée, qui m'aiderait à me faire accepter de cette bête fougueuse d'une intelligence surprenante :

---

* *Angélique et Roger montés sur l'hippogriffe*, d'Antoine-Louis Barye (1795-1875).

— S'il se rebiffe, vous frappez. S'il obéit, vous caressez.

— Fallait y penser, grommelai-je.

Puis j'ajoutai à l'intention de l'équined :

— Je vais te mater, sale bourrique, tu vas voir !

Ce à quoi Ergonthe répliqua :

— Et faites attention à ce que vous dites, il comprend tout.

L'équined claqua des mâchoires. J'étais prévenu.

De la ville d'Isparine, je ne vis pas grand-chose cette fois-là. Il faut dire que j'avais tellement de souci avec mon moyen de transport que je n'étais guère disposé à admirer le paysage. Je pus tout de même remarquer qu'elle s'étendait au sein d'une forêt aux proportions délirantes, d'où son nom : la forêt des Titans. Le tronc des plus grands arbres dépassait allègrement les vingt mètres de diamètre, pour une centaine de haut. Dans les ramures de certains de ces mastodontes végétaux, un véritable village de cabanes avait été aménagé, avec passerelles et ponts suspendus. A leur pied, je me sentais aussi insignifiant qu'une fourmi, et m'attendais à tout instant à voir apparaître un géant. Je me dis que cette excursion allait tenir ses promesses et j'en éprouvai une bouffée d'enthousiasme.

Après une heure de chevauchée relativement tranquille, durant laquelle je passai l'essentiel de mon temps le nez en l'air, nous franchîmes la lisière de la forêt. Une vaste plaine s'offrit alors à mon admiration. Les champs cultivés, les pâtures et les bois se partageaient un espace lumineux, où les couleurs me parurent plus contrastées que sur Terre. Au-delà, se perdait dans un horizon brumeux un moutonnement de collines boisées. Nous avons suivi une large route pavée, parfaitement entretenue, qui obliqua rapidement vers le nord. A l'occasion d'une courte halte près d'une ferme, pour permettre à nos équineds d'étancher leur soif dans un abreuvoir de pierre, Ergonthe me désigna vers l'ouest notre première destination : imposantes et sombres, les montagnes de Mystéria. Nous ne pouvions cependant espérer les atteindre avant le lendemain, à condition qu'aucun incident ne vînt nous retarder. Au moment de repartir, mon guide me proposa un petit galop que j'acceptai non sans une certaine appréhension. Ce fut en vérité un moment de pure jubilation, car les équineds étaient vraiment des montures fabuleuses, avec une foulée tout en souplesse et en puissance, presque silencieuse, des bonds au-dessus des obstacles à vous remonter l'estomac dans la gorge, et des accélérations de voiture de course...

Deux heures avant le crépuscule, Ergonthe nous fit stopper au cœur d'un charmant site naturel, que traversait l'étroit chemin de terre battue que nous suivions depuis un certain temps. Autour de nous s'étendait une prairie d'herbe tendre, ceinte sur notre gauche par une épaisse forêt. A droite, elle était brusquement barrée par une élévation rocheuse, le long de laquelle ruisselaient des cascades d'eau cristalline qui alimentaient une petite rivière. Ergonthe décida que nous installerions le bivouac en lisière du bois, joliment nommé forêt des Souffles capricieux. Il m'expliqua ensuite pourquoi nous nous arrêtions déjà, alors que nous avions encore le temps de parcourir quelques kilomètres avant la nuit.

— C'est la saison des amours chez les nymphales, dit-il, tout en tirant d'une de ses fontes un astucieux système de broche pliante.

Et il se tut. Heureusement, pour m'aider à combler mon abîme d'ignorance, je disposais du guide mis en mémoire dans mon carnet numérique. Le chapitre consacré aux créatures elfiques évoquait brièvement cette espèce très craintive d'elfes nocturnes. Je lus qu'en de rares occasions, les nymphales quittaient l'abri sécurisant des frondaisons pour se livrer à de somptueux ballets lumineux, probablement à caractère nuptial.

— Croyez-vous que nous ayons des chances d'en voir ? interrogeai-je Ergonthe, plein d'espoir.

Il resta immobile quelques secondes, comme pour humer l'air.

— La lune est pleine et le vent vient de l'ouest, finit-il par répondre. C'est possible. Je vais chercher quelque chose à mettre à la broche, m'annonça-t-il. Occupez-vous du feu, je vous prie.

J'acquiesçai, étonné de cette première marque de courtoisie à mon égard. Après une absence que je trouvais suffisamment longue pour commencer à m'inquiéter, mon guide revint, tenant dans chaque main un animal gros comme un chat, dont l'aspect me tira une grimace d'appréhension.

— Ce sont des radons ? m'enquis-je.

J'avais lu dans mon carnet que ces petits mammifères, mi-rat mi-araignée, avaient une chair tendre et sucrée d'une grande finesse. Ils constituaient un gibier aussi courant et consommé que chez nous les lapins.

— Oui. Deux jeunes. Nous allons nous régaler.

J'affichai d'un air si peu convaincu qu'il esquissa un sourire amusé. Ensuite, sous mes yeux écarquillés, je le vis démembrer puis peler ces bestioles peu ragoûtantes qu'il enfila sur la broche, avant de les placer au-dessus du feu. Une heure plus tard, alors que le ciel prenait une teinte bleu nuit veinée de brumes rosâtres, nous dégustions nos rôtis. Et je dois avouer que jamais je ne me suis autant délecté avec de la viande grillée.

Au court de ce premier dîner sur l'herbe, j'appris qu'Ergonthe était un cavalier litith. Ce fut tout, mais déjà un bon début pour mieux cerner son caractère. En effet, je lus un peu plus tard que les Lititħs constituaient une société de guerriers « peu bavards... » (Je confirmai.) « ... loyaux et indépendants », organisée en familles, et dont la spécificité était de vivre en quasi-symbiose avec les équineds, qu'ils ne considéraient d'ailleurs pas comme des animaux.

Après une interminable attente près du foyer mourant, sans échanger un mot, à scruter anxieusement l'obscurité alentour, un sifflement à la fois ténu et parfaitement audible résonna dans l'obscure forêt.

— Elles arrivent, m'annonça Ergonthe à mi-voix.

Mon cœur se mit à battre la chamade. Alors que je m'attendais à devoir patienter encore de longues minutes, survint le premier vol de nymphales. Elles étaient cinq. Malgré l'aura lumineuse qui les enveloppait, j'eus beaucoup de difficulté à les détailler tant elles étaient vives. De la taille d'une colombe, elles possédaient un corps très proche de celui d'une jeune femme, pourvu d'ailes diaphanes et lumineuses, bleues, orangées et même arc-en-ciel pour l'une d'elles. Leurs rires et leurs chants flûtés vibraient dans la pénombre. Je sentis qu'Ergonthe était également fasciné et sans doute aussi ému que moi. Et puis il fallut que l'idée me vînt de prendre une photo, sans m'assurer que le flash automatique était désactivé. C'était d'autant plus stupide que je pouvais sans problème photographier ces beautés miniatures en mode nocturne. L'éclair de lumière blanche provoqua évidemment la fuite des nymphales, et tira un cri de colère à mon guide.

Ce fut là un incident particulièrement pénible de ce début de périple, car je devinai que le Litith hésitait entre m'arracher la tête et m'abandonner sur place. Par bonheur, il réussit à se maîtriser, les poings serrés et le regard incendiaire. Il se coucha et ne bougea plus. Quant à moi, je n'osai même pas me lever pour aller faire pipi.

4

Nuit d'angoisse chez les Ogrites

Au petit matin, dans une aube rose et fraîche, nous pliâmes bagage, en silence. Ensuite, nous appelâmes nos montures d'un sifflement très particulier que la veille, après moult tentatives, jusqu'à exaspération, j'avais fini par produire. J'ai encore en mémoire la vision impressionnante de ma monture grise caracolant sur la clairière, un radon énorme serré entre ses crocs ensanglantés. Elle acheva de l'engloutir tout en piaffant devant moi. Ma selle sur les bras, je n'osais m'approcher de la bête.

— Ergonthe, croyez-vous que les équineds puissent s'attaquer à des humains ? demandai-je.

— Oui.

Ce fut la seule parole qu'il prononça ce matin-là.

Plus tard, à l'occasion d'une courte pause, où je pus grignoter mes premiers creps*, mon guide daigna m'informer qu'il espérait obtenir l'hospitalité des Ogrites de Mystéria. Plutôt que de l'ennuyer en lui demandant des détails sur ce peuple au nom quelque peu inquiétant, je consultai mon carnet de voyage numérique. J'y appris qu'il existait différentes races de cet hominidé, décrit ainsi : « un Cro-Magnon qui aurait acquis quelques-unes des facultés céré-

* *Creps* : boulettes composées de petits criquets bleus croquants, amalgamés à une pâte au goût de miel. Déroutant, mais délicieux.

brales de l'humain moderne, tout en conservant un physique et des comportements d'homme préhistorique ». Certains, plus proches de la bête que d'homo sapiens, avaient été domestiqués et servaient, suivant les circonstances, de travailleurs de force ou de « brutes de guerre ». Les plus civilisés vivaient en communautés indépendantes et (relativement) pacifiques, dans des grottes profondes, sur lesquelles circulaient quantités de légendes à frémir d'horreur. Je me souvins alors de celui qui m'avait importuné à l'imaginoport.

Avant qu'Ergonthe ne donne le signal du départ en remontant en selle, j'eus le temps de lire un propos plus rassurant : « Les Ogrites des montagnes de Mystéria sont réputés pour leur jovialité, quand tout va bien, et leur fichu caractère le reste du temps. »

C'est alors, ô miracle, que mon ours de guide desserra les dents pour m'expliquer :

— Avec un peu de chance, nous pourrons passer la nuit à l'abri, dans l'une de leurs cavernes. Sinon, nous dormirons dehors, quel que soit le temps.

— Nous sommes équipés, fis-je remarquer sur un ton badin. Mais... ces Ogrites sont-ils... comment dire ?

Je n'osai prononcer le mot « anthropophages ».

— Non, trancha-t-il d'un ton sans réplique.

J'accusai réception en me crispant, et en me disant que le Litith ne prendrait pas le risque d'emmener un client dans un coupe-gorge cannibale... Du moins, c'est que ce que je me forçai à croire.

— Et ensuite, où irons-nous ? demandai-je.

— Ce sera l'*excursion surprise* prévue dans votre forfait... avec les chevaliers-dragon, termina-t-il.

Je ne parvins à lui tirer aucun mot de plus. Qu'importe ! D'autant que j'imaginais avec délectation quelque chose de spectaculaire et merveilleux. Si j'avais su...

En fin d'après-midi, sous un ciel de plus en plus chargé, notre chemin se réduisit à un bucolique sillon herbeux, bordé d'arbres. Il coulait en douceur vers une colossale barrière montagneuse, si sombre qu'elle paraissait constituée de roche noire, et si haute que ses sommets se perdaient dans les nuages. Nous rattrapâmes un homme à pied, dont je devinai sans peine qu'il s'agissait d'un Ogrite. Sur ses talons, trottinait une sorte d'âne sans queue, à l'étrange pelage bleu nuit, aux oreilles courtes, transportant un monstrueux ballot semblable à une bourse de peau fermée par une cordelette. Le personnage à la tignasse grise en bataille, tout de cuir brun vêtu, mesurait près de deux mètres et marchait avec un balancement d'automate presque comique. Dans sa main gauche velue, il serrait une impressionnante hache de bronze, tandis que dans la droite, il tenait une masse d'armes cloutée en appui sur son épaule. On eût dit un troll revenant de la guerre.

Une fois à sa hauteur, Ergonthe mit pied à terre, puis marcha à son rythme. Et ils commencèrent à converser dans un langage étrange et sur un ton surprenant. Cela sonnait comme un échange de propos acerbes, entre deux grincheux devisant sur les misères du monde. Bientôt, mon guide se retourna vers moi pour m'expliquer :

— Voici l'Ogrite Fremmy-Da. Il rentre chez lui après avoir acheté quelques denrées à Isparine. Il est d'accord pour que nous passions une nuit dans sa caverne personnelle...

— Voilà une bonne nouvelle ! m'exclamai-je.

— Espérons. Au reste, je vous ai présenté. S'il vous adresse la parole, ayez l'air de le comprendre, et surtout gardez un visage fermé. Ne souriez pas. Les Ogrites ont horreur de faire connaissance avec des étrangers d'un abord trop sympathique. Pour eux, c'est signe de fourberie. Mais s'il se met à rire, faites comme lui.

— Devrai-je vraiment faire semblant de rire, ou c'est... ?

— Aux éclats, me coupa-t-il. Vous n'aurez qu'à m'imiter.

C'est exactement ce qu'il advint. L'Ogrite parut d'abord d'une humeur massacrante, puis brusquement il se tourna vers moi pour, me sembla-t-il, m'invectiver comme si j'étais un malotru venu piétiner ses plates-bandes. Après un moment de ce jeu auquel je me prêtai en adoptant un air bourru, il se détendit et les éclats de rire commencèrent à fuser.

Durant la conversation que Fremmy-Da entretint ensuite avec Ergonthe, et que celui-ci me traduisait au fur et à mesure, nous apprîmes que les orques des Mondes noirs étaient sûrement en train de préparer une incursion d'envergure dans le royaume. Notre hôte avait l'air de s'en réjouir, comme d'une promesse de festin. En vérité, Ergonthe me révéla que les Ogrites de Mystéria s'attendaient à vivre des heures sombres, c'est-à-dire à être contraints de quitter leurs montagnes pour aller combattre leurs ennemis héréditaires.

— Est-ce que cela annonce des soucis pour la suite de mon voyage ? m'inquiétai-je.

— S'il devait durer un an ou deux, c'est probable, me répondit Ergonthe.

J'étais rassuré, me disant que même si l'envie me prenait de revenir dans un an ou deux, mon compte en banque, lui, ne me le permettrait pas avant... dix ans ! Cette pensée fut comme un nuage passant sur mon moral, et je m'empressai de la chasser.

Enfin, nous parvînmes au pied de la barrière rocheuse des montagnes de Mystéria. Moi qui m'attendais à être logé chez des troglodytes, je fus surpris de n'apercevoir ni caverne ni maison, pas plus que la moindre trace de civilisation. Le chemin lui-même avait disparu. Nous progressions sur une sorte de lande broussailleuse, tourmentée par un sous-sol rocheux chaotique. Puis Fremmy-Da nous fit longer une paroi à pic, jusqu'à ce qu'il s'arrête devant une profonde fissure. Le temps que je m'interroge, il y avait disparu.

— C'est là ? m'étonnai-je.

— Oui, répondit Ergonthe.

— Mais, les chevaux... enfin, je veux dire les...

— Ils seront bien mieux dehors. Prenez vos affaires et suivez-moi.

Ainsi, nous franchîmes une ouverture si discrète que j'aurais pu passer dix fois devant sans la repérer. Nous nous enfonçâmes ensuite dans la montagne, le long de cette faille de plus en plus sombre. Enfin, nous débouchâmes dans ce qui me parut sur le coup n'être qu'une banale caverne, dont l'atmosphère glaciale me fit frissonner. Puis soudain, Fremmy-Da nous abandonna, lançant une recommandation que me traduisit Ergonthe : « Ne vous aventurez surtout pas dans les galeries. » Quand mes yeux se furent accoutumés à la pénombre, je me rendis compte que nous n'étions pas dans une grotte ordinaire.

Quelques flambeaux accrochés aux parois diffusaient une lumière ambrée ondoyante. Lors de notre entrée, je ne m'étais pas aperçu de l'immensité du lieu, en particulier de la hauteur. Il s'agissait en vérité d'une cathédrale de pierre, dont la voûte en ogive devait culminer à près de cinquante mètres. Sur le pourtour de cette salle de forme vaguement circulaire, se dressaient des statues de pierre représentant des Ogrites aux arcades sourcilières proéminentes. Ils étaient armés le plus souvent de haches, coiffés de casques lourds et revêtus d'armures grossières, constituées de plaques à bordures arrondies, telle la cuirasse des rhinocéros. De nombreuses galeries s'ouvraient dans les replis de roche, certaines éclairées par de petits flambeaux, dont je me demandais s'ils n'étaient pas enchantés pour sembler ainsi brûler sans fin.

— Nous allons nous installer là, m'annonça Ergonthe en s'approchant d'un trône de pierre gigantesque, dressé sur une estrade.

Sa voix résonna dans les profondeurs de la caverne, accentuant l'ambiance sinistre du lieu.

— Où va-t-on placer le feu ? demandai-je innocemment.

Le cavalier litith fit volte-face et m'embrocha du regard.

— Etes-vous sérieux ? Lorsque vous accueillez des hôtes chez vous, allument-ils un feu de camp dans votre salon ?

Je forçai un rire.

— Allons, Ergonthe, je plaisantais, mentis-je lâchement.

Nous nous installâmes, à la dure, c'est-à-dire à même le sol poussiéreux. Du contenu longuement étudié de ma valise (j'avais même prévu des pantoufles !), j'avais récupéré un drap de bain imprimé de dauphins, dont je devais me contenter pour natte. En guise d'oreiller, mon sac à dos devait suffire et, en cas de froid intense, je pouvais seulement compter sur une couverture de survie dans ma trousse à pharmacie. Tout en étalant ma « natte », comme à la plage, je pestais intérieurement contre ces conditions d'hébergement indignes du prix que m'avait coûté le voyage. Finalement, je dus bien admettre que c'était ça, l'*aventure*, et que ça faisait justement partie de la prestation.

Avant de m'allonger pour dormir, j'eus un besoin pressant...

— Où allez-vous ? me demanda Ergonthe.

Et son écho de répéter « Où allez-vous... allez-vous... allez-vous... vous... vous... »

— Là où vous ne pouvez aller à ma place. Mais rassurez-vous, je ne m'éloignerai point.

Compte tenu de l'incident précédent, je me voyais mal uriner n'importe où. Il me fallait un « petit coin » où mon pipi ne risquerait pas d'être découvert avant un millénaire. Je choisis de m'engager dans le tunnel le plus large et le plus clair. Il était de surcroît rectiligne. Malheureusement, ses parois étaient désespérément lisses. Je marchais à pas prudents, comme dans un milieu hostile, me retournant sans cesse pour m'assurer que je ne perdais pas de vue l'entrée de la caverne. Jusqu'à ce qu'enfin je déniche un renfoncement dans lequel je pus me soulager, un sourire de satisfaction aux lèvres. Mon affaire faite, je retournai dans la galerie...

— Aaaah ! m'écriai-je.

L'écho me renvoya mon exclamation, transformée en ricanement odieux. Au bout du tunnel... il n'y avait plus de bout ! Rien qu'un gouffre de ténèbres. Le cœur battant, je revins sur ce que je croyais être mes pas. Mais au lieu de retrouver *ma* caverne-cathédrale, je débouchai dans une autre, plus petite, hantée par des courants d'air froid qui achevèrent de me glacer le sang. Je compris à cet instant que j'étais perdu.

M'efforçant de maîtriser la panique qui me serrait la gorge, je tentai de trouver dans la documentation de mon carnet numérique des informations sur les cavernes de Mystéria. La seule note qui pouvait m'intéresser disait ceci : « Les rares explorateurs imprudents qui s'y sont égarés n'ont jamais été retrouvés. »

— ERGONTHE ! ! !

Je vécus ensuite, dans ces couloirs de l'enfer, une nuit que je ne suis pas près d'oublier. Quand au matin, par je ne sais quel prodige, je retrouvai la caverne-cathédrale, mon guide était tranquillement en train de replier sa couverture après un paisible sommeil. Je me précipitai alors vers lui et éclatai en sanglots sur son épaule.

5

Patrouille de routine avec les chevaliers-dragon

Une fois en selle, Ergonthe m'annonça que nous allions devoir chevaucher à vive allure pour ne pas rater le départ des patrouilles de chevaliers-dragon. Je n'avais pas besoin de l'interroger sur ces singuliers guerriers, car j'avais gardé en mémoire la présentation qui en était faite dans le guide de mon carnet numérique. A l'origine, c'était une confrérie de mercenaires qui combattaient à équined. Dans un passé récent, un ou deux siècles, ils pactisèrent avec Uzlul, surnommé l'Aimable Dépeceur, qui régnait alors sur les Mondes noirs. Or ce sinistre personnage était aussi *maître des dragons*, c'est-à-dire qu'il disposait d'un bataillon de monstres ailés aux performances dévastatrices. Il s'agissait de dragons noirs, non cracheurs de feu, quasiment indomptables. Pour d'obscures raisons, les mercenaires se révoltèrent contre Uzlul. Ils l'assassinèrent et emmenèrent au sud quelques spécimens de ces animaux, qu'ils domestiquèrent et croisèrent avec d'autres prédateurs de même espèce, afin de les rendre moins cruels et plus dociles. Depuis lors, les chevaliers-dragon étaient restés, par nécessité, fidèles au royaume des Sept Tours, assurant la surveillance de sa frontière nord.

C'était avec l'une de leurs patrouilles volantes que nous avions rendez-vous.

Durant notre chevauchée, fantastique à bien des égards, je n'avais à l'esprit que deux préoccupations : profiter pleinement de mon exaltation, et veiller à rester en selle lorsque nous bondissions par-dessus un obstacle ou un cours d'eau. Une heure plus tard, je fus tout de même soulagé de constater que nous étions arrivés (je ne sentais plus mes fesses).

Les chevaliers-dragon disposaient en guise de casernement d'un immense cirque rocheux, logeant tels des troglodytes dans d'austères grottes artificielles. Pour leurs montures, avaient été édifiées un peu partout sur le site de hautes élévations en pierres de taille, dont le sommet tronqué leur servait d'aire. Le ciel était traversé par les silhouettes menaçantes de ces animaux fabuleux, à l'entraînement ou en chasse, ce qui renforçait l'atmosphère spectaculaire autant qu'inquiétante du lieu.

Nous mîmes pied à terre. Tandis qu'Ergonthe marchait à la rencontre d'un groupe de gardes-frontières, casqués et caparaçonnés de plaques de métal luisant, j'observais les jeux d'un homme, bardé d'épaisses protections de cuir, avec un tout jeune dragon en début d'apprentissage. Il avait déjà une envergure de trois mètres. Adulte, il pourrait atteindre les douze. Je compris vite à quoi rimait leur ballet : les ailes écartées, l'animal lorgnait un morceau de viande rouge que tenait son maître dans sa main droite. S'il tentait de saisir l'appât, il recevait un coup de badine en fer sur le museau. S'il grognait, il en recevait deux. Ainsi apprenait-il le prix de l'insoumission.

Les cris des hommes et les sifflements stridents des dragons résonnaient entre les hautes parois abruptes, créant une impression d'intense activité. C'est alors que je humai une odeur désagréable... « de charogne », pensai-je en plissant le nez de dégoût. A peine avais-je fait cette déduction qu'une voix rauque derrière moi m'apostropha :

— *Ozlot sharkod !*

Je fis volte-face et tressaillis de peur. C'était un garde-frontière, monté sur un énorme dragon. Balayant l'air d'une main, il m'intimait l'ordre de m'écarter. J'attrapai la bride de nos deux équineds et m'empressai d'obtempérer. Bien m'en prit, car, tout en battant l'air de ses grandes ailes membranées, le dragon tenta de happer l'un des hippogriffes qui poussa un hennissement de frayeur, semblable au miaulement suraigu d'un chat qui se ferait marcher sur la queue. Brutalement rappelé à l'ordre d'un coup de cravache cloutée sur le cou, le monstrueux carnassier grogna, puis s'éleva dans les airs... Et l'odeur, qui émanait de son haleine, s'envola avec lui.

— C'est bon, m'annonça tout à coup mon guide en approchant. Nous participerons à une patrouille qui partira dans quelques minutes.

— Bravo, Ergonthe !

— Ce ne fut pas chose facile à obtenir. L'agitation des orques, le long de la frontière, a rendu les chevaliers nerveux et leurs montures agressives.

— J'ai pu voir ça, dis-je. Mais dans ces conditions, est-il bien raisonnable de... ?

Je m'interrompis, comprenant que j'allais le vexer, alors qu'il s'était décarcassé pour m'obtenir cette *excursion surprise*, qu'il avait sûrement payée plus cher quc prévu.

— Je plaisante, bien sûr, me repris-je avec un air niais.

Ergonthe se dispensa d'un commentaire désobligeant, puis s'empara des brides de nos équineds pour les conduire (les mettre à l'abri, devrais-je dire) dans une écurie « ordinaire », c'est-à-dire une cage aux solides barreaux. Ensuite, nous nous rendîmes sur une sorte d'aire de décollage, un disque pavé de trente mètres de diamètre.

Le chevalier-dragon avec lequel je devais monter m'adressa la parole dans un français à peu près compréhensible, afin de me donner des instructions que j'avais intérêt à suivre scrupuleusement :

— Pas caresser Osgor (c'était le nom de son dragon). Pas crier, quoi qu'il arrive. Rester tout près de moi quand Osgor arrive. Jamais regarder Osgor dans les yeux.

J'étais dans l'ambiance ! Il termina en se présentant, avec un franc sourire :

— Moi, je suis Ogar Osmador ! (Ou à peu près ça, car son accent était vraiment terrible.)

Ne me laissant pas le loisir de me nommer à mon tour, il poussa une espèce de cri de rapace, tout en scrutant le sommet d'un pic de pierre, de l'autre côté du cirque, tout en haut de la paroi rocheuse. Je vis alors un gigantesque oiseau de proie s'élever à coups d'ailes puissants, puis fondre sur nous en piqué. Mon cœur, qui déjà battait la chamade, accéléra encore. J'étais tétanisé, collé au chevalier-dragon comme un enfant apeuré aux jupes de sa mère.

Osgor atterrit avec une maîtrise de la pesanteur qui me stupéfia. Une fois stabilisé, il tourna la tête vers son maître. De toute évidence, ma présence l'intriguait. Dans son regard, je pus alors lire une pure sauvagerie, doublée d'une intelligence perfide qui me glaça. Je remarquai aussi son iris d'or, magnifique, à la pupille ronde dans laquelle je crus voir passer un rougeoiement de braise, sans doute un atavisme des dragons noirs d'Uzlul. Il ouvrit la gueule pour émettre un feulement de lion. L'odeur de charogne qui en émana rompit le charme de ce regard hypnotique.

Ogar glapit un ordre en brandissant sa cravache cloutée. Docile, Osgor se coucha, offrant en guise de marchepied ses monstrueuses pattes griffues, équipées chacune d'une carapace de métal. Tout en escaladant sa cuisse droite, je gardai un œil sur le bout de sa queue écailleuse, qui ondulait lentement. Il faut dire qu'elle était prolongée de deux lames cornées parallèles, courbes et tranchantes comme des hachoirs de boucherie. En somme, je grimpai sur un véritable monstre de guerre. Une fois en selle, Ogar me sangla solidement, au point de me faire mal. Je le lui fis remarquer poliment :

— Cela me serre un peu au niveau des...

De l'index, je désignai mes testicules. Ce à quoi il rétorqua :

— Mieux vaut avoir couilles pilées que tête fracassée.

J'étais d'accord, évidemment !

La minute suivante, nous décollions. Bientôt, trois autres chevaliers-dragon nous rejoignirent, dont un qui transportait Ergonthe. J'adressai à celui-ci un salut de la main, auquel il ne daigna pas répondre. Je pris cela pour de la mauvaise humeur à mon encontre. En vérité, il me confia plus tard que les Litiths détestaient quitter le sol, habile manière de m'avouer que ces vols le terrorisaient. Du coup, je lui étais doublement reconnaissant des efforts qu'il avait accomplis ce jour-là pour ma seule satisfaction.

De ces premières minutes de patrouille, je garderai ma vie entière un souvenir de pur bonheur. Toutes mes craintes étaient restées à terre. Je ne percevais plus désormais que la puissance rassurante de notre monture, l'air vif qui me fouettait le visage, les sensations euphorisantes de cette chevauchée aérienne. Vers l'ouest, l'horizon était encore rose car, dans ce monde, les aubes et les crépuscules durent plus longtemps que dans le nôtre. Je portai mon regard en direction du nord. Là-bas, par contre, ce n'était que bouillonnement de nuées anthracite, brumes spectrales et nature dévastée par le feu et l'acide des volcans, dont on apercevait le rougeoiement aux confins du paysage. Curieusement, je ne parvenais pas à fixer mon attention sur les Mondes noirs ; ils m'inspiraient une inexplicable répugnance. De toute façon, il y avait partout ailleurs tant de merveilles lumineuses et colorées à contempler, que j'en vins à ignorer ce lugubre territoire.

Vers l'est, j'aperçus bientôt deux des sept tours du royaume, érigées dans une pierre brune qui en faisait des monuments d'austérité. La plus proche était massive et octogonale, s'élevant tel un formidable donjon. L'autre était en revanche beaucoup plus fine et de conception complexe, qu'à cette distance je ne pouvais détailler. J'observai ensuite un rempart crénelé semblable à la muraille de Chine, édifié tout le long de la frontière par les ancêtres des frères-seigneurs. Sans doute avait-on constaté son inefficacité à contenir les envahisseurs, car il n'était ni entretenu ni gardé.

Le dragon exécuta un brutal virage à droite, me remontant l'estomac dans la gorge. Comme j'adorais ça, je ne pus retenir un rire de jubilation. Ogar m'annonça alors que la patrouille devait maintenant suivre la frontière au plus près, et effectuer quelques rase-mottes un peu audacieux.

— Pas de problème, dis-je.

En vérité, ce n'était pas des acrobaties aériennes qu'il m'avertissait.

— Orques peut-être tirer flèches. Pas avoir peur, Osgor habitué. Mais ça va secouer.

Je n'eus dès cet instant plus envie de fanfaronner. Ensuite, la paisible patrouille se transforma en une expérience inoubliable, dans le pire sens du terme.

Ce qui me frappa d'abord à l'approche des Mondes noirs, ce fut la chute de la température. Dans le même temps, notre monture devait lutter contre des tourbillons d'air violents qui l'aspiraient littéralement vers le sol. Peu après, lorsque nous fîmes une réelle incursion au-delà de la limite interdite, il me sembla que le ciel s'obscurcissait de nuages opaques. Et la peur commença à me prendre aux tripes.

— Orques ! cria soudain Ogar.

Cette annonce me fit frissonner jusqu'à la moelle. Une centaine de mètres en dessous de mes bottes, je distinguai en effet une « modeste » horde d'un millier d'individus. J'écris *modeste,* car ces créatures se déplaçaient ordinairement par légions de trente à cinquante mille combattants. En nous apercevant, elles se mirent à s'agiter et à piailler comme des corbeaux rassemblés autour d'une charogne. Puis j'entendis plusieurs sifflements brefs ; elles tiraient sur nous avec leurs arbalètes. Sans l'incroyable agilité d'Osgor, à coup sûr elles nous auraient atteints. Et pourtant, cela faisait rire Ogar !

C'est alors que surgirent du plafond nuageux, à quelques centaines de mètres au nord, trois immenses dragons noirs, sans pilote. Ils perdirent de l'altitude en piqué, tels des rapaces fondant sur une proie.

— Vont-ils nous attaquer ? demandai-je avec appréhension au chevalier.

— Si nous restons chez eux, c'est possible.

Le son d'un cor à droite attira notre attention. C'était le chef de patrouille qui ordonnait le repli. Même si ce trio d'oiseaux de malheur ne l'impressionnait pas, il avait pour instruction d'éviter tout incident susceptible de donner prétexte au maître des Mondes noirs d'attaquer le royaume.

— Nous rentrons, m'annonça alors Ogar.

— Tant mieux ! m'exclamai-je. Je commence à avoir faim.

En vérité, j'estimais que mon baptême de l'air avait assez duré, surtout qu'il était devenu beaucoup moins amusant depuis que nous avions mordu sur ces terres infernales.

Contre toute attente, les dragons noirs franchirent la frontière et nous attaquèrent sans autre forme de procès. Personnellement, je ne m'en aperçus qu'en entendant dans mon dos un puissant cri de harpie. Je me retournai et vis avec horreur qu'un des assaillants avait saisi au cou, à pleines serres, la monture d'un garde-frontière. Les deux bêtes tombaient en vrille, tout en s'écharpant mutuellement. J'étais persuadé qu'avant d'atteindre le sol, elles se sépareraient pour éviter le crash et reprendre de plus belle leur combat aérien. Pas du tout ! Elles s'écrasèrent dans un pré avec un bruit mat, et ne s'en relevèrent pas. Le pilote, en revanche, sans doute parce que la chute avait été pour lui amortie par le ventre de son dragon, se remit debout et indiqua de la main à ses camarades qu'il avait survécu.

Pendant ce temps, nos autres compagnons étaient aux prises avec le deuxième dragon noir. Quant au troisième, il fut pour nous. Ogar hurla des ordres à Osgor, qui aussitôt piqua sur l'ennemi en poussant un cri de rapace, un rapace de dix tonnes. Persuadé que nous allions reproduire le même scénario mortel auquel nous venions d'assister, je fermai les yeux et me crispai comme dans les montagnes russes, version super-huit. Finalement, à l'ultime instant, Osgor vira sur la gauche, remonta, vrilla, plongea... je ne sais plus. La terre était au ciel, le ciel à terre. J'aurais dû vomir mon petit déjeuner avec un tel traitement, mais j'étais tellement contracté que mon ventre était bétonné ! Puis il y eut un choc, comme dans un accident de voiture. J'écarquillai les yeux ; nous étions accrochés ! Telle était donc la stratégie suicidaire des dragons noirs : agripper son adversaire, puis l'entraîner dans une chute fatale. L'espace d'une seconde, je me vis transformé en pantin désarticulé. Et puis le vent fouetta à nouveau mon visage. Osgor avait repris son assiette et s'éloignait à tire-d'aile, tenant entre ses mâchoires ce qui me sembla être une patte de dragon noir.

— Thédric va bien ? s'enquit Ogar.

— Euh... beuh...

Je n'étais pas en mesure de bredouiller autre chose. Il m'informa ensuite, presque avec décontraction :

— On repart à la charge !

— Quoi ?!

Le ballet de l'épouvante reprit de plus belle : piqué, vrille, looping, estomac dans la gorge, cœur au bord des lèvres... choc ! Cette fois, c'est Osgor qui avait saisi à deux serres le cou du dragon noir. Ses ailes battaient à grands mouvements rapides. Je le vis abaisser vivement la tête à plusieurs reprises. Chaque fois qu'il la relevait, une giclée de sang noir et froid me cinglait la face.

— Ferme ta bouche ! m'ordonna le pilote. Sang noir, poison !

« Et c'est maintenant que tu me le dis ! », m'indignai-je en pensée. N'étant pas sûr d'avoir gardé les lèvres closes, je me mis à cracher et à m'essuyer frénétiquement le visage. Enfin, Osgor lâcha sa proie qui tomba sans un cri, sans doute déjà morte.

— Voilà. On peut rentrer ! déclara Ogar. Ça va, Thédric ?

Il se retourna, inquiet de ne plus m'entendre.

— Hum, hum ! marmonnai-je, ne voulant pas desserrer les dents avant de m'être plongé la tête dans l'eau, pour rincer le sang empoisonné qui maculait mon visage.

Peu après, nous atterrissions dans le cirque rocheux, en même temps que le dragon sur lequel volait Ergonthe (le troisième équipage rescapé de l'attaque s'était détourné pour porter secours à leur camarade abattu). Aussitôt débarqué, mon guide vint à ma rencontre.

— Génial, l'excursion surprise ! lançai-je, en levant le pouce. Si la suite du programme est comme ça, je reviens l'an prochain.

Je vis qu'il se demandait si c'était du lard ou du cochon.

— Vous ne devriez pas plaisanter, rétorqua-t-il. La situation est plus grave que je le pensais.

— A ce point ?

— Nous allons devoir modifier notre itinéraire.

— J'en déduis que nous allons nous éloigner de la frontière.

— Non. L'attaque dont nous avons été victimes préfigure une action de guerre, peut-être même une invasion. Mais je dois m'en assurer avant d'avertir les familles litithes.

— Et les frères-seigneurs ?

— Ils seront informés par d'autres bouches.

— Mais, concrètement, comment allez-vous vérifier vos craintes ?

— Dans un premier temps, nous nous rendrons chez le frère-seigneur qui occupe actuellement la tour du Grand Guetteur. Ensuite, suivant ce que nous y apprendrons, nous reprendrons votre voyage, ou bien je vous ramènerai à Isparine, afin que vous puissiez rentrer chez vous.

Je hochai la tête, à la fois déçu et résigné.

Nous remerciâmes les chevaliers-dragon, puis nous allâmes chercher nos équineds qui piaffaient d'impatience dans leur cage. Je fus sincèrement heureux de retrouver le mien. Lui aussi, me sembla-t-il, car dans ses yeux, je crus voir comme une étincelle ressemblant à de la joie.

6

La traversée du Styx

Nous chevauchions à vive allure vers la tour du Grand Guetteur. Ergonthe n'avait pas jugé bon de m'en apprendre davantage. Mais je lui faisais confiance et me disais, pour calmer mes inquiétudes, que chez un personnage aussi puissant que le frère-seigneur, la table et le gîte devaient être exceptionnels. Avant de le vérifier *in situ*, il fallait traverser le fleuve Noir qui aurait bien mérité de porter le nom de Styx. Il nous apparut d'abord au loin, pareil à un serpent d'obscurité ondulant entre les bois et les prairies, avant de se jeter dans un immense lac où, m'apprit mon guide, en se mêlant aux eaux douces du royaume, il changeait lentement de couleur et de composition.

— Nous pourrions franchir le fleuve par le lac, m'expliqua-t-il, alors que nous accordions une pause à nos équineds. Malheureusement, cela prendrait deux jours. Or le temps nous presse.

Comme je m'étonnai que la traversée de ce cours d'eau paraisse problématique, il répliqua :

— Vous comprendrez quand nous en approcherons.

Une heure plus tard, nous y étions presque, c'est-à-dire à une centaine de mètres. Nous pouvions déjà humer des relents de soufre et d'hydrocarbure. Tout en avançant au pas, Ergonthe reprit ses explications que je résumerai ainsi : les eaux d'ébène de cette artère provenaient directement des Mondes noirs, chargées d'un limon bitumineux si toxique que les rives en étaient mortes sur une largeur d'une trentaine de mètres. Quant à la faune qui le hantait, elle n'était constituée que de créatures monstrueuses, entraînées accidentellement dans le courant, et qui finissaient par périr dans les eaux trop pures du lac. Ergonthe marqua une longue pause que je n'osai interrompre.

— Nous sommes proches de la frontière, reprit-il gravement. Il est donc probable que certains prédateurs rôdent parmi ces remous. C'est pourquoi j'évite en général d'amener les touristes par ici.

— En général ? relevai-je. Et en particulier ?

— J'évite, vous dis-je ! s'agaça-t-il. Le dernier qui a insisté pour voir de près le fleuve Noir y a laissé une main. Je dus moi-même la trancher pour éviter que le reste du corps y passe !

Il me dévisagea avec une expression si dure que je n'eus pas envie d'insister. Malgré tout, je ne résistai pas longtemps au besoin d'en savoir plus :

— Puis-je quand même vous demander à quoi ressemblent ces créatures ?

— Ceux qui pourraient vous répondre ne l'ont su que quelques instants avant de mourir.

Cette fois, j'admis que le sujet était définitivement clos. Ergonthe fouilla dans l'une de ses sacoches et en tira deux rectangles de tissu épais équipés de liens, semblables à des masques chirurgicaux. Il m'en tendit un en m'expliquant :

— Tenez, cela vous évitera de respirer trop de poison.

Je le remerciai et m'empressai de me l'appliquer sur le nez en grimaçant de dégoût. Ce morceau de toile grisâtre avait dû servir plus d'une fois, car il ne sentait pas la rose. Mais au moins n'était-il pas toxique. Affublés de ces dérisoires protections, silencieux et préoccupés, nous continuâmes notre approche.

— En principe, nous devrions trouver un bac guidé par un câble, me dit Ergonthe. Par là...

Il désigna un bosquet d'arbustes pétrifiés, noirs et tordus comme des mains de momie. Effectivement, sur une rive gluante et glissante, nous trouvâmes une barge. En son centre se dressait un mât court, auquel nous pourrions attacher nos équineds. Elle comportait en outre, sur le flanc droit, de gros anneaux de fer dans lesquels passait un câble oxydé. Ce dernier était tendu d'une rive à l'autre, cinquante centimètres au-dessus de l'eau, entre deux pyramides de pierres. Tandis que mon guide faisait monter les équineds dans l'esquif, leur parlant doucement et les caressant pour les rassurer, j'observai la surface inquiétante de cette onde luisante et noire. Je me surpris à douter des chances de survie pour une quelconque créature biologique dans un tel milieu. Cette réflexion fut vite balayée par la furtive apparition d'un dos écaillé.

— Oh ! Ergonthe, là... un... Quelque chose ! m'exclamai-je en tendant un index tremblant vers le Styx.

— J'ai vu. C'est bon, vous pouvez embarquer. Asseyez-vous sur ce banc et restez-y.

Il me désigna une planche posée en travers du bac, devant le mât et les équineds. Une fois en place, je me jurai de ne pas bouger un doigt, ni de prononcer une parole jusqu'à ce que nous ayons touché l'autre rive. Ergonthe s'agenouilla à la proue et commença à tirer sur le câble, sans brusquerie. On eût dit Charon, le sinistre passeur, et cela me fit un effet... d'enfer.

Après quelques minutes de progression sans le moindre incident, je me rendis compte avec soulagement que nous avions déjà effectué la moitié de la traversée. C'est alors que j'aperçus de nouveau le dos écaillé d'une créature que notre présence devait intriguer. Percevant la menace, nos montures devinrent nerveuses. Celle d'Ergonthe me donna involontairement un violent coup de genou dans le dos, qui me tira un cri de douleur et m'envoya au fond de la barge.

— Chut ! me tança mon guide sans se retourner, tant il était concentré sur sa tâche.

Grimaçant de douleur, je me mis debout pour regagner le banc. Fatale imprudence ! L'embarcation gîta légèrement, mais suffisamment pour que les équineds prennent peur et amplifient le roulis. Ensuite... comment raconter ? Dans mon souvenir, je me revois bras écartés, bouche déformée par l'effroi, perdre l'équilibre et passer par-dessus bord. Ce fut comme si je plongeais dans un bain glacé. Par chance, l'eau du fleuve Noir était si dense que je ne m'y enfonçai pas complètement, évitant ainsi de boire la tasse – une tasse d'huile de vidange parfumée à l'acide sulfurique. De quoi vous trouer les boyaux, comme la bave du monstre d'*Alien*. Je me retournai et m'agrippai sous les aisselles au rebord de l'embarcation. Et je commençai à pousser des cris... que dis-je des cris ? des hurlements ! Ergonthe fit volte-face et s'arma d'une rame qui gisait au fond de la barge.

— N'agitez surtout pas les jambes, me recommanda-t-il.

Autant demander à un visiteur de zoo tombé dans la fosse aux crocodiles de siffler un air d'opéra en attendant les secours. Ma raison avait déjà déserté. Je n'étais plus qu'un pantin mécanique branché sur cent mille volts. C'est alors que je vis le visage d'Ergonthe changer d'expression. Je me figeai, jetai un regard par-dessus mon épaule... écarquillai les yeux d'épouvante. Un monstre ! Un monstre, dont la seule partie visible était une tête triangulaire de reptile, hérissée de pointes. Il fonçait droit sur mon postérieur. Je repris de plus belle mes gesticulations. Soudain, je me sentis hissé hors de l'eau, et jeté dans la barge tel un thon harponné par un pêcheur. D'ailleurs, je m'y agitai tout pareillement ! Les équineds piaffèrent encore un court moment, durant lequel je reçus quelques coups de pattes griffues... Puis, enfin, le calme revint.

Comme un enfant émergeant d'un cauchemar, je m'assis au fond du bateau et regardai autour de moi, hébété. A l'avant, Ergonthe s'était remis à tirer sur le filin, vigilant et silencieux. Et moi, je dégoulinais de bitume liquide, tremblant de tous mes membres, mais vivant ! Je remarquai la rame qui gisait près de moi. Ce qu'il restait de sa partie plane était broyé, éclaté, en charpie. Réalisant qu'il aurait pu s'agir d'une de mes jambes, je faillis m'évanouir.

7

La tour du Grand Guetteur

La suite du voyage ne me laissa guère de souvenirs, non pas qu'elle fût ennuyeuse, mais je pense que mon plongeon dans le Styx, outre le fait de m'avoir réfrigéré le corps, m'avait engourdi la pensée. Par contre, notre approche de la tour du Grand Guetteur et le court séjour que nous y fîmes me sont restés en mémoire dans leurs moindres détails.

Tout en cheminant, Ergonthe voulut bien m'expliquer que cette tour devait son nom aux facultés particulières d'un des frères-seigneurs qui l'occupa jadis. L'esprit de cet homme était capable de parcourir le royaume, telle une caméra de surveillance montée sur un drone. De même pouvait-il lire l'avenir dans un miroir de mercure, appelé la vasque du Destin. Surnommé le Grand Guetteur, il s'était donné pour mission de surveiller les Mondes noirs, afin de prévenir ses frères de l'imminence d'une attaque. A sa mort, la bâtisse devint le mirador du royaume des Sept Tours, où la fameuse vasque divinatoire était précieusement conservée et où, prétendait la légende, le spectre du Grand Guetteur aimait flâner. Ergonthe précisa que, génération après génération, cette tour avait toujours été habitée par un frère-seigneur possédant certaines qualités, tels la clairvoyance, le sens de la stratégie, ou encore la capacité à supporter la vue de l'Immonde (entité souveraine des Mondes noirs). Je compris alors pourquoi mon guide tenait tant à consulter ce seigneur.

— Comment est-il ? m'enquis-je.

— Très grand, me répondit Ergonthe, avec son laconisme coutumier.

Sous-entendu : « Vous verrez bien. » En attendant, ce que je vis d'abord était un monument brun aux dimensions pharaoniques. Il ressemblait d'ailleurs davantage à un mausolée qu'à un château. C'était une sorte de phare d'Alexandrie, octogonal, piqueté d'étroites meurtrières. Il s'élevait à une centaine de mètres et s'achevait en une plate-forme au parapet crénelé. Je songeai que ce devait être sportif de grimper là-haut sans ascenseur, mais fort intéressant pour se faire une idée générale de la région, voire du royaume tout entier. Une fois devant l'édifice, je me tordis le cou pour contempler le sommet vertigineux. Se découpant sur la course des nuages, la tour donnait l'illusion de basculer.

— Mettons pied à terre, dit Ergonthe. Lorsque nous serons devant le frère-seigneur, vous poserez un genou au sol, vous inclinerez la tête, main sur le cœur, et vous resterez ainsi jusqu'à ce qu'il nous souhaite la bienvenue.

— Et s'il ne nous la souhaite pas ? demandai-je, un peu par provocation.

— Alors nous serons jetés par une fenêtre, comme des malpropres.

— Je vois, marmonnai-je, nullement inquiet car je n'imaginais pas que notre hôte pût considérer un cavalier litith comme un *malpropre*.

Un doute m'assaillit : « Moi, par contre... ». Car, bien entendu, j'avais gardé de mon bain dans le Styx des vêtements maculés de traces noirâtres et la chevelure bitumée comme celle du collecteur d'impôts dans *Lucky Luke*. Ne manquaient que les plumes.

— Ergonthe, je ne peux pas me présenter dans cet état à un frère-seigneur ! m'alarmai-je.

— Non, mais nous n'avons pas le temps de faire des manières.

Affolé, j'explorai l'environnement du regard dans l'espoir fou d'apercevoir une fontaine, un trou d'eau... une flaque ! Que nenni ! Ce n'étaient que terre sèche et ronces. A cet instant, la grande porte à double battant devant laquelle nous attendions (une plaque lisse et mate de métal noir qui ne comportait ni serrure, ni marteau, ni la moindre aspérité) s'ouvrit lentement dans un sinistre grincement de gonds rouillés. Malgré moi, je grimaçai. Se méprenant, Ergonthe m'avertit :

— Surtout, ne souriez pas !

Un personnage filiforme, d'environ deux mètres, vêtu d'une cotte et d'un pantalon de laine rouge sombre, se planta devant nous. Son visage allongé, raviné de profondes rides, avait le teint gris et l'expression hagarde d'un zombie. « Bienvenue au château des morts-vivants », pensai-je en veillant à conserver un air aussi sinistre que le sien. Je m'attendais à ce que mon guide nous présente, ou au moins dise bonjour. Ce fut l'homme qui ouvrit la bouche le premier, juste pour lâcher un son évoquant vaguement le mot : « Entrez ». Puis il se détourna et nous lui emboîtâmes le pas.

— Ce n'est pas le frère-seigneur, je présume, chuchotai-je à Ergonthe.

— L'un dc ses serviteurs, me confirma-t-il.

— Nous n'avons pas frappé, fis-je remarquer. Comment a-t-il su que nous étions là ?

— Le frère-seigneur nous a sans doute vus arriver.

— Eh oui, normal pour un grand guetteur.

— Il n'est pas le Grand Guetteur.

— Je sais bien... Au fait, vous ne m'avez pas dit le nom de notre hôte.

— ♑♏♋♑♋♍er.

— Hum... je m'en souviendrai sûrement !

C'était évidemment aussi impossible que ce patronyme était imprononçable. Heureusement, le Litith eut la bonté de préciser :

— Pour les étrangers, il convient de l'appeler Akys III.

Tirant nos équineds par la bride, nous traversâmes d'abord une longue galerie d'accueil, faiblement éclairée par des braseros rougeoyants, suspendus à des potences de fer forgé. Parvenus au pied d'un large escalier s'élevant en spirale, le serviteur nous demanda de laisser là nos montures dont « on » allait s'occuper, puis de le suivre jusqu'aux appartements seigneuriaux. Je me souviens de cette montée comme d'un film au ralenti : marche après marche, au rythme d'une procession funéraire, nous gravîmes cette tour pendant si longtemps que je crus n'en voir jamais la fin. Au niveau de ce qui aurait pu être le vingtième étage (en vérité, il n'y avait aucun palier, seulement des portes, toutes identiques, à intervalles irréguliers), j'interrogeai Ergonthe :

— Est-on bientôt arrivés, à votre avis ?

— Qui sait ? me répondit-il d'une voix morne.

Je le regardai et vit qu'il souriait. En vérité, nous y étions presque. Le serviteur poussa une porte. Nous pénétrâmes derrière lui dans un vaste logement, richement meublé de coffres et d'armoires de bois sombre. Des tapisseries étaient tendues sur les murs, relatant des exploits guerriers. Je remarquai particulièrement l'une d'elles qui me rappela une certaine expérience récente, car elle représentait un combat aérien de dragons. Une dizaine de lampes, dites « à influorescence », ressemblant à des lanternes de coche du XIXe siècle, étaient fixées aux murs. Elles constituaient quasiment la seule source d'éclairage, car les trois meurtrières percées dans le mur à notre droite ne laissaient filtrer qu'une chiche luminosité.

— Le maître viendra tout à l'heure, nous informa le serviteur. Voici la chambre du seigneur Thédric, dit-il en ouvrant une porte finement sculptée. Et voici la vôtre, seigneur Ergonthe, juste à côté. Nous servirons le souper dans la salle des repas, au bout de ce couloir.

Il désigna une ouverture obscure au fond de la pièce, flanquée de deux armures noires qui semblaient en garder l'accès, les mains posées sur la garde d'une épée longue fichée dans le sol. Le zombie s'inclina respectueusement devant nous. Avant qu'il ne s'en retourne, je l'interpellai :

— Pardonnez-moi, monsieur, enfin... messire, aurais-je la possibilité de faire un brin de toilette avant de... ?

Je désignai ma tignasse gluante.

— C'est prévu, seigneur, dit-il avec une inclinaison de la tête.

— Bien, merci.

J'avoue que cette considération servile me flattait l'ego, m'inspirant un sentiment de noblesse... et de supériorité qui va avec.

Ma chambre était vaste, bien qu'horriblement sombre, et je disposais d'un gigantesque lit à baldaquin. Il flottait une odeur de cire et de vieux papier, pas désagréable mais entêtante. Je fis volte-face en entendant la porte grincer. Trois serviteurs entrèrent, aussi grands et décharnés que celui qui nous avait accueillis. Ils transportaient un grand bac de métal, ainsi que des serviettes et autres accessoires de bain. Après avoir installé le tout au milieu de la pièce, ils s'inclinèrent dans un bel ensemble. Je fis de même en les remerciant.

— Nous allons chercher l'eau, m'annonça l'un d'eux.

Quand ils revinrent, chargés de grands brocs, j'avais commencé de me dévêtir. Ils achevèrent le travail en silence. Une fois nu, je fus invité à m'asseoir dans le bac.

— Hou, c'est froid ! m'exclamai-je en y entrant.

Quelques instants passèrent. J'étais légèrement anxieux... à juste titre !, car ils versèrent ensuite sur mon corps déjà frissonnant un fluide glacial qui me fit hurler comme un martyr de l'Inquisition.

— Vous n'avez pas d'eau chaude ? réclamai-je, les muscles des mâchoires crispés de froid.

Ils échangèrent des regards interrogatifs.

— Non, seigneur, me répondit l'un des serviteurs.

Ce fut, là encore, une expérience inoubliable, mais ô combien revigorante !

8

La vasque du Destin

Lorsque Ergonthe vint me chercher pour aller dîner, j'arborais une superbe mine coquelicot, et une tenue brun rouge, pour remplacer mes vêtements terriens qu'on allait me lessiver. Nous nous rendîmes dans la salle des repas, où nous attendait une grande table ovale dressée seulement pour deux convives. Cela ne me surprit qu'à moitié, car je m'attendais à ce que le maître des lieux, qui n'avait pas daigné nous accueillir en personne, ne se montre pas avant le dessert, et peut-être même le lendemain.

Les serviteurs s'occupèrent de nous avec une déférence placide qui me déconcerta. Mais nous eûmes droit à un service quatre étoiles : « Votre Seigneurie reprendra-telle du *poudjo* ? » C'était une sorte de soupe grasse, de couleur rouille, dont je préférai ne pas connaître la composition. « Pardon, Votre Seigneurie, je vous sers le *coutcho.* » De la viande grillée, croquante et parfumée. Un régal ! « Un peu de vin de limon, monseigneur ? » Là, je m'abstins de goûter. Autre particularité de ce repas princier : outre que nous le prîmes en tête à tête, Ergonthe et moi, il se déroula dans un silence de moines trappistes. J'eus beau tenter d'arracher des commentaires à mon vis-à-vis sur ce que nous mangions, ou des informations sur la situation politique du pays, il n'y eut rien à faire. « Mangez et appréciez », me répétait-il à l'envi. Si bien que je finis par me rabattre sur nos serveurs.

— Notre hôte ne dîne pas avec nous ? demandai-je à l'un d'eux.

— Le maître ne dîne pas.

Ce fut tout. Ils disparurent après nous avoir apporté en guise de dessert des crebs croustillants de criquets bleus. Enfin, mon guide m'adressa la parole (je le soupçonne d'avoir voulu couvrir nos bruits de mandibules, qui résonnaient de façon comique dans cette grande pièce, et auraient fini par me faire éclater de rire).

— Il faut savoir se montrer patient chez Akys III, déclara-t-il. Il arrive parfois qu'il reste plusieurs semaines invisible, sans que l'on sache pourquoi.

Devant mon air ahuri, il précisa :

— Nous concernant, étant donné les circonstances, l'attente ne devrait pas durer plus de trois ou quatre jours.

— Vous blaguez, j'espère ?

Il me dévisagea, puis lâcha :

— J'en ai l'air ?

Je fermai les yeux. Trois ou quatre jours à mourir d'ennui dans ce tombeau, alors que mon forfait prévoyait douze jours de péripéties haletantes ! C'était comme si on m'avait annoncé une grève surprise d'Air Europe, et soixante-douze heures à me morfondre dans un hall d'aéroport. Alors que je me lamentais intérieurement, à la fois atrocement déçu et fâché, tel un client floué, une voix puissante et grave retentit dans la pièce :

— Me voici, mes amis !

Avec un certain empressement, nous nous levâmes. Imitant Ergonthe, je me mis en position de chevalier pénitent, genou au sol, nuque offerte et main sur le cœur. Je vis une ombre glisser sur les dalles de marbre rouge, puis m'envelopper comme la cape d'un spectre.

— Soyez les bienvenus dans la tour du Grand Guetteur !

Ouf ! Nous pouvions nous redresser. Je reçus alors comme un choc la stature du frère-seigneur. Certes, il ne mesurait que deux mètres, mais me trouvant à moins d'un pas de son imposante carcasse, je me sentis aussi gringalet qu'un enfant de huit ans devant un Père Noël haltérophile. Car l'homme était non seulement grand, mais taillé comme un troll déménageur. Il portait une tenue médiévale, de cuir clouté et d'épaisse toile grise. Dans sa ceinture était passée une dague plus longue que mon avant-bras, fichée dans un fourreau aux ferrures ouvragées. Ce beau sexagénaire avait l'élégance majestueuse d'un souverain, dont l'autorité ne souffrait aucune contradiction. J'étais subjugué.

Ergonthe prit la parole pour solliciter :

— Pouvons-nous parler, frère-seigneur ?

Notre hôte afficha un air préoccupé.

— Bien sûr. Il y a urgence, en effet. Suivez-moi, ami litith, nous allons monter dans mon observatoire.

Je n'eus même pas le temps de me dire : « Chouette, je vais assister à une conversation au plus haut niveau ! » Ergonthe me pria de regagner ma chambre et de m'y reposer, car je devais m'attendre à vivre des heures épuisantes dans les jours à venir. Mon orgueil fut un peu pincé par cette mise à l'écart, mais je me raisonnai en me rappelant que je n'étais ici qu'un touriste en excursion.

Une fois seul, je n'eus donc rien d'autre à faire qu'aller me coucher. En vérité, j'en fus bien aise, car j'étais éreinté. Je me laissai aller à bâiller, en songeant que je n'avais aucune envie de me glisser dans des draps que j'imaginais froids comme un linceul. C'est pourquoi je décidai de m'allonger tout habillé sur le lit, le temps de me préparer au sommeil en lisant un bon livre (dans la mémoire de mon carnet numérique, je disposais d'une centaine de romans, dont un récit médiéval-fantastique qui conviendrait parfaitement). Naturellement, peu après avoir commencé, je passais déjà de l'autre côté du miroir, au royaume des surréalistes où l'absurdité est reine, et roi le merveilleux. Ce qui se produisit ensuite tient à la fois du rêve et de la réalité.

Je fus d'abord alerté par un bruit ténu, que je pris pour le souffle du vent murmurant derrière le vitrail de l'unique meurtrière de la pièce. Mais, bien vite, je me rendis compte qu'il s'agissait d'une voix. Chantait-elle ? M'appelait-elle ? C'était en tout cas assez intriguant pour que j'en recherche l'origine. Je me levai donc, puis quittai ma chambre dans une semi-conscience somnambulique. Je me revois ensuite gravissant le grand escalier en spirale, tout en me demandant ce que je faisais là au lieu de poursuivre mes doux rêves dans mon lit. Il me semble qu'en chemin, j'ai croisé un copain de fac. Je l'ai dévisagé au passage avec effarement... Lui aussi.

Me voilà pénétrant dans une immense salle octogonale, sans ouverture ni mobilier, au centre de laquelle se dresse un curieux monument d'un mètre cinquante de haut. C'est une vasque en vermeil, solidement fixée par des pattes en fer sur un piédestal de marbre noir. Je comprends que je suis en présence du fameux miroir des divinations, et j'en suis vivement impressionné.

Attiré par cet objet luisant comme par un aimant, je m'en approche jusqu'à y plonger mon regard embrumé de sommeil. Je découvre alors qu'il est rempli de mercure, dont la surface reflète mon visage d'une pâleur inquiétante. Tout à coup, une voix m'interpelle, masculine et chaude :

— Que voyez-vous dans le miroir du temps ?

Je sursaute, davantage de surprise que de peur. L'homme, qui se tient au fond de la salle les bras le long du corps, est un vieillard à barbe blanche, vêtu d'une tunique longue serrée à la taille par une ceinture d'or éclatant.

— Vous êtes... ?

Je n'ose prononcer *le Grand Guetteur*, puisque ce noble personnage est censé être mort depuis des siècles.

— Je suis celui auquel vous pensez, confirme-t-il avec une pointe d'espièglerie dans les yeux.

— Pardonnez-moi, je ne sais pas trop ce que je fais ici. J'ai suivi une voix...

— Vous n'avez pas à vous excuser, déclare le Grand Guetteur. Cet endroit n'est pas un sanctuaire interdit.

Je jette un regard circulaire, tel un égaré qui ne parvient pas à réaliser ce qui lui arrive. Et voilà que je m'entends déclarer :

— Mince alors, je croyais que je dormais !

— Mais avant d'y pénétrer, poursuit le spectre, il faut être averti qu'on peut y apprendre des vérités parfois difficiles à assumer.

J'acquiesce en pensée, tant il est vrai que toute vérité n'est pas bonne à entendre.

— Vous ne m'avez pas répondu, insiste le Grand Guetteur. Que voyez-vous dans la vasque du Destin ?

Par prudence, je ne tiens pas à me mirer de nouveau dans le mercure divinatoire. Je réponds cependant :

— Ma tête, les traits un peu tirés.

— Que souhaiteriez-vous connaître ? Votre avenir ?

— Holà ! Rien au-delà des prochaines vingt-quatre heures.

Cette exclamation traduit toute l'ambiguïté de mon état d'esprit. D'un côté, je suis prêt à entendre de bonnes nouvelles sur mon avenir. D'un autre, la perspective d'apprendre des faits inquiétants me fait peur. Continuant à lire mes pensées, le vieux rusé me pousse dans le piège de la tentation.

— Fort bien. Regardez à nouveau dans la vasque, dit-il avec un geste courtois de la main.

Ainsi m'invite-t-il à boire au calice de la connaissance périlleuse. Naïf vieillard ! Me crois-tu si dupe ? J'en souris, presque avec arrogance. En retour, il me fixe avec sévérité. J'en conclus que si je refuse sa sollicitation, je vais le vexer, tel un chamane amazonien me tendant un bol de yopo *. Je finis par céder, pourtant conscient de commettre une belle erreur. Une pensée me console : en vint-quatre heures, même si bien des choses peuvent se passer, je ne vais de toute façon pas mourir. Alors, courage !

---

* Yopo : légumineuse contenant un principe hallucinogène, mastiquée et diluée à la salive.

Je me penche donc sans crainte sur mon destin. Une image d'une étonnante netteté se forme à la surface du mercure : je me vois avec Ergonthe, quittant la tour du Grand Guetteur sur nos équineds. Je remarque que je ne porte plus mes habits de touriste, jean et blouson multipoches, mais une cotte de cuir cloutée et un pantalon vert foncé. Le plus stupéfiant, c'est l'épée dans son fourreau, que je distingue accrochée sur mon dos à la manière de mon guide litith. Je constate en outre que je porte un poignard à la ceinture et une arbalète attachée sur le côté droit de ma selle. Eberlué et admiratif, je demande :

– Etes-vous sûr que c'est moi ?

– Qui donc voulez-vous que ce soit ? ironise le Grand Guetteur.

Je lève les yeux et le découvre maintenant tout près de moi, de l'autre côté de la vasque dans laquelle il plonge son profond regard bleu nuit. Il n'a pas du tout l'apparence éthérée d'un spectre. Bien au contraire, c'est un beau vieillard de chair et d'os, fort bien conservé pour un mort multicentenaire. Je reporte mon attention sur le mercure. Nous chevauchons au trot, à travers un curieux paysage hérissé de tertres rocheux en pierre de lave noire. Surgissent alors deux guerriers lourdement armés, qui nous coupent la route. C'est une embuscade ! Ergonthe tire l'épée et décapite celui qui l'attaque par la droite. Puis il embroche le second. Spectateur halluciné, je me mords les lèvres comme devant un film d'action haletant. Et voilà que nous charge une dizaine d'autres assaillants. Nos équineds donnent de droite et de gauche des coups de dents remarquablement efficaces, tandis que moi j'en suis encore à me battre... avec mon épée que je n'arrive pas à dégainer. L'impuissance des pires cauchemars de mon enfance ! Quand enfin je suis en mesure de défendre ma peau, ma monture se cabre et m'expédie à terre. Je suis à peine relevé qu'une créature massive et sombre se précipite sur moi, lame brandie. Il m'est difficile de la discerner nettement, mais elle m'inspire une peur panique. En toute logique, elle m'embroche, me transperce de part en part, puis pousse un affreux ricanement de victoire. Je me vois m'écrouler... et rendre mon dernier soupir. Le mercure restitue l'image de mon visage livide, figé de stupeur.

Je relève la tête pour bredouiller :

— Qu'est-ce que ça signifie ?

Le Grand Guetteur garde le silence. Il paraît embarrassé, peut-être compatissant.

— La vasque du Destin, à l'instar de n'importe quel miroir, ne fait que refléter ce qu'on lui montre. Si j'avais su, je ne vous aurais pas suggéré de vous y pencher. Vous m'en voyez désolé.

Je descends du piédestal puis, titubant, quitte cette salle diabolique. De toute façon, me dis-je en dévalant les marches, je m'en fiche puisque je suis en train de rêver. Le cœur au bord des lèvres et l'estomac noué, je regagne ma chambre, me déshabille et me recouche dans des draps effectivement froids comme la mort, avec la ferme intention d'oublier cet horrible songe... un peu trop réaliste.

Demain sera un autre jour. Le dernier ?

9

Du rêve à la réalité

Aux premières lueurs de l'aube, Ergonthe vint me tirer du lit. J'étais si profondément abîmé dans un sommeil sans rêve qu'il dut me croire mort. Car il fallut qu'il me secoue et donne de la voix pour qu'enfin je soulève une paupière. Cinq minutes plus tard, à moitié conscient et traînant les pieds, je le suivis jusque dans une salle en dessous. Là, nous attendait le grand maître d'hôtel qui nous avait accueillis la veille. Il inclina le buste respectueusement. J'en fis de même.

— Au cas où nous ferions une mauvaise rencontre lors de notre voyage de retour à Isparine, m'expliqua Ergonthe avec gravité, j'ai suggéré que vous soyez doté d'un équipement de guerre. Akys III y a consenti, en autorisant que vous vous serviez dans sa propre armurerie. J'espère que vous apprécierez l'honneur qu'il vous fait.

Cette annonce me réveilla comme une gifle.

— Mais je ne suis pas soldat ! Je ne sais pas me battre à l'épée !

— Ce qui compte, c'est que l'ennemi le croie. Akys III pense que si l'Immonde envisage une invasion, il enverra d'abord des éclaireurs pour évaluer la situation de ce côté de la frontière. N'étant pas en mission de combat mais d'espionnage, ils ne se risqueront pas à nous attaquer, surtout s'ils voient en nous des guerriers confirmés.

— En somme, notre apparence serait une arme dissuasive ?

— Exactement.

Je demeurai perplexe. Certaines images de mon escapade nocturne me revenaient en mémoire et montraient exactement le contraire.

— ♐♋♑♋ va vous aider, reprit Ergonthe.

— Pardon ?

— Dans votre langue, ça se prononce *Shbocho,* reprit-il en désignant le serviteur.

— Shbocho, répétai-je en m'appliquant.

— Dès que vous serez prêt, vous nous rejoindrez en haut de la tour. A tout de suite, Thédric, termina le Litith en me posant une main sur l'épaule.

Ce geste amical me surprit et me toucha.

Une fois Ergonthe sorti, Shbocho me guida pour trouver parmi de nombreuses épées celle qui conviendrait le mieux à mon gabarit. Quand il la posa dans mes mains, outre que je la trouvai diablement lourde, me revint comme un flash la vision d'une embuscade, durant laquelle je me contorsionnais maladroitement pour dégainer ma lame. Je secouai la tête afin de chasser cet angoissant parasite mental, puis choisis la dague et l'arbalète qui compléteraient mon armement. Ensuite, je dénichai parmi des dizaines exposés sur des portants un costume complet de combattant : cotte cloutée de cuir épais, pantalon vert foncé de cuir souple... M'efforçant de ne penser à rien, je chaussai des bottes noires d'un grand confort, qui m'allaient comme des gants ! D'ailleurs, c'est par cet élément que j'achevai mon équipement : une paire de gants en peau, que je pouvais serrer au poignet grâce à une patte réglable.

Ainsi me transformai-je en redoutable guerrier du royaume des Sept Tours. J'en fus curieusement troublé.

— Allons-y, dis-je à Shbocho.

— Bien, seigneur. Je vous guide.

Nous regagnâmes l'escalier en spirale. L'ascension jusqu'au sommet aurait duré une heure au rythme de ce zombie pendulaire à la démarche légèrement chaloupée. Prenant les devants, je le distançai rapidement et ne mis que quelques minutes à atteindre le haut de la tour. Légèrement haletant, je débouchai brusquement sur une vaste terrasse octogonale, battue par un vent fort qui émettait des mugissements fantomatiques. Le colossal Akys III et Ergonthe se tenaient côte à côte, observant l'horizon vers le nord, leur chevelure longue agitée par l'haleine glacée qui soufflait des Mondes noirs. Le Litith se retourna et m'invita d'un geste à me joindre à eux. Je remarquai alors, à la gauche du frère-seigneur, une lunette de vue binoculaire, dont le support était monté sur un rail courant le long du parapet crénelé. J'en déduisis qu'il suffisait de manœuvrer l'engin sur sa glissière pour observer n'importe quel azimut.

— Voulez-vous jeter un œil sur les Mondes noirs ? me proposa le frère-seigneur avec un sourire amical.

Ergonthe fronça les sourcils, surpris et de toute évidence embarrassé par cette proposition pourtant anodine.

— Prenez garde, Thédric, m'avertit-il, au cas où vous tomberiez sur le château de l'Immonde, à ne pas le fixer plus de cinq secondes. Les rayons de ténèbres qui en émanent vous grilleraient la raison aussi sûrement que le soleil vos yeux.

Je comprenais mieux sa réaction, beaucoup moins l'insouciance du frère-seigneur. J'acquiesçai, puis allai plonger le regard dans la lunette. Presque aussitôt, la vision du paysage dévasté des Mondes noirs m'inspira le même dégoût que la veille, durant notre excursion mouvementée avec les chevaliers-dragon. Je parvins quand même à la soutenir. Les plaines et les vallons étaient uniformément gris anthracite, hérissés de moignons d'arbres charbonneux. On eût dit un paysage de Provence après un incendie, sous un ciel d'orage au crépuscule. Les collines et les plateaux, d'un gris plus clair, n'étaient cependant pas plus réjouissants. A certains endroits, je remarquai des croûtes sombres, qui se distinguaient nettement des affleurements rocheux. Il me fallut quelques instants pour réaliser qu'il s'agissait de villes fortifiées, bâties sans doute avec de la pierre de lave. Je me demandais quels genres d'êtres pouvaient vivre dans un tel environnement. Bien entendu, il s'agissait d'orques. Humanoïdes plutôt qu'humaines, ces créatures constituaient l'espèce dominante des Mondes noirs, puisque la seule à pouvoir y prospérer, tels les rats dans les égouts.

Une tache brune dans un vallon, semblable à un fourmillement d'insectes, attira mon attention.

— Bon sang, qu'est-ce que c'est que ça ?

— Un bataillon d'orques, me répondit Akys III.

— Mais... ils sont des milliers !

— Un petit bataillon, précisa-t-il.

— Savez-vous où est le gros de la troupe ? demandai-je, éberlué.

Il y eut un silence, puis le frère-seigneur laissa tomber, comme une sentence de mort :

— En route, lui aussi.

Je sentis mon cœur se serrer, comme si j'étais personnellement concerné. En vérité, je l'étais puisque cela compromettait la suite de mon séjour.

— Vont-ils attaquer bientôt ? m'enquis-je sans cesser d'observer cette masse grouillante en mouvement.

— Malheureusement, je ne possède pas le don de voyance du Grand Guetteur, répondit le frère-seigneur. Mais à en croire l'agitation de cette vermine, on peut supposer que cela ne saurait tarder.

— Vos propres troupes sont-elles prêtes à... ?

Je me décollai de la lunette pour regarder mon interlocuteur.

— Pardonnez-moi, Seigneur, je suis peut-être indiscret, m'excusai-je.

Akys III esquissa un sourire avant de m'honorer d'une confidence :

— Cela dépend des comtés. Certains sont totalement inconscients du danger, d'autres sont toujours prêts à affronter l'ennemi. Globalement, le royaume peut faire face, à condition que...

Il s'interrompit et se mit à fixer les sommets les plus éloignés des Mondes noirs. Je ne l'interrogeai pas davantage et, dévoré de curiosité, je repris mon observation. Je pointai la lunette sur ce qui me parut d'abord être un pic rocheux. C'était en fait un château qui se dressait dans toute l'arrogance de ses ténèbres, et dont je ne pouvais plus détacher mon regard. Il semblait lui-même me prêter une attention soutenue et... personnelle. Je ne lorgnais plus les Mondes noirs à la lunette d'approche, tel un touriste intrigué. Mon esprit était parti là-bas, aspiré par la fascination et déjà prisonnier dans une nasse vivante, l'estomac d'un monstrueux prédateur qui n'avait plus qu'à me digérer...

Je fus violemment tiré en arrière et projeté au sol sur lequel je roulai. La douleur de la chute me vrilla le cerveau, mais ma bouche resta close.

— Thédric, parlez-moi ! cria Ergonthe en me secouant.

Sa voix résonnait bizarrement. Je clignai plusieurs fois des paupières, car ma vue était obscurcie par un voile sombre. Heureusement, en même temps qu'elle, ma pensée s'éclaircit et je pus bredouiller :

— C'était moins une !

Moins une seconde, en l'occurrence, avant de perdre définitivement la tête. Il me fallut quelques minutes pour me remettre, et vomir ce qu'il me restait dans l'estomac de poudjo, de coutcho et de crebs.

Nous avons quitté la tour du Grand Guetteur avec le déplaisant pressentiment qu'elle serait sous peu assiégée, peut-être même détruite par les hordes en furie de l'Immonde. Je me décidai à demander à Ergonthe des précisions sur notre destination, et ce qu'il avait prévu pour moi.

— Vous concernant, me répondit-il, je dois vous demander d'abord de m'accompagner à Osthonde, la cité lítithe où siège notre Conseil des familles. Je ne puis faire autrement que de m'y rendre au plus vite. Mais le voyage ne sera pas long.

— Et ensuite ?

— L'un de mes frères vous ramènera à Isparine, ou moi-même si je le peux.

Cette annonce me pinça le cœur.

Après cela, mon guide garda le silence, mais je lisais sur son visage autre chose que ce à quoi sa nature réservée m'avait habitué. Il était redevenu un cavalier litith, c'est-à-dire un guerrier. Quant à moi, je n'étais plus vraiment un touriste de l'imaginaire, en jean et chaussures de marche *spécial baroudeur*. Je repensai tout à coup à mon rêve nocturne, au Grand Guetteur qui me fit miroiter innocemment une fin de séjour funeste. Par chance, je ne croyais pas aux rêves prémonitoires, même dans un infinimonde de l'imaginaire. Pourtant, j'étais perturbé par une sourde inquiétude, car ces images étaient inscrites dans ma mémoire avec une telle netteté que... Et si c'était vrai ?

Après deux ou trois heures de chevauchée, nous arrivâmes en vue d'un paysage chaotique, hérissé de tertres en pierre de lave rougeâtre et noire. J'en eus le souffle coupé, non à cause de sa beauté, mais parce qu'il correspondait exactement à celui dans lequel je m'étais vu mourir.

— Ergonthe, il ne faut pas aller là-bas ! m'alarmai-je.

— Pourquoi ?

— Il y a des ennemis planqués derrière ces buttes, j'en suis sûr.

Le cavalier litith ordonna à son équined de se mettre au pas. Longuement, il considéra l'immense prairie au relief accidenté qui s'étendait devant nous.

— C'est possible, conclut-il. Mais nous n'avons pas le temps de contourner la vallée des Géants rouges. Tenons-nous sur nos gardes et tout ira bien.

La demi-heure qui suivit fut à elle seule une véritable épreuve ; la trouille me travaillait tellement que j'en avais la nausée. Plus nous avancions dans cet environnement au silence oppressant, où chaque ombre me paraissait hostile, où chaque roncier, chaque arbuste disgracieux pouvait cacher un assassin, plus j'étais certain que nous allions tomber dans un piège. J'en fis part à plusieurs reprises à mon guide, qui finit par s'énerver et exiger que je me taise. Et soudain, mon rêve commença à se réaliser.

— Ergonthe, à droite, attention ! m'écriai-je alors même que le premier agresseur n'était pas encore visible.

Involontairement, j'avais anticipé l'embuscade à laquelle j'avais assisté dans le miroir de mercure. Alerté, le cavalier litith dégaina son épée avec la célérité d'un samouraï, et décapita la créature à face de... de je ne sais trop quoi en vérité, qui fonçait vers lui, la hache brandie et poussant un cri rauque. Une seconde silhouette surgit par la gauche et fut embrochée... comme prévu. De mon côté, je levai les bras pour saisir à deux mains la poignée de mon épée attachée dans mon dos. Evidemment, je n'arrivai pas à la sortir.

— Ergonthe, hurlai-je, je vais mourir !

— Criez et combattez !

— Je l'ai vu dans la vasque du Destin, hier soir. C'est le Grand Guetteur qui me l'a montré.

Un ennemi, qui courait vers moi, stoppa net pour éviter les mâchoires de mon équined. Il recula, jambes fléchies, en émettant un grognement de pitt-bull enragé. Dans moins de cinq secondes, je savais que ma monture se cabrerait et m'enverrait à terre où je serais à la merci de mon meurtrier.

— J'ai vu ma mort, Ergonthe ! clamai-je comme un désespéré. Dans la vasque du Destin !

Ergonthe se figea pour me dévisager. Le cri d'attaque d'un ennemi le tira d'un coup de sa stupeur. Tout en combattant, il répliqua :

— Non, Thédric, l'avenir n'est jamais écrit. Votre volonté... (il esquiva un coup de massue cloutée) la volonté peut s'imposer... han ! (l'agresseur qui le prenait à partie perdit un bras) s'imposer au destin !

J'écarquillai les yeux. Mon équined était en train de se cabrer. Dans mes neurones, l'information circula à la vitesse de la lumière. Et ce fut l'illumination. Au lieu de partir en arrière pour finir sur les fesses, j'enlaçai l'encolure de l'hippogriffe... et restai en selle ! Oui, en selle ! J'avais contrarié le destin. Hélas, en la circonstance, *contrarié* pouvait signifier *différé*. Les pattes griffues de l'équined faisaient merveille en lacérant à tout-va, mais cela ne pouvait suffire. Enfin, je réussis à tirer ma lame et commençai à la faire tournoyer. On eût dit Richard Cœur de Lion dans un antique film hollywoodien. Persuadé que les orques étaient des êtres impressionnables, je poussais des hurlements de dément à m'en rompre les cordes vocales. Je me trompais, car en vérité ces créatures ignoraient la peur. De même apprendrais-je plus tard que nos agresseurs n'étaient pas des orques, pas même des mi-orques, mais une sous-catégorie encore plus fruste, utilisée comme « chair à canon » par les chefs de guerre orques...

Un sous-orque, que je n'avais pas vu venir, m'agrippa le mollet avec sa grosse patte velue, tandis qu'il armait son autre bras pour me porter un coup d'épée. Sans réfléchir, j'abattis ma propre lame sur son casque qui se fendit comme du beurre, le crâne en dessous pareillement. En authentique combattant médiéval, je repoussai du pied l'ennemi vaincu qui tituba un peu avant de s'effondrer. Un court moment, je le contemplai du haut de mon cheval carnivore, l'épée ensanglantée, le menton relevé... J'eus alors cette pensée, qui aujourd'hui me paraît surréaliste : « Il faut faire un vœu, Thédric, c'est ton premier mort. »

Les sous-orques survivants, une dizaine, me sembla-t-il, prirent la poudre d'escampette, laissant sur place cinq des leurs. Pour Ergonthe, l'incident était clos. Pour moi, c'était une formidable victoire. J'émis un dernier bref grondement de colère, puis me détendis. Alors seulement, mes jambes et mes mains se mirent à trembler.

Un peu plus tard, mon guide et moi avons discuté de ma rencontre nocturne avec le spectre du Grand Guetteur. J'appris ainsi que celui-ci ne s'était jamais résolu à quitter sa tour. Parfois, il lui arrivait de reprendre du service, pour répondre à un frère-seigneur qui le sollicitait, rarement à un visiteur de passage. Quant à un étranger... jamais ! Ergonthe ne sut comment interpréter cette exception, mais elle avait pour lui une signification d'un extrême intérêt qui s'expliquerait en son temps. Il ne voulut pas en discuter davantage. Je tentai alors de l'interroger sur mon rêve prémonitoire :

— Ce n'était pas un rêve, objecta-t-il.

— Ah ? J'aurais vraiment rencontré le Grand Guetteur ?

— Oui.

— Eh bien, si j'avais eu conscience à ce moment-là que je parlais à un fantôme, je me serais sûrement enfui en hurlant.

Il se fit un silence, puis je demandai :

— Comment expliquez-vous que l'embuscade ne se soit pas terminée comme je l'ai vu, alors que tout le reste s'est réalisé dans les moindres détails ?

— La vasque du Destin possède deux pouvoirs : d'une part, celui de montrer toute chose existante ou tout événement en train de se dérouler en n'importe quel lieu. Dès lors, le doute n'est pas permis. D'autre part, elle peut donner accès à l'avenir quand on le lui demande. Mais en ce cas, ce qu'elle révèle n'est qu'une éventualité, qu'une créature douée de raison peut contrer par sa volonté. Nos sages, dans nos écoles, apprennent à nos enfants à développer leur force de caractère et à refuser les augures.

Ergonthe parut réfléchir quelques instants, puis il eut cette conclusion dont la profondeur m'impressionna :

— L'avenir est comme une illusion : il a l'apparence du vrai et la fragilité du mirage. Y croire, c'est le subir. Le vouloir, c'est en devenir le maître... en partie du moins.

— Pourquoi en partie ?

— Parce que le Créateur a réservé une part au hasard.

10

Osthonde, la cité lítithe

Lors d'une pause à l'heure du déjeuner, j'exprimai à Ergonthe le désir de poursuivre mon séjour malgré les circonstances.

— Ce que je vous suggère au contraire, c'est de l'écourter, objecta-t-il. J'en suis désolé, mais Akys III m'a révélé que la guerre est imminente.

— Imminente comment ?

— Elle peut commencer à tout instant. Or c'est dans les premières heures qu'elle sera la plus terrible. Les orques ont toujours appliqué la même stratégie : une agression soudaine, massive et extrêmement violente. Ensuite, ils campent sur les positions conquises, avant de pousser plus loin et de la même façon leur invasion.

— Et si... (je soutins son regard sévère et néanmoins amical) je décidais de rester ?

— Vous tenez à mourir ?

— Pourquoi voir les choses aussi tragiquement ? Je peux très bien combattre à vos côtés et m'en tirer, peut-être même sans une égratignure.

En repensant aujourd'hui à ma fatuité, je me ficherais des claques, comme à un amateur arrogant qui prétendrait pouvoir faire mieux qu'un professionnel expérimenté. Ergonthe trouva une manière plus efficace, bien que tout aussi humiliante, de me remettre à ma place.

— Très bien, me dit-il en se redressant. Prenez votre épée.

J'hésitai avant d'obtempérer, déjà décontenancé. Nous nous faisions face, prêts à l'affrontement. A la différence de mon adversaire, j'avais les jambes molles et le cœur qui jouait du tam-tam. Cela dit, j'étais quand même décidé à lui prouver que je ne manquais pas de courage, d'autant que je disposais d'un solide entraînement au karaté et d'une musculature régulièrement entretenue en salle de sport.

— Je suis un sous-orque, m'annonça Ergonthe. Un petit, maladroit… et manchot de surcroît, ajouta-t-il en se cachant une main dans le dos. Mais je suis déterminé à vous tuer, parce que pour moi vous n'êtes qu'une vermine répugnante.

— J'en ai autant à ton service, punaise ! lançai-je, me prenant aussitôt au jeu.

Ergonthe avança vers moi d'une démarche claudicante, et avec une expression de rage bestiale très réussie. Je me mis en position de combat, jambes fléchies, tenant fermement mon épée à deux mains, et me donnant un air farouche. La première attaque fut facile à parer. Ne voulant pas rester passif, je tentai une contre-attaque « façon chasse-mouches », aussi efficace qu'élégante. Je devais être ridicule. Mon adversaire émit un drôle de rire, cogna mon épée avec une telle force qu'elle m'échappa. L'instant suivant, il m'expédia à terre d'un coup d'épaule. Pour conclure cette pitoyable démonstration, il se jeta sur moi sans la moindre retenue, et me plaqua le fil de son épée sur la gorge.

— Voilà, Thédric. Vous êtes mort, égorgé comme un goret vaniteux, conclut-il.

Il se releva, retourna vers nos paquetages que nous avions laissés sur un gros rocher affleurant l'herbe, puis m'invita à venir déjeuner.

— Vous aviez affaire là à un sous-orque de votre niveau, précisa-t-il. Avec quelques rudiments de technique de combat à l'épée, vous pouviez le vaincre. Pour affronter un mi-orque, des mois d'entraînement intensif seraient nécessaires. Quant à un orque...

Il s'interrompit, estimant que ce silence éloquent était le meilleur argument de dissuasion. Je hochai d'abord la tête comme si j'étais résigné, puis répliquai d'une voix sourde, sans le regarder :

– Ce voyage m'a coûté l'intégralité de mes économies. Dans mon contrat, il est stipulé qu'il doit durer douze jours. Nous en sommes au troisième, il en reste neuf.

– Comme vous voudrez, lâcha Ergonthe sans paraître s'émouvoir. Dans le mien, il n'est pas écrit que je suis responsable de votre vie, encore moins si vous tenez à la perdre.

Nous étions donc d'accord, mais sur le mode « chacun sa route ». J'eus quand même envie de lui soumettre une requête :

– Le temps que je séjournerai à Osthonde, pourrai-je être initié au combat ?

Il m'adressa un sourire, dont je n'aurais su dire s'il était bienveillant ou sardonique.

– Si cela vous amuse, lâcha-t-il.

Ensuite, je n'entendis plus le son de sa voix jusqu'à ce que nous repartions.

Nous arrivâmes en vue de la capitale litithe au crépuscule, sous un ciel plombé et une pluie fine qui me glaçait jusqu'à la moelle. Contrairement à ce que je m'étais figuré dans mon imagination débordante – rien que des architectures grandioses érigées dans un paysage de montagnes rocheuses aux proportions ahurissantes –, je ne fus pas subjugué, c'est le moins qu'on puisse dire. D'abord, la cité s'étendait en bordure d'une espèce de toundra sinistre, battue par les vents, dont les frontières se perdaient à l'horizon d'un désert sans fin. En guise de rempart, elle ne possédait qu'un fossé peu profond, à sec, et qu'une simple enceinte constituée d'un alignement de piliers de bois derrière laquelle, tous les cent mètres environ, se dressait un mirador des plus rudimentaires. Nous approchions d'une ville mérovingienne et j'en fus complètement déconcerté. Seule sa superficie était réellement impressionnante, sans doute plusieurs milliers d'hectares à en juger par la longueur du mur qui, du nord au sud, s'étirait sur des kilomètres.

La route que nous suivions menait en droite ligne, depuis une forêt que nous venions de quitter, jusqu'à un châtelet d'entrée. Les portes de ce dernier étaient grandes ouvertes et non gardées, en apparence du moins car nous étions encore trop loin pour pouvoir l'affirmer.

— C'est donc là que vous vivez ? demandai-je à Ergonthe.

— Que je suis né, rectifia-t-il. Les cavaliers liliths se partagent en deux catégories : les sédentaires et les voyageurs. J'appartiens à la seconde.

— Je vois, d'où votre fonction de guide touristique.

— Ce n'est pas ma *fonction*, m'apprit-il. Je remplace un de mes frères liliths qui s'était engagé.

— Il a eu un empêchement ?

— Il est mort avec son client en chutant dans un ravin.

— Oh, pardon... je suis désolé.

— Il n'a pas écouté les avertissements de nos pères.

Sous-entendu, il a été puni de sa trop grande témérité. La dure loi du clan. Cela me déplut, mais je n'insistai pas. Après un long silence, je le questionnai à nouveau :

— Pouvez-vous me parler un peu d'Osthonde ? Y a-t-il des dangers à redouter, des précautions d'usage à respecter ? Des gens à éviter ?

— Ouvrez grand vos yeux, cela devrait suffire à votre information.

— Tout de même, s'il y a des us et coutumes à connaître, j'aimerais autant que vous me mettiez au courant avant que je ne commette des impairs.

— Le seul impair qui vous guette, c'est le manque d'attention. Restez vigilant, écoutez, respectez, évitez de sourire à tout bout de champ ou de parler pour ne rien dire, et tout se passera au mieux.

— Eh bien, fis-je en me renfrognant, on ne doit pas rire tous les jours, chez vous.

— Les tribus litithes ont une histoire endeuillée par les guerres, où la trahison a souvent été la cause de grandes souffrances. Entre nous, la fraternité s'exprime sans retenue. En présence d'un étranger, il en va différemment.

— Je saurai me faire accepter, assurai-je.

Sa réplique me flatta :

— Je le crois. Mais ne brusquez jamais les choses.

— Comme avec les femmes, dis-je en lui adressant un clin d'œil.

Je n'ai pas la réputation d'être un dragueur, mais en vacances je me laisse volontiers aller à un peu plus de concupiscence. Ergonthe répondit à mon allusion par un regard qui en disait long sur mes chances avec les cavalières litithes.

— Vous faites bien d'aborder ce sujet, déclara-t-il. Chez nous, ce n'est pas l'homme qui choisit, c'est la femme.

— Ah ? relevai-je avec intérêt. Mais pourquoi est-ce une mise en garde ?

— Si cela vous arrive, vous comprendrez.

Sur cette parole énigmatique, et donc inquiétante, il ordonna de la voix à son équined de finir le voyage au galop. Je m'élançai à sa suite avec une folle impatience de rencontrer ce peuple intriguant.

Une fois l'enceinte franchie, je reçus un choc auquel j'étais loin de m'attendre, vu l'a priori que je m'étais forgé sur le niveau de civilisation des Lititһs. Leur capitale n'était pas, à l'instar de n'importe quelle cité médiévale, un amas chaotique de maisons de bois plus où moins miséreuses parcouru d'un lacis de ruelles tortueuses insalubres et grouillantes de vie. C'était bien au contraire un immense quartier résidentiel où chaque villa, toujours de plain-pied, était séparée des autres par de vastes prés, des jardins ou des bosquets, le tout parfaitement entretenu. Un réseau de voies rectilignes en terre battue reliait entre eux les quartiers. Je compris très vite que ces chemins servaient essentiellement au passage de chariots et autres véhicules tractés, car partout ailleurs c'était à équined qu'hommes, femmes et enfants se déplaçaient. Les cavaliers étaient relativement nombreux, mais répartis sur une surface telle qu'on n'avait pas une impression de foule. Quant aux piétons, on n'en voyait qu'à proximité des maisons, et le plus souvent occupés à des travaux d'entretien.

Nous avancions sur une avenue qui filait vers un ensemble de bâtiments à larges façades et, comme les maisons autour de nous, sans étage. Ils étaient en outre disposés en fer à cheval autour d'une vaste cour herbeuse.

— C'est le palais de votre chef, je présume ? m'enquis-je.

— Oui. Nous l'appelons la Maison Mère. C'est là que se tient le Conseil des familles et que sont réglés les divers problèmes touchant à la communauté dans son ensemble.

— Vous n'avez pas de gouvernement ?

— Pas comme vous pouvez l'entendre. Chaque clan, chaque famille, chaque Litith se gouverne lui-même.

— Il n'y a jamais de conflit ?

Il me dévisagea comme si ma question était incongrue. Je la reformulai autrement :

— Je veux dire, comment ça se passe quand il y a un vol ou une infraction quelconque ?

— Je vous l'ai dit, tout se règle en famille.

Cela sonnait un peu « mafia », mais je me doutais que ce peuple n'avait rien de comparable.

— Je suis surpris de constater que votre cité est si peu protégée, repris-je. Il n'y a même pas de gardes à l'entrée.

— Y en a-t-il à l'entrée de votre cité... Paris, c'est bien cela ?

— Oui, Paris. Il n'y en a pas parce que chez nous, depuis l'invention du canon, on s'est aperçu que les remparts ne servaient pas à grand-chose. Et puis, nous sommes en paix.

— Vous avez votre réponse, laissa-t-il tomber, visiblement agacé par cet interrogatoire.

Cela ne m'empêcha pas de poursuivre :

— Que se passera-t-il si les orques de l'Immonde viennent jusqu'ici ?

Pour la première fois, je vis Ergonthe se troubler. Il semblait que la perspective de voir se réaliser ce cauchemar le plongeait dans le désarroi, comme si remontaient des tréfonds de sa conscience les souvenirs de grands malheurs ancestraux. Il se tut et, enfin, moi aussi.

C'est alors que nous vîmes galoper à notre rencontre un groupe d'une dizaine de cavaliers. Bien qu'ils appartinssent à des familles différentes, j'aurais pu sans hésitation reconnaître des Litiths, non à leurs équineds, leur tenue de combat ou leur manière de porter l'épée sur le dos, mais parce que leur visage exprimait la même réserve un peu farouche que mon guide.

Ils nous rejoignirent, et sans effusion saluèrent le retour de leur compatriote.

— Te revoici, mon frère, déclara l'un d'eux.

Ses traits avaient des similitudes frappantes avec ceux d'Ergonthe, et pour cause puisqu'ils étaient vraiment frères. Tous deux étaient très bruns, avaient des yeux bleu-vert au regard incisif, et une petite fossette caractéristique au menton. Ils s'enlacèrent brièvement tout en restant en selle.

— Je reviens oui, mais hélas pas avec de bonnes nouvelles, répondit Ergonthe.

— Nous avons su pour l'attaque de la patrouille des chevaliers-dragon. As-tu une explication ?

— Je suis allé questionner Akys III en sa tour du Grand Guetteur. Ce qu'il m'a appris, le Conseil des familles doit l'entendre au plus vite.

— Je vais me charger de le convoquer.

Ils discutaient ainsi sans me prêter la moindre attention. Je n'existais pas plus pour les neuf autres cavaliers. Il n'y avait guère que leurs équineds pour s'intéresser au mien, ce qui avait tendance à l'exciter et moi à m'inquiéter à l'idée de me retrouver les fesses dans l'herbe, grotesque face à ces fiers guerriers. Alors que je tentais vainement d'empêcher ma monture de tendre le museau vers celui d'une congénère, j'entendis Ergonthe prononcer mon nom.

— Voici Thédric. Son forfait est de douze jours et il tient à le consommer jusqu'à la dernière minute.

Son trait d'ironie laissa de marbre ses amis. Mais peut-être ne le perçurent-ils pas comme tel...

— Soyez le bienvenu chez les cavaliers litiths, déclara son frère. Je m'appelle Frégainthe.

Attentif à ne pas paraître déplaisant, je m'abstins de sourire et répondis à l'accueil d'un signe de tête martial. A ma grande stupéfaction, Ergonthe éclata de rire :

— Allons, Thédric, décrispez-vous !

Puis il expliqua aux cavaliers :

— Je lui ai recommandé d'éviter de sourire à tout-va, comme on le fait chez lui. Quand il nous connaîtra mieux, il comprendra que nous ne sommes pas des... comment dit-on déjà chez vous, Thédric ? Je me souviens qu'un explorateur venant de votre pays a employé une expression bizarre, « pisse-froid ». Ce serait ça ?

— « Nobles guerriers » vous conviendrait mieux, répliquai-je en soutenant son regard à présent ouvertement taquin.

— Je préfère, acquiesça-t-il. Frégainthe, accepterais-tu d'héberger ce valeureux voyageur en ta maison ?

— S'il le veut bien, ce sera un honneur.

Mon guide répondit à ma place :

— Bien sûr qu'il accepte ! s'exclama-t-il.

Je ne le reconnaissais plus. Sa vraie nature explosait au bonheur de retrouver les siens.

— Il aurait également besoin que tu l'inities au maniement de l'épée, précisa-t-il, au moins jusqu'à la fin de son séjour. Ensuite, l'un de nous devra le ramener à Isparine afin qu'il rentre chez lui.

Frégainthe me reluqua d'un drôle d'air.

— Nous le ramènerons, mort ou vif, lâcha-t-il avec une gravité déconcertante, ce qui me mit mal à l'aise.

J'appris plus tard qu'il avait deviné mon souhait irresponsable de participer à des combats contre l'ennemi du Nord, et que cela lui avait déplu, car ce qui n'était pour moi qu'une sorte de jeu, était pour les peuples du royaume des Sept Tours la promesse d'un véritable désastre.

11

Discussion devant un verre de sasthinte

Le Conseil des chefs de famille se tint le soir même. Je n'y fus naturellement pas convié, mais Ergonthe m'assura qu'il m'apprendrait, en temps voulu, tout ce que j'étais en droit de savoir. De mon côté, je goûtai au plaisir d'un accueil étonnamment chaleureux dans le foyer de Frégainthe. Son épouse, une jeune femme blonde souriante mais peu loquace, nommée Elgainthe, me montra ma chambre. C'était une pièce sobrement meublée d'un lit, d'un coffre et d'un tabouret, mais dont les quatre murs en bois étaient ornés de peintures colorées, qui relataient les péripéties épiques des ancêtres de la famille. A l'instar de la tapisserie de Bayeux, j'aurais pu déchiffrer des heures durant, sans me lasser, cette œuvre d'art, certes un peu stylisée, mais d'une réelle beauté. Elgainthe fut honorée que je m'attarde à contempler ce travail avec une admiration visiblement sincère.

Je fus ensuite invité à me restaurer dans la salle de séjour occupée par une immense table, autour de laquelle pouvait s'asseoir une trentaine de convives. Dans le même temps, les fils de la maison, deux jeunes adolescents fougueux, se bousculaient dehors pour s'occuper de mon équined. Une fois rassasié (et je le fus comme un prince !), mes trois hôtes tinrent à me présenter aux autres membres de la famille, autant dire à tout le quartier. Nous passions de maison en maison, et chaque fois cela se déroulait de la même façon.

— Voici Thédric, annonçaient les garçons avec fierté, l'étranger qui est arrivé tout à l'heure avec notre oncle Ergonthe. Il loge chez nous !

— Les cavaliers litiths vous souhaitent la bienvenue, étranger ! D'où venez-vous ? me demandait-on.

Invariablement, je répondais :

— De Paris, la capitale d'un pays qu'on appelle la France.

Et à quelques nuances près, la réaction était :

— Ah oui ? Connais pas... Ils sont comment vos équineds, à Paris ?

Au début, je ne savais pas trop comment décrire nos modes de vie et de transport, ce qui donnait par exemple : « Oh, eh bien, nos équineds sont de toutes les couleurs... Un peu trop nombreux à mon goût... Trop chers à entretenir. » Je faisais bien sûr allusion à nos automobiles à piles à combustible, aux embouteillages incessants sur le périphérique et aux additions salées du garagiste. Puis, comme je vis que cela peinait ces braves gens pour qui leurs montures représentaient bien plus qu'un moyen de transport, je me mis à broder autour de nos « magnifiques et puissants chevaux fiscaux », et surtout de mon scooter électrique que je comparais à une « formidable bête de course, capable de parcourir cent kilomètres sans s'essouffler ». Ces propos suscitaient le respect de mon auditoire ; jeunes et vieux, hommes et femmes en restaient sans voix, ce qui m'amusait intérieurement. Il était quand même grand temps qu'Ergonthe revienne pour mettre fin à cette comédie.

— Thédric, je dois vous parler, m'interpella-t-il alors que nous nous apprêtions à entrer chez les cousins Glothon.

Talonnés par les garçons, nous regagnâmes à pied la maison de son frère. La nuit était complètement tombée, et avec elle une fraîcheur humide. Partout et jusqu'à l'horizon, scintillaient les lanternes qu'avaient allumées les habitants d'Osthonde, au coin des toits et au-dessus des perrons. On eût dit une plaine constellée de milliers de lucioles.

Frégainthe nous attendait sur le pas de sa porte. Nous le suivîmes dans la pièce principale et nous installâmes à la table longue. Son épouse nous servit un verre de sasthinte, une sorte de liqueur de racines, servie tiède et qui ne me parut pas très alcoolisée (j'avais tort !).

— Voici la situation, commença Ergonthe une fois que nous fûmes tous prêts à l'entendre, y compris ses neveux. Akys III a vu dans la vasque du Destin l'armée de l'Immonde franchir en masse la frontière nord, ce qui laisse penser qu'elle progressera aussi profondément que possible dans le royaume. Ensuite, les orques camperont sur leurs positions ainsi qu'ils l'ont toujours fait par le passé. Ce qui est nouveau, c'est qu'ils envisageraient de conquérir les sept tours au cours de la même campagne. Dès lors qu'ils y seraient parvenus, les territoires conquis seraient contaminés et transformés en Monde noir. Akys III n'a pas pu voir comment se poursuivrait l'offensive au-delà des premières semaines de guerre, car la vasque s'est obscurcie. Mais il a quand même réussi à deviner en partie les intentions de l'Immonde. Celles-ci sont si étranges qu'il en réserve la primeur aux autres frères-seigneurs, puis au Conseil du royaume, qui sera prochainement convoqué. Je n'en sais pas plus pour l'instant...

— Une question, Ergonthe, intervins-je, pourquoi l'Immonde ne tente-t-il pas en une seule campagne la conquête du royaume tout entier ?

— Parce que marcher vers le sud signifie supporter une lumière de plus en plus intense. Or, pour les orques, la lumière est un poison qui les affaiblit et peut même les tuer. Pareillement, nous ne pourrions survivre si nous nous enfoncions trop loin dans les Mondes noirs.

J'acquiesçai, car je savais ce qu'il en coûtait d'aventurer ne serait-ce qu'un œil au-delà de la frontière.

— Il y règne un froid terrible et une nuit quasi permanente. L'air lui-même finit par ne plus être respirable.

Il marqua une courte pause avant de reprendre. J'observais avec un tendre amusement ses neveux qui, bouche bée, buvaient ses paroles comme celles d'un conteur.

— Partout dans le royaume, les comtes et les chefs de tribu vont mobiliser et équiper des troupes, qui se mettront au plus vite en route vers le nord. L'armée d'Alliance que nous constituerons sera puissante, mais pas assez pour contenir l'invasion, en tout cas sûrement pas dans les premières heures. L'enjeu de la guerre n'est donc pas d'empêcher l'ennemi d'entrer sur nos terres, seulement de le freiner au maximum, en lançant de multiples assauts de façon à ne lui laisser aucun répit...

— Pardonnez-moi, Ergonthe, j'interviens encore, mais à vous entendre, les armées Alliées n'ont aucune chance de refouler l'assaillant dans sa tanière...

— Aucune.

— Pourtant, vous ne pouvez affirmer que la victoire est acquise à l'Immonde, pas plus que ma mort n'était inéluctable, comme je l'ai cru après y avoir assisté dans la vasque du Destin.

— C'est vrai, mais Akys III affirme que nous ne pourrons pas vaincre le maître noir. Je n'en ai pas douté, jusqu'à ce que les Sages litiths que j'ai consultés tout à l'heure m'affirment que cela reste possible. En tout cas, il faut le croire, afin de ne rien perdre de notre ardeur au combat.

Je vis Frégainthe baisser les yeux, comme si cet espoir était aussi mince que de voir l'Immonde se convertir au bien.

— Le spectre du Grand Guetteur est apparu à Akys III, après que le mercure s'est obscurci dans la vasque du Destin, poursuivit Ergonthe. Il lui a révélé ceci : « Ce qui intéresse l'Immonde dans le royaume des Sept Tours va l'obliger à quitter son nid de ténèbres et à s'aventurer hors de ses terres, telle l'argath (sorte d'insecte vampire) assoiffée de sang. Vous pourriez penser qu'alors ce serait le moment de le frapper. Méfiance. L'Immonde n'est jamais aussi fort que lorsqu'on le croit faible. »

Un silence s'instaura, traduisant l'extrême gravité de la situation. J'en fus moi-même vivement affecté, bien qu'en principe je ne fusse en aucun cas concerné.

— Sait-on à quoi ressemble ce maître noir ? demandai-je.

Je n'obtins aucune réponse. Ergonthe reprit :

— La grande offensive sera précédée d'incursions meurtrières de plus en plus nombreuses et brutales. L'ennemi mesurera ainsi notre force, notre combativité et notre degré de préparation. Les cavaliers litiths seront chargés, avec les guerriers d'Assash venus du sud, peut-être aussi les archers elfes de la forêt d'Emeraude, de traquer ces avant-gardes et de les détruire...

Je me souvins alors de la mise en garde de mon guide numérique contre le peuple Assash et ses tribus de rustres belliqueux, proches de nos vikings. Par contre, je n'avais jamais rien lu concernant les elfes de la forêt d'Emeraude, ce qui aiguisa ma curiosité. Mais ce n'était pas le moment d'ennuyer mes compagnons avec des préoccupations touristiques.

Frégainthe m'adressa la parole :

— Thédric, je ne pourrai pas m'occuper de vous durant votre séjour, car je partirai avec mon frère en patrouille tous les jours. Mais l'un de nos cousins se chargera de vous initier au combat, ainsi que vous le souhaitez.

Je le remerciai, avec retenue, alors que j'avais envie de lui sauter au cou de joie. Ensuite, la soirée se déroula dans une tout autre ambiance, sans doute parce que la liqueur de sasthinte nous était un peu montée à la tête. Les enfants, qui bien sûr n'en avaient pas bu, furent priés d'aller se coucher, ce qu'ils firent sans protester, avec cette seule requête : que demain je leur accorde un peu de mon « précieux temps » pour leur parler des équineds de mon pays. J'acceptai évidemment, en éclatant d'un drôle de rire « idiot ». Le breuvage, que j'avalais sans mesure, ne provoquait pas la même ivresse que notre alcool terrien, mais altérait quand même sensiblement les sens. Si bien que je n'ai gardé que de vagues souvenirs oniriques de ces quelques heures. Par exemple, j'entends encore la voix mélodieuse d'Elgainthe, chantant une complainte en s'accompagnant d'un instrument à cordes ressemblant vaguement à une cithare. Et je me revois assis sur les marches du perron de la maison, seul, contemplant les lumières vacillantes d'Osthonde, le cœur étreint d'une étrange mélancolie, ma conscience flottant comme un pétale de rose sur un étang survolé de nymphales... C'était ça, être pompette dans cet infinimonde de l'imaginaire.

12

Premiers effets de la guerre

Durant sept jours, je vécus comme un cavalier litith, c'est-à-dire les trois quarts du temps les fesses sur mon équined, et je suivis une formation militaire qui ne me laissa aucun répit, mais moult bleus et plusieurs cicatrices. Mon maître d'armes, un vieux guerrier brutal qui n'avait rien perdu de sa vaillance, me traita comme un véritable apprenti, sans la moindre indulgence, m'humiliant continuellement. J'avais l'impression d'être à l'école des gladiateurs. Bien entendu, cela faisait partie de sa pédagogie, car lorsque j'atteignais les limites de ma patience angélique, je l'attaquais avec toute l'énergie de ma colère accumulée. C'était alors à lui de valser à terre. Je me souviens de sa réplique, la première fois que cela se produisit :

– Enfin, on va pouvoir commencer à t'apprendre quelque chose ! me félicita-t-il en souriant.

Il devait faire vite, car il ne me restait désormais plus que deux jours avant d'être contraint (pour ne pas dire forcé) de rentrer chez moi, car vraiment j'aurais voulu prolonger mon séjour à Osthonde. Mes hôtes, à commencer par les garçons, ne demandaient pas mieux, mais mon contrat stipulait clairement qu'une prolongation « ne résultant pas d'un cas de force majeure » serait lourdement facturée (par prélèvement automatique sur mon compte bancaire), et que le rapatriement n'était alors plus garanti dans un délai précis. J'aurais bien simulé ce *cas de force majeure*, mais pour cela il aurait fallu que je corrompe Ergonthe, ce qui était impensable !

Résigné, je continuai malgré tout d'encaisser, avec bonheur, les leçons musclées de mon maître d'armes. Puis vint le soir du neuvième jour. De retour de patrouille du côté de la frontière, Ergonthe me rendit visite chez son frère. Nous nous retrouvâmes dans la grande salle, autour d'un flacon de sasthinte.

— Alors, Thédric, heureux de votre séjour ? s'enquit-il.

— Houlà ! soufflai-je en guise de réponse.

J'étais perclus de bleus, bosses et autres coupures. Et, paraphrasant un certain général, je m'exclamai avec emphase sous l'effet de la liqueur :

— Thédric outragé, Thédric brisé, Thédric martyrisé, mais Thédric libéré... libéré par lui-même, AVEC le concours de son courage !

Mes interlocuteurs ne comprirent naturellement rien à cette envolée lyrique, mais ils eurent la bienveillance d'opiner poliment du chef. Je repensai ensuite à mon départ imminent et sombrai d'un coup dans la morosité. Ergonthe m'annonça alors qu'il partirait à l'aube pour une longue expédition, avec son frère et une quinzaine de cavaliers litiths. Cette mission les amènerait peut-être à rencontrer des groupes d'orques et à les combattre. Il nota que c'était cependant peu probable, car jusque-là ces derniers s'étaient montrés étonnamment discrets, sans doute pour laisser croire que l'invasion n'allait pas commencer avant plusieurs semaines.

— Cela signifie-t-il que nous ne nous reverrons plus ? demandai-je tristement.

— Sauf si vous souhaitez vous joindre à nous.

Stupéfait, je le dévisageai sans oser comprendre.

— Voulez-vous dire que vous seriez prêts à m'emmener ?

— Nous devrons d'abord nous rendre à Isparine pour rencontrer certains seigneurs de guerre. La réponse est donc oui.

Ma joie s'effondra comme un soufflé. Je hochai la tête, affreusement désappointé. C'est alors que Frégainthe se leva brusquement de table.

— Bigre, j'allais oublier de vous donner votre cadeau !

— Mon cadeau ?

Le frère d'Ergonthe se rendit dans l'entrée, puis reparut peu après, avec une arbalète de petite dimension que je reconnus aussitôt.

— Mais... on dirait mon svilth d'entraînement ! balbutiai-je.

Le svilth est une arme de tir au maniement et surtout au rechargement très délicats. En apparence, il s'agit d'un simple arc de métal monté sur un support en bois. Sa conception interne est en réalité très sophistiquée, parce qu'il est équipé d'un chargeur contenant dix carreaux à pointe de bronze, d'une quinzaine de centimètres, et qu'il dispose d'un ingénieux mécanisme de poulies pour retendre facilement la corde.

— Exact, acquiesça Frégainthe. Sachant que vous alliez accepter de vous joindre à nous, votre maître d'armes vous l'offre avec son amitié.

Emu aux larmes, je m'en emparai comme d'un trésor, mais je réalisai soudain que je ne pourrais pas le ramener à Paris.

— Pourquoi me le donner alors que dans deux jours je ne serai plus de ce monde ?

— Pour nous, Litiths, ce qui compte ce n'est pas l'usage que nos amis font des présents que nous leur offrons.

— Je comprends. Et puis, sait-on jamais ? Je pourrais en avoir besoin d'ici mon départ.

C'était presque un souhait, comme si cette arme eût été un jouet et la guerre une partie de plaisir.

Au petit matin, sous un ciel rosissant, nous nous rassemblâmes sur la grande place de la Maison Mère où Longtothe, le Chef des familles, nous attendait sur son magnifique équined fauve, pour les adieux et les ultimes recommandations.

C'était un homme dont l'autorité naturelle en imposait au premier regard : un robuste physique de guerrier, un visage (imberbe comme tous les Litiths) dur et carré de sexagénaire qui a surmonté toutes les épreuves, des yeux à la fois sombres et brillants qui vous accrochaient comme deux harpons, même quand ils ne vous fixaient pas, et puis une voix grave, de celles dont le timbre vous reste à vie en mémoire. Sa longue chevelure grise, abondante et soigneusement peignée, ondulait sur ses larges épaules, ajoutant une touche de majesté à l'impressionnant personnage qu'il était déjà. En guise d'encouragement, il nous assura que les Ancêtres veilleraient sur nous. Puis il nous commanda de ne pas engager le combat si nous n'étions pas absolument certains de vaincre. Enfin, il s'adressa à moi :

— Thédric, l'équined que vous montez appartient à un haut lignage et, malgré votre inexpérience, vous avez su vous faire accepter de lui. Désormais tous les deux ne faites qu'un. Il faudra lui donner un nom, l'aimer comme votre propre fils et bien sûr ne jamais le trahir.

Je regardai Ergonthe qui vit la perplexité que m'inspirait cette déclaration, certes touchante, mais parfaitement incongrue alors que je m'apprêtais à quitter le royaume. D'un infime signe de tête, il me fit comprendre que je ne devais pas refuser l'honneur qui m'était fait, ce qui d'ailleurs ne me serait pas venu à l'esprit. J'inclinai donc respectueusement le buste à la manière litith, les deux mains sur la poitrine, puis remerciai Longtothe pour son « cadeau », ce à quoi il rétorqua sèchement :

— Ce n'est pas un cadeau que l'on vous fait. C'est l'ordre des choses qui s'accomplit.

La réplique, que je pris pour une remontrance, me glaça. Il se tut brièvement, puis m'adressa un sourire, à peine esquissé mais qui m'alla droit au cœur. Alors, il tourna bride pour regagner son palais.

Une fois franchi la porte d'Osthonde, je me rapprochai d'Ergonthe pour l'interroger :

— Comment allez-vous lui expliquer ?

— Quoi ?

— Eh bien, pour l'équined. Je me vois mal le ramener à Paris. Et puis de toute façon, vous savez bien que c'est matériellement impossible.

— Vous n'avez donc pas entendu ce qu'il a dit ? Cette monture n'est pas un cadeau, mais un souhait des Ancêtres. Ils ont leurs raisons que vous découvrirez plus tard... peut-être.

— Votre chef serait-il voyant ?

— Il est en relation avec l'esprit de nos défunts qui veillent sur nos vies. Je sais seulement qu'ils lui ont parlé de vous.

Cette révélation me laissa sans voix. Trop énigmatique pour mon esprit rationnel, surtout si tôt le matin, je la chassai de mes préoccupations et me forçai à me rappeler que sur Terre m'attendaient mes amis, mes amours, mes emmerd..., mon petit logement dans le XIIIe et ma petite existence d'étudiant en droit mal orienté que j'allais sous peu retrouver comme après un voyage organisé, dont on revient bronzé, détendu et, dans mon cas, contusionné et endurci... Je me surpris à penser que j'étais content de rentrer, ne serait-ce que pour raconter mon incroyable épopée à mes copains de fac, dont j'espérais obtenir des « Sans blague ! » et des « Wahou ! Génial ! » bien agréables à entendre.

Un peu plus tard, nous avons croisé un cavalier litith chevauchant au galop vers Osthonde. Il était porteur d'une mauvaise nouvelle, dont nous devinâmes la teneur rien qu'à son expression de panique.

— C'est fait, ils attaquent ! annonça-t-il.

A son ton, on eût dit que les *ils* en question étaient à ses trousses.

— Où ? demanda Frégainthe.

— Partout. Ils ont franchi la frontière cette nuit. Je sais seulement que les troupes du comte Orshald ont été décimées en moins de deux heures. La bataille fait rage entre la tour de l'Inconsolable Veuf et les ruines de la tour Morte.

Pour le moment, l'ennemi paraît ne pas vouloir trop s'enfoncer, mais certains comtes pensent qu'il pourrait quand même tenter une incursion jusqu'à Isparine...

— Isparine ! m'exclamai-je. Mais c'est là que nous allons !

Le cavalier me dévisagea comme s'il se demandait ce qu'un étranger faisait dans une patrouille litith.

— Vous y serez avant les orques, déclara le messager en s'adressant à ses compatriotes. Un conseil, ne vous y attardez pas, même si la défense de la ville semble bien assurée.

— Et du côté de la tour du Grand Guetteur, qu'en est-il ? s'inquiéta mon guide.

— Je l'ignore, Ergonthe. J'ai seulement ouï dire qu'une armée s'est rassemblée le long du mur d'Akré, mais qu'elle ne l'a pas encore franchi. Sans doute attend-elle d'être plus puissante pour affronter les troupes du frère-seigneur Akys III.

Ergonthe hocha la tête, préoccupé.

— Cela signifie-t-il que la tour du Grand Guetteur est un objectif prioritaire de l'Immonde ? déduisis-je.

— Par sa fonction de sentinelle, oui, répondit Ergonthe.

— Logique, approuvai-je. Et puis il y a la vasque du Destin.

— Non, la vasque ne saurait l'intéresser.

— Pourquoi ? N'importe quel stratège de guerre donnerait son âme au diable pour posséder une telle boule de cristal.

— Parce que l'Immonde ne peut pas l'interroger.

— En êtes-vous sûr ?

La question avait fusé malgré moi, et j'en fus le premier déconcerté. Les Lititħs me dévisagèrent comme si je venais de mettre le doigt sur un sujet sacrilège, un dogme que jamais personne n'avait osé bousculer. Du coup, je me sentis très gêné, et trouvai vite l'inspiration pour recentrer la discussion sur la situation militaire :

— Je suppose qu'Akys III va avoir besoin d'urgence qu'on lui envoie un important contingent en soutien ?

— Qui est cet étranger ? demanda le chevaucheur.

Ergonthe hésita sur la manière de me présenter. C'est Frégainthe, d'un naturel plus spontané, qui le fit :

— Un ami. Il rentre chez lui après un séjour « découverte » avec mon frère.

— Repartons, ordonna Ergonthe.

J'eus la désagréable impression qu'il n'avait pas apprécié que, justement comme un ami, je me mêle à leurs échanges.

Tandis que nous chevauchions, je ne pus m'empêcher de trouver en pensée une réponse à ma dernière question restée en suspens. J'imaginai que la tâche s'annonçait ardue pour Akys III, puisqu'il fallait s'attendre à voir affluer de toutes parts vers le Conseil des frères-seigneurs les demandes de renforts. Et comme toujours au début d'une invasion, même prévue, la confusion allait s'installer, la cohésion se déliter, les discussions stériles et les dissensions suicidaires l'emporter sur l'efficacité... Ainsi, était-il probable que de l'état d'urgence, le royaume passerait à l'état de péril. Heureusement, me dis-je pour me rassurer, je serais parti depuis longtemps. Mon empressement à regagner l'imaginoport en fut décuplé.

Au petit trot, le voyage Osthonde-Isparine demandait trois jours. En se hâtant raisonnablement, notre troupe pouvait l'effectuer en deux jours. Je devais donc arriver juste à temps pour mon « transfert » de retour. En fin de compte, après ce que nous venions d'apprendre, nous avalâmes les lieues qui nous séparaient de notre but en une journée et une nuit ! De la folie ! Nous mangions à dos d'équined, sans nous accorder une minute de repos. Quant aux arrêts pipi, il fallait se débrouiller, c'est-à-dire rester en selle et se tenir debout sur les étriers (l'horreur !). Je n'avais pas le choix ; si je m'étais arrêté, je savais que mes compagnons ne m'auraient pas attendu. J'aurais dû ensuite me débrouiller pour rallier Isparine, avec pour seule aide le flair de mon équined. Même nos montures étaient nourries en course, selon une technique qu'un expert en équitation aurait bien de la peine à reproduire avec un cheval ordinaire. Allongés sur l'encolure, nous leur glissions à heures régulières entre les crocs des morceaux de radon séché. Puis nous les abreuvions avec une gourde possédant un long bec recourbé. Aussi incroyable que cela paraisse, nos compagnons acceptaient ce traitement inhumain. Frégainthe, que j'interrogeai à ce propos (tout en galopant, évidemment), me rappela que les équineds étaient avant tout des bêtes de guerre, et possédaient donc naturellement (j'aurais dit génétiquement) des capacités d'endurance dont ils savaient user en cas de nécessité. Il m'expliqua aussi qu'ils ressentaient et partageaient notre inquiétude.

C'est à la suite de cet échange que je décidai de donner un nom à ma propre monture. Comme ce spécimen était jeune, je choisis Aiglon Foudroyant. Je demandai à Ergonthe de me traduire cela dans la langue des Anciens. « &♐♒☼♉♌[illegible] », me répondit-il. En simplifiant à l'extrême, cela se prononçait Armaintho. Mon guide me précisa qu'Armaintho n'accepterait son nom que lorsque j'aurais accompli un certain rituel consistant à me laisser mordre une main. Inutile de préciser que cela me donnait une raison supplémentaire d'être heureux de rentrer chez moi, dans le monde dit *civilisé*.

13

Le retour à l'imaginoport

Dans la matinée du lendemain, nous avons enfin atteint la forêt des Titans, dont la traversée obligée ne demandait en temps normal que quelques heures. Ce jour-là, sur la large route pavée qui serpentait parmi les troncs monumentaux, régnait une grande confusion, préfigurant sans doute un exode massif. Nous nous retrouvâmes englués dans une foule bruyante de guerriers à cheval ou à pied, de chariots surchargés, de familles entières entassées sur des phantrons, sorte d'éléphants sans trompe que j'avais déjà croisés à mon arrivée... Curieusement, c'était dans les deux sens que l'on se bousculait, s'invectivait, s'entre-tuait même parfois, pour avancer plus vite. Les uns se rendaient à Isparine parce qu'ils pensaient y être plus en sécurité qu'à la campagne. Pour d'autres au contraire, cette ville où siégeait le comte Isparan serait forcément convoitée en priorité par l'ennemi.

Au-dessus de nos têtes, des cris résonnaient dans les frondaisons. Une activité similaire agitait les villages perchés à cinquante ou cent mètres de hauteur. Des gens couraient sur les passerelles de rondins, d'autres descendaient à l'aide de cordes des jarres ou de gros ballots, voire des meubles volumineux. C'était la panique généralisée, la débâcle avant la bataille.

— Quittons la route, proposa tout à coup Ergonthe, au comble de l'agacement.

Mais en dehors de cette voie pavée, ce furent des massifs compacts de fougères géantes, des bosquets de plantes griffues, et par endroits un sol de mousse spongieuse dans lequel nos montures s'enfonçaient jusqu'aux genoux, qui ralentirent notre progression. La fatigue et l'impatience nous rendirent irascibles, non pas entre nous mais contre toute chose, bête ou être humain qui se trouvait en travers de notre chemin. Jusqu'à ce que, enfin, nous apparaissent les faubourgs d'Isparine.

Lors de mon arrivée, onze jours plus tôt, mon guide et la turbulence de mon équined ne m'avaient guère laissé le loisir de m'intéresser à cette capitale de comté, si bien que je découvrais comme pour la première fois une agglomération à l'urbanisation singulière, comprenant trois zones distinctes. L'une avait conquis un coteau ainsi que le plateau rocheux qui le dominait. C'était le quartier résidentiel réservé aux riches et aux notables. Outre les imposantes maisons de bois accrochées à la pente raide, on pouvait admirer quelques palais en pierre de taille et leurs somptueux jardins à degrés. La deuxième zone, où nous venions de pénétrer, correspondait aux bas quartiers et s'étalait dans une immense clairière de trois ou quatre kilomètres de circonférence. Elle se caractérisait par un entassement chaotique d'immeubles à six étages, parfois huit ou dix, qui d'évidence avait été édifiés au petit bonheur, sans s'occuper du voisin ou d'un quelconque plan de rues. C'était une sorte de vaste terrain vague, parcouru d'un lacis de chemins de terre plus ou moins boueux, plus ou moins entretenus et plus ou moins coupe-gorge. L'ensemble présentait, même de jour, un aspect sinistre qui m'aurait effrayé si je n'avais pas été si bien escorté. Enfin, la troisième zone, la plus étendue, pouvait être assimilée à une banlieue sans fin où les habitations avaient été construites entre les troncs monumentaux des arbres géants.

L'ensemble donnait une impression très déroutante de mégalopole forestière, où aurait vécu un peuple lilliputien.

Au fur et à mesure que nous approchions du centre-ville (réservé aux palais administratifs et autres infrastructures publiques), les maisons arboraient des façades de bois ornées de fresques colorées, pouvant évoquer celles des bucoliques villages bavarois. C'était presque rassurant, pas assez cependant pour me faire oublier mes soucis du moment, d'autant que dans les rues nous retrouvâmes l'agitation d'une population épouvantée par l'approche, réelle ou supposée, des armées de l'Immonde. Je comprenais ces gens, car lorsqu'on sait à quoi ressemblent les orques, la seule idée d'en apercevoir un a de quoi faire dresser les cheveux sur la tête. Ce spectacle, lamentable aux yeux des cavaliers lititsh, ne leur inspirait que colère et mépris. Mais eux aussi, je les comprenais.

— Thédric, nous vous escortons jusqu'à l'imaginoport, m'annonça mon guide. Pendant que vous vous occuperez de votre embarquement, nous nous rendrons au palais comtal...

— Mais Ergonthe, je ne dois pas partir avant ce soir ! Qu'est-ce que je vais faire en attendant ? (Conscient de ma maladresse, je me rattrapai, un peu lourdement :) Je veux dire, que vais-je faire de mon équined ?

— Je n'ai pas de réponse à vous donner. Les Ancêtres vous ont liés l'un à l'autre, c'est à vous de savoir comment gérer votre séparation.

— Ah non, sûrement pas ! Vous ne vous en tirerez pas si facilement. Vous êtes mon guide, par contrat. Je ne vous demande pas de me chaperonner jusqu'à ce que je franchisse la porte de la cabine de transfert. Mais vous devez au moins m'aider à trouver une solution pour Armaintho. Parce que vous savez très bien que je ne l'abandonnerai pas comme un chien... d'ailleurs, même un chien je ne l'abandonnerais pas.

Le cavalier litith me dévisagea en s'efforçant de rester impavide. Je lus pourtant dans ses yeux qu'il était indécis.

— Nous l'emmènerons avec nous, trancha-t-il en se détournant.

J'acquiesçai d'un hochement de tête martial. Je posai alors ma main sur le cou de mon équined pour le flatter. La douceur de sa fourrure soyeuse, sa chaleur moite, le pouls d'une veine que perçut ma paume éveillèrent en moi une intense émotion. A cet instant, je ressentis qu'un lien fraternel m'unissait à ce carnassier, aussi étrange que cela paraisse. Notre séparation n'en serait que plus douloureuse...

A l'approche du grand hall vitré de l'imaginoport, une angoisse me saisit.

— Quelle foule ! soufflai-je.

Ergonthe aussi était préoccupé ; je le sentais dans son silence. Les gens se comportaient comme si la ville était déjà à feu et à sang. On ne se contentait pas de se bousculer en jouant des coudes, on bataillait littéralement pour approcher les comptoirs d'enregistrement, dans un brouhaha assourdissant. J'aperçus aussi un groupe d'individus, aux allures de soudards, se frayer un passage à coups de poing et de gourdin, jusqu'à ce qu'il tombe sur une bande du même acabit.

— Il n'y a pas de police ? m'indignai-je, tandis que la rencontre tournait à la bagarre de saloon.

— *C'est* la police, me répondit Frégainthe qui se tenait à ma droite. Elle intervient contre des Augwons. Ce sont des voleurs qui profitent de la situation pour rançonner les voyageurs.

— Attendez, vous voulez dire que les autres, je veux dire tous ces gens sont des Terriens ?

— Bien sûr.

— Mais ils sont des centaines !

— Beaucoup sont des résidents permanents ou des diplomates.

J'acquiesçai, mais n'en demeurai pas moins abasourdi.

— Ce qui me trompe, repris-je, c'est de voir très peu de bagages.

— Vous savez bien que rien de ce qui appartient à notre monde ne peut passer dans le vôtre, me rappela Ergonthe.

Effectivement, le processus du transfert quantique, s'il permettait à la matière réelle de « s'imagéniser » (c'est le terme scientifique), interdisait à la matière imaginaire de se « réaliser ». Les images numériques mémorisées dans son carnet de voyage étaient les seuls *souvenirs* qu'un explorateur pouvait rapporter d'un séjour dans un infinimonde. Ignorer cette contrainte « technique » ou déjouer les contrôles à l'embarquement pouvait présenter un vrai danger. Pour ôter toute envie de détourner les consignes de sécurité, le manuel d'instruction contenu dans le carnet de voyage citait quelques mésaventures survenues à des « petits malins ». L'un d'eux, par exemple, croyait pouvoir ramener des pièces d'or dans son tube digestif, comme un passeur de cocaïne. A l'arrivée sur Terre, il avait un trou énorme à la place du ventre. Cela me fit prendre conscience d'un autre aspect désagréable de mon retour à la réalité : je devrais me défaire de tous les vêtements, armes et accessoires qui avaient fait de moi un cavalier litith, et ensuite subir un traitement spécial appelé « ablutions intégrales » (lavage, rinçage, essorage... une vraie partie de plaisir en perspective).

— Je vais devoir me changer, déclarai-je.

J'avais heureusement conservé l'intégralité de mes effets personnels dans une sacoche.

— Rien ne presse, répondit Ergonthe.

Il mit pied à terre, aussitôt imité par les autres Lititħs.

— Vous n'allez pas au palais comtal ? m'étonnai-je.

— Il faut d'abord que nous nous assurions que vous pourrez rentrer chez vous en toute sécurité.

— Vraiment, je suis très touché, mais vous savez, je peux très bien...

Mon guide me coupa la parole pour s'adresser à ses compagnons :

— Clausgainthe, Armodème, restez ici avec les équineds. Nous autres, nous escortons Thédric jusqu'au comptoir de son voyagiste.

Le ton était sans réplique, je ne répliquai donc pas.

Rassemblés en groupe compact, nous nous sommes engagés comme dans une forêt vierge au cœur de cette bourdonnante marée humaine, qui emplissait le hall de l'imaginoport dans sa quasi-totalité. Mes protecteurs étaient si étroitement serrés autour de moi que je me sentais comme dans un char d'assaut, mais guère tranquille pour autant. A l'approche du comptoir d'enregistrement, les choses se corsèrent, au point que nous finîmes par être complètement bloqués à trois mètres à peine du but.

— On va y arriver, assurai-je pour tromper mon anxiété.

— Quel est le numéro de votre billet de retour ? me demanda Ergonthe.

— J'ai le dossier dans mon carnet numérique, mais je ne peux plus bouger un petit doigt. Et puis, franchement, je n'ai pas envie de sortir mon sésame sous le nez de ces fous furieux.

— D'accord. Attendons.

En vérité, nous n'avons pas eu à souffrir longtemps dans ce pressoir humain, car les haut-parleurs de l'imaginoport se mirent à hurler les informations que tout le monde attendait... et redoutait.

« Mesdames et messieurs, nous avons le regret de vous annoncer que la compagnie des Explorateurs de l'imaginaire *cesse les transferts jusqu'à nouvel ordre... »*

Un concert de protestations assourdissant accueillit la nouvelle, couvrant les excuses de l'hôtesse numérique.

— On se croirait dans un stade de foot, criai-je à Ergonthe.

— Sortons de là, ordonna-t-il.

— Pas question, rétorquai-je, je ne tiens pas à perdre ma place quand les guichets rouvriront.

— Thédric, croyez-moi, il vaut mieux quitter cet endroit.

— Pourquoi ?

— Parce que ces gens ont peur. Ils vont tout casser et probablement s'entre-tuer comme des cheubs.

– Des cheubs ?

– Des chiens de guerre. Venez.

J'avais enfin compris. Et notre char d'assaut humain battit en retraite. Il était temps ; à peine étions-nous de nouveau en selle qu'une bagarre généralisée se déclencha, provoquant un mouvement de foule dévastateur dans l'imaginoport. J'en fus horrifié, alors que dans le même temps j'accueillais ce report forcé avec un petit pincement de joie, auquel Armaintho fit écho en secouant la tête.

Nous nous éloignâmes rapidement en direction du palais comtal.

14

Le palais comtal d'Isparine

Comment décrire mes sentiments lorsque je finis par réaliser que mes chances de revoir ma Normandie (je suis vraiment d'origine normande) étaient réduites à néant ? Consternation, abattement, détresse absolue... En tout cas, un puissant cocktail à l'adrénaline, qui me plongea un moment dans un état proche de la confusion mentale. Puis, je commençai à réfléchir à ma situation, en me forçant à la considérer sous un angle moins dramatique. Mon aventure allait se prolonger quelque temps, avec ses affres et ses moments épiques, autant de souvenirs exceptionnels supplémentaires à raconter pour éblouir la galerie. Je songeai même à en tirer un livre qui peut-être deviendrait un best-seller et me rendrait assez riche et célèbre pour que j'arrête ces études de droit déprimantes que mon père m'avait contraint à suivre. A la vérité, j'aurais voulu être un artiste, un artiste numérique... Le rêve en 3D ! Revenant aux réalités du moment, je songeai qu'en demeurant ici, j'allais regretter mon canapé et ma télé, mes randonnées d'été en canoë et mon train-train quotidien si rassurant. Mais, au fond, n'étant ni marié, ni pacsé, ni amoureux, et surtout pas le moins du monde attaché à mon avenir de fils à papa, rien ne me pressait. J'eus quand même envie de savoir :

— Ergonthe, combien de temps peut durer une guerre comme celle qui vient de commencer ?

— Au mieux dix ans, au pire un siècle.

J'écarquillai les yeux et eus droit à une seconde montée d'adrénaline.

Le palais comtal était un formidable ensemble architectural en bois sombre, hérissé de tours de différentes hauteurs et de bâtiments juxtaposés sans symétrie, où les escaliers et les passerelles s'emmêlaient singulièrement pour relier les blocs entre eux, parfois en les traversant de part en part... En somme, une réplique en miniature de la ville elle-même. Il semblait avoir poussé comme un champignon parasite, autour du pied de plusieurs arbres géants. Des centaines d'échelles et de cordages reliaient cette déroutante citadelle à sa partie « aérienne », juchée dans les frondaisons. Là, se trouvaient certains services administratifs. Nous nous arrêtâmes sur la place du Palais, à quelques mètres de l'escalier monumental qu'il fallait gravir pour accéder au porche. Celui-ci abritait une double porte de bois roux, flanquée de deux statues de dix mètres de haut, représentant l'actuel comte d'Isparine (en tenue de guerre à droite, en tunique à gauche, serrant sur son cœur le Livre de la Justice). Sur le grand degré était campée une importante garde armée, prête à repousser un éventuel assaut de citoyens. Je remarquai que tous ces hommes portaient, comme un emblème de régiment, de grosses moustaches tombantes de viking. Au reste, cottes cloutées, plaques de protection, casques et instruments à massacrer ses semblables étaient de la plus grande diversité.

Ergonthe descendit d'équined, mais cette fois ne fut imité que par son frère. Les autres cavaliers savaient qu'eux deux seraient les seuls à être autorisés à entrer dans le palais. Quant à moi, je ne pensais qu'à mon envie de visiter ce curieux édifice.

— Pourrais-je vous accompagner ? demandai-je.

— Dans les circonstances actuelles, il ne vaut mieux pas, répondit Ergonthe. Le comte a certainement lâché ses cheubs dans les couloirs, pour dissuader quiconque de tenter de s'introduire par la force chez lui.

— Mais vous... enfin, je veux dire...

— Nous serons sous la protection des gardes isparans.

— Je ne vous quitterai pas d'une semelle, promis-je.

Ergonthe me fixa quelques secondes avant de m'avertir :

— Vous ne pourrez pas assister à l'audience que nous accordera le comte.

— J'attendrai dehors... avec un garde.

Mon guide resta impavide mais, à côté de lui, Frégainthe affichait un léger sourire en coin des plus suspects.

— Comme vous voudrez, trancha finalement Ergonthe. Après tout, vous avez payé pour un raid « sensations fortes ».

Je regrettai déjà ma requête.

Nous nous avançâmes donc tous les trois vers les cerbères. Ils étaient une bonne cinquantaine, hiératiques, leur face massive figée sur une expression renfrognée. Ergonthe parla à l'un d'eux, sans doute le chef, dans un langage guttural que je devinai être du arth-neuhm*.

L'échange entre mon guide et l'officier isparan fut bref, mais je compris que nous étions autorisés à entrer. En gravissant les marches de bois au milieu de ces soldats au physique de catcheur, je me sentais aussi gringalet qu'un enfant de dix ans. Pour ne rien arranger, ils me toisaient avec un je-ne-sais-quoi de curiosité mêlée de malice, comme si j'étais une souris me rendant à un meeting de chats de gouttière. Pas moins de cinq de ces armoires à muscles nous firent escorte, outre l'officier qui nous précédait. Parvenu devant la double porte monumentale, ce dernier utilisa son casse-tête de fer en guise de heurtoir sur une plaque de bronze. Peu après, nous vîmes les battants s'écarter lentement dans un raclement de pierre. Sans

---

* Arth-neuhm : dialecte ancestral du royaume des Sept Tours. La langue officielle est l'onusien, enseignée et parlée depuis 2074 sur toute la planète, et devenue langue de référence dans la plupart des infinimondes.

attendre que la porte fût grande ouverte, sans nous inviter à le suivre, l'officier pénétra dans le palais.

Nous franchîmes le seuil derrière lui et, malgré mon appréhension, j'éprouvai une bouffée jubilatoire.

Nous nous retrouvâmes d'abord dans un immense hall voûté, éclairé par de grandes ouvertures en ogive donnant sur des jardins intérieurs composés avec raffinement. Les frises et les bas-reliefs qui couraient sur les murs de bois peint, tout en volutes de tiges et de feuillages, me rappela l'Art déco du XXe siècle. C'était une véritable caverne sculptée, embaumant les fleurs et la cire d'abeille. Des candélabres-corolles à incandescence fluo-irisante, montés sur des pieds torsadés, retinrent mon attention. Dans mon guide numérique, un article leur était consacré, car la lumière qu'ils diffusaient était sans équivalent sur terre : « ... à la fois vivante et stable, elle donne à toute chose, même les plus ternes, un éclat incomparable ». Malheureusement, ils étaient éteints à cette heure de la journée. Pour le reste, nous étions dans un lieu d'accueil assez classique des grands bâtiments publics, avec espaces aménagés en salons, kiosque d'information, vide, et coin bibliothèque où l'on pouvait consulter sur des tables à pan incliné les lois du pays et les derniers décrets comtaux.

Alors que je marchais le nez en l'air pour admirer de somptueux bas-reliefs au-dessus des fenêtres, un jappement bref et rauque me fit sursauter. Je me retournai et vis fondre sur nous un énorme... comment le décrire ?, pitt-bull-phacochère. Il faut imaginer une grosse tête carrée sans oreille, au museau écrasé, avec une gueule d'où dépassaient des crocs de crocodile. Elle était montée sur un corps sans poil d'un mètre de hauteur au garrot, prolongé d'une queue courte affublée d'un toupet de crin. Des muscles hypertrophiés roulaient sous cette peau brune, verdâtre dans les replis. C'en était presque répugnant. Pour achever ce portait dantesque, la bête avait les yeux noyés dans des bourrelets noirs, constitués d'une sorte de corne protectrice. Si je n'avais pas troqué ma condition de touriste pour celle d'un cavalier litith, je me serais sûrement enfui à toutes jambes en hurlant. Je me contentai de blêmir.

Frégainthe me tapa amicalement sur l'épaule.

— Alors, Thédric, ces sensations ?

— Fortes, répondis-je, très fortes.

Un simple geste d'un de nos guides suffit à faire stopper le cheub. Puis, le monstre nous emboîta le pas, sans s'éloigner de plus d'un mètre de notre groupe. Sans doute espérait-il que l'un de nous trois poserait un pied hors du cercle protecteur de l'escorte, pour croquer un morceau à la dérobée. Le souvenir de sa respiration ronflante et du cliquetis de ses griffes sur les dalles de marbre vert me fiche aujourd'hui encore des frissons.

Nous fûmes ensuite conduits par un interminable couloir, serpentant comme un chemin forestier, jusqu'à une antichambre de même style que le grand hall. L'officier nous ordonna de nous arrêter. Puis il se dirigea seul vers une double porte en arcade, derrière laquelle se trouvaient les appartements du comte d'Isparine. Mon attention fut distraite par les deux cheubs affectés à la garde de cet espace d'une centaine de mètres carrés. Apercevant leur congénère qui, par notre odeur alléché, s'était imprudemment aventuré hors de sa propre aire de surveillance, ils se ruèrent sur lui pour le chasser à grands claquements de dents et grognements enragés.

— Vous nous attendrez là, m'annonça tout à coup Ergonthe.

Cet ordre me fit sursauter. Je vis que l'un des battants de la porte était ouvert, laissant entrevoir un vaste salon somptueusement décoré, baignant dans une étrange lumière dorée.

— Bien... euh, ici, avec ces monstres ? m'inquiétai-je.

— Avec ces monstres, confirma Frégainthe.

— Non, non, je refuse. J'ai pas envie de leur servir de casse-croûte.

— Il fallait y penser avant, Thédric, répliqua Ergonthe. Nous vous avons prévenus.

A cet instant, l'officier de la garde comtale reparut et déclara en arth-neuhm que la délégation lithithe serait reçue immédiatement. Mes compagnons me laissèrent donc, croyant me rassurer chacun d'une aimable tape d'encouragement sur l'épaule. Cela me fit l'effet d'un :

« Désolé pour toi, mon pote. On t'aimait bien. Adieu. » L'officier isparan ordonna à trois gardes d'entrer avec eux dans les appartements. Les deux autres étaient donc censés assurer ma protection, c'est du moins ce que je crus pouvoir déduire.

J'aperçus alors sous une fenêtre un banc en bois d'acajou.

— Est-ce qu'on peut aller s'asseoir là-bas ? demandais-je.

— Oui, oui, faites, me répondit distraitement un des gardes, en me jetant un bref regard.

Insoucieux de ma dérisoire personne, il engagea la conversation avec son collègue, dans cette langue étrange qui se prononce autant avec la glotte qu'avec la bouche. Un problème se posa à moi, car pour gagner le siège, je devais m'éloigner d'eux d'au moins six mètres.

— Euh, vous ne venez pas vous asseoir avec moi ? demandai-je.

— Non, non. Allez-y, me répondit le second garde.

Naturellement, je décidai de rester, tout en conservant un œil vigilant sur les bêtes qui préféraient chahuter entre elles, plutôt que de s'intéresser à ma maigre carcasse. Et puis soudain, l'un des colosses m'annonça :

— Nous revenons tout de suite.

— Pardon ? Vous voulez dire que vous allez me laisser tout seul avec ces... ces cheubs ?

— Allez vous asseoir sur le banc et faites-vous oublier. Nous ne sortons que quelques minutes.

— Quelques minutes, répétai-je d'une voix mourante.

Et je poursuivis en pensée : « C'est qu'il peut s'en passer, des choses, en *quelques minutes*. » Je savais que les supplier n'aurait servi à rien, au contraire. Alors, j'allai me réfugier sur ce superbe banc de bois, sans faire de mouvement brusque et serrant les mâchoires pour que les cheubs n'entendent pas mes dents claquer.

Une fois installé, tétanisé de trouille, j'observai les deux créatures. Elles se reniflaient le derrière, se donnaient d'amicaux coups de dents, se poursuivaient à travers la pièce en aboyant... Je me disais que chaque fraction de temps, martelé par mon cœur saturé d'adrénaline, me rapprochait du terme de cette affreuse solitude. C'est alors qu'un des cheubs s'avisa de ma présence. Ignorant son congénère, il vint vers moi en trottinant. Ne bougeant même plus les yeux, je commençai, contre toute volonté, à trembler de tous mes membres. L'animal me flaira d'abord les bottes. J'avais dû marcher dans une crotte, car cela l'occupa un moment. L'autre le rejoignit, mais ne s'intéressa pas à mes semelles. Il sauta sur le banc, à ma droite, me provoquant un surcroît d'effroi. Sa truffe froide et humide se colla tout à coup sur mon oreille, dont l'odeur devait l'intriguer. Ensuite, il me huma le bras, descendit jusqu'à la main qu'il rinça d'un large coup de langue. J'étais convaincu qu'il était en train de me goûter, parce que moi-même, c'est exactement ainsi que je procède avec un bâton glacé... juste avant de le croquer goulûment. J'entendais déjà mes os craquer, comme la gangue de chocolat.

Un certain temps plus tard – dans un tel stress, on en perd la notion –, je rouvris les yeux. Des pas pressés résonnaient dans le couloir. Je constatai d'abord avec soulagement que j'étais toujours entier, puis avec effarement qu'un des cheubs s'était couché à mes pieds et léchait consciencieusement mes bottes en peau. Son congénère s'était assoupi, la tête sur mes cuisses qu'il inondait de bave visqueuse. L'approche du visiteur les mit en alerte. Ils se levèrent et s'approchèrent de lui en grondant. Je crus un peu vite à la fin de mon calvaire car, malheureusement, le nouveau venu n'était pas l'un des gardes isparans que j'attendais comme le messie. C'était un messager, reconnaissable à sa tenue de chevaucheur en cuir noir et à sa corpulence que je qualifierais d'ordinaire. Il transportait sa missive dans un tube métallique fixé à sa ceinture. Il ne m'adressa pas un regard, et entra dans l'appartement du comte sans même frapper. Cinq minutes plus tard, Ergonthe et Frégainthe étaient de retour avec l'officier et les trois gardes. A en croire leur expression sinistre, je devinai que l'entrevue n'avait pas donné le résultat escompté. En vérité, c'était l'arrivée du messager qui avait précipité la fin de l'audience et provoqué la grande inquiétude qui se lisait sur leur visage.

— Venez, Thédric, nous partons, m'annonça sèchement mon guide.

— Ça ne s'est pas bien passé ? m'enquis-je, en rejoignant rapidement le groupe.

— L'ennemi prépare une offensive sur Isparine.

— Isparine ? Mais ça contredit ce que vous affirmiez à propos de la tactique habituelle des orques ?

— L'Immonde semble déterminé à détruire la ville, nous ignorons pourquoi.

— Mince alors, soufflai-je en me passant une main dans les cheveux.

Voilà qui signifiait que mon retour sur Terre était encore plus sûrement compromis.

— L'ost du comte Orghor d'Armynthie s'est mis en marche pour lancer des attaques préventives.

— Etes-vous en train de me dire que nous allons combattre avec lui ?

— Non. Avant d'attaquer un territoire qu'ils ne connaissent pas, les orques ont besoin de renseignements. La mission des cavaliers litiths est de traquer et de détruire les groupes espions qui vont s'infiltrer en masse dans le comté.

— Je comprends, lâchai-je, catastrophé. Et ensuite, que ferez-vous lorsque cette créature diabolique attaquera ?

— Cela dépend. Si le Conseil des frères-seigneurs le décide, nous rejoindrons l'armée alliée pour livrer bataille, mais cela ne vous concerne pas.

— Un peu quand même, répliquai-je. Si Isparine est prise, je peux dire adieu à ma vie et à mes études de droit (ce qui finalement n'était qu'un moindre mal, pensai-je dans la foulée).

Ergonthe s'arrêta pour me dévisager :

— Ce que je veux dire, m'expliqua-t-il, c'est que vous allez rester ici en attendant que l'imaginoport rouvre. D'après le comte Isparan, il est sous le contrôle de la garde urbaine, et les transferts pourraient reprendre d'ici une semaine, le temps de réparer les dégâts.

— Très bien, me résignai-je, qu'il en soit ainsi.

L'espoir renaissait. Et pourtant, curieusement, je ressentis un malaise, un regret, comme un goût d'inachevé.

15

Frayeur nocturne

Quand nous retrouvâmes nos compagnons sur la place du palais, j'eus le plaisir de constater que mon équined manifestait la même joie que ceux d'Ergonthe et de son frère, en frappant le sol de la patte gauche. Il ne me l'avait jamais fait. Et quand je lui caressai l'encolure en lui parlant doucement, j'eus l'impression qu'il était soulagé, comme si j'avais pu ne jamais revenir. Un lien affectif nous unissait donc, plus puissant et subtil, me sembla-t-il, que celui d'un cavalier avec son cheval. C'est alors que j'annonçai à Ergonthe ma volonté de poursuivre l'aventure avec lui et les siens.

— Il n'en est pas question, trancha-t-il.

— Pourquoi ? Craignez-vous à ce point pour ma vie ?

— Chacun est responsable de son destin. Mais d'une part vous n'appartenez pas à ce monde, de l'autre les cavaliers litiths n'acceptent pas de mercenaire.

— Mercenaire ! m'insurgeai-je. Mais je ne demande pas à être payé ! Je veux rester avec vous, seulement jusqu'à ce que l'imaginoport rouvre. Vous pouvez bien m'accorder ça ?

— Votre raid « sensations fortes » se termine ce soir. Mon contrat avec vous s'achève en même temps que lui.

Ergonthe monta en selle, aussitôt imité par ses compagnons qui ne tenaient pas à se mêler à notre conversation tendue. Cela ne me surprit que de Frégainthe, qui s'éloigna sans doute pour ne pas être tenté d'apporter son point de vue.

— Justement, repris-je, les pommettes rosies d'émotion, désormais je ne suis plus un simple étranger en visite touristique. Je suis un des vôtres, que cela vous plaise ou non.

Le regard avec lequel Ergonthe me fusilla suggérait que je venais de prononcer un blasphème.

— Vous allez trop loin, Thédric.

Je m'attendais à ce qu'il tourne bride et m'abandonne sur place, mais il reprit d'une voix neutre :

— Je vous pardonne parce que votre insolence n'est que de l'innocence. Mais si vous continuez, je n'hésiterai pas à vous corriger comme un garnement.

— Je me défendrai comme un cavalier litith, répliquai-je sur le même ton.

Je me demandai alors quelle part de moi s'exprimait ainsi. C'était un Thédric indigné, pugnace, presque irréductible... J'insistais pour une raison qui n'était cependant pas très claire dans mon esprit. Que signifiait ce changement d'attitude ? Ces quelques jours à partager le quotidien des Lititهs m'étaient-ils montés à la tête ? Je pouvais le craindre, puisque je me prenais déjà pour l'un de ces farouches guerriers, à l'instar de ces gamins dans les émissions de téléréalité, qu'on plonge un temps dans le monde pailleté du show business en leur faisant croire qu'ils deviendront des stars. Cette réflexion accrut mon trouble, sans pourtant atteindre ma détermination à imposer ma présence aux Lititهs.

Ergonthe se pencha et me tendit la main. Je crus un instant que c'était pour se quitter bon amis. En fait, il voulait seulement que je lui donne les rênes d'Armaintho.

— Nous ne devons pas nous attarder davantage, Thédric, précisa-t-il. Dites adieu à votre équined et restons-en là.

J'étais sur le point de me résigner, mais en caressant le chanfrein d'Armaintho, je lus dans son regard le désespoir de me perdre.

— Non, je viens, tranchai-je.

Et je montai en selle. Ergonthe perdit son sang-froid. Il tira l'épée. J'en fis autant. Nos montures se préparèrent pareillement à l'affrontement. Frégainthe revint vers nous, inquiet de la tournure que prenait la conversation.

— Allons, Thédric, soyez raisonnable, me lança-t-il. Nous ne jouons pas. Pourquoi cet entêtement ?

— Demandez-le à vos Ancêtres ! rétorquai-je.

Sur le coup, l'esquive me parut un peu... cavalière. Mais l'instant suivant, je compris que la cause profonde de mon *entêtement* était peut-être justement là.

— En me liant à Armaintho, repris-je, ils ont fait de moi un cavalier litith. Rappelez-vous, Ergonthe, vous m'avez dit en quittant Osthonde : « Cela a une signification que vous comprendrez plus tard. » Jusqu'à l'éclaircissement de cette énigme, il vous faudra m'accepter comme l'un des vôtres, même si cela vous insupporte.

Après cette tirade formulée avec une telle autorité que j'en fus le premier étonné, les deux frères restèrent sans voix, désappointés, perplexes... Ergonthe rompit le silence pour déclarer :

— Entendu. Vous resterez avec nous aussi longtemps que vous le souhaiterez. Si malgré votre inexpérience vous deviez combattre, ce sera en cavalier litith. Et en cavalier litith vous mourrez, si cela doit être.

— Si cela doit être, approuvai-je en écho. Quoi qu'il en soit, je serai toujours à vos ordres, m'empressai-je de préciser.

— Et à ceux de Frégainthe.

— Entendu.

Nous nous sommes fixés mutuellement, comme à l'instant de sceller un pacte, puis en guise de signature, Ergonthe ordonna à son équined de faire volte-face.

— Mort aux orques ! cria-t-il.

Nous nous élançâmes à sa suite. J'étais soulagé, mais je me souviens d'avoir eu cette pensée : « Dans quelle galère t'es-tu fourré, mon pauvre Thédric ? »

Nous sortîmes de la ville comme nous y étions entrés, en coupant à travers la forêt des Titans. Sitôt la plaine retrouvée, deux camarades reçurent l'ordre de retourner à Osthonde, afin de rendre compte de la situation et des instructions données par le comte Isparan. Ils devaient aussi informer le chef litith du secteur que notre patrouille allait sillonner dans les prochains jours. Ergonthe et Frégainthe avaient choisi une région où il était à peu près certain que l'ennemi s'infiltrerait. J'aurais bien aimé en savoir davantage, mais suite à l'épreuve de force que je venais de remporter, j'avais plutôt intérêt à me faire oublier.

Après quelques heures d'une chevauchée rapide, il devint vital pour chacun de nous, hommes et bêtes, de prendre du repos. Nous avions accumulé, ces dernières vingt-quatre heures, plus de fatigue dans les jambes qu'une légion romaine après trois mois de campagne. Le bivouac installé, je m'allongeai près du feu, prévoyant une petite heure de détente avant d'attaquer ma part de radon séché. En réalité, sans coup férir, je sombrai dans un sommeil ténébreux. J'en sortis comme du gouffre de l'enfer : en criant, suffocant et en nage.

— Que vous arrive-t-il ? m'interrogea Ergonthe, que j'avais réveillé en sursaut.

— Rien, je... un mauvais rêve. Excusez-moi.

Assis, la respiration profonde, le regard fixe, je gardais à l'esprit la vision atrocement nette d'une créature, assez proche d'un vampire de série B, occupée à m'aspirer le sang avec un ricanement bestial. Même dans mes cauchemars d'enfant, je n'avais pas le souvenir d'avoir éprouvé une telle terreur.

Sans se soucier davantage de mes affres, le Litith se rallongea. Alors seulement, je me rendis compte que la nuit était tombée et qu'il faisait frisquet. Sur les douze hommes que comptait notre groupe, trois étaient absents. J'en déduisis qu'ils étaient postés à proximité, enveloppés de pénombre. Les tours de garde avaient été répartis pendant que je dormais ; j'en fus contrarié.

— Ergonthe, murmurai-je. (Il émit un grognement agacé.) Quand devrai-je prendre mon tour de garde ?

— Tout de suite, puisque vous êtes réveillé.

— D'accord. Où et jusqu'à quand ? demandai-je sèchement.

— Où vous voudrez, mais sans trop vous éloigner. Et le temps que vous tiendrez, jusqu'à l'aube si cela vous amuse.

— Bon... merci.

Je me levai. Alors mon guide ajouta :

— Thédric, avant qu'un jeune Litith ne devienne un *cavalier*, il doit d'abord être novice, pendant trois ans au moins.

— Je sais.

— Votre noviciat sera accéléré.

— C'est-à-dire ?

— Trois jours.

Je souris et, bien que je ne pusse le distinguer dans la pénombre, j'étais persuadé que lui aussi.

Je m'éloignai donc pour me poster quelque part sur la prairie où nous avions installé le bivouac. Couverture sur les épaules, je m'assis en tailleur tel un guerrier apache et posai mon svilth chargé sur mes cuisses, une main sur la crosse. Un peu nerveux, je me retournai vers le feu qui, à une trentaine de mètres, ne diffusait plus qu'un faible halo orangé. La nuit s'annonçait paisible, je ne voyais aucune raison de redouter quoi que ce fût. Un frisson me parcourut le dos, parce que j'avais les fesses directement posées sur l'herbe froide d'humidité. Cela me fit bénir le cuir étanche dans lequel était taillé mon pantalon. Si j'avais gardé mon jean, j'aurais assurément ce soir-là attrapé la mort. Avec un pincement d'émotion, j'inspirai à pleins poumons l'air vif de ce monde étrange, qui ne m'était plus tout à fait étranger. La lune, noyée dans la brume, se levait au-dessus des frondaisons d'une grande forêt toute proche. Il régnait un silence apaisant, pas même troublé par les cris lointains d'oiseaux nocturnes, ou les crissements d'insectes alentour. Durant les minutes qui suivirent, je voulus remettre un peu d'ordre dans mon esprit, en me posant certaines questions, qui pour la plupart resteraient sans réponse : qu'est-ce que je fichais là, au lieu de me dorer la pilule à Djerba ? Pourquoi les Ancêtres des Litiths avaient-ils parlé de moi à Longtothe, le chef du clan ? Comment Ergonthe me considérait-il vraiment : un parasite, une énigme, un fat ? Ma pensée dériva vers de puissantes interrogations métaphysiques du genre « Qui suis-je ? Où vais-je ? »... Et pour finir, je sombrai dans le n'importe quoi : « Dans quel état j'erre ? », ce qui me fit sourire et me ramena à des préoccupations plus légères, dont je ne me souviens plus.

On l'aura compris, je ne suis pas grand amateur de remue-méninges. Seuls les faits, les chiffres, les déductions logiques formaient mon quotidien d'étudiant en droit, pas les ruminations mentales. Je me fatiguais vite des cogitations stériles ne reposant sur rien. Et en fin de compte, je préférais le rêve, activité que je pratiquais régulièrement dans les amphis de la fac, tout en mâchouillant mon stylo. J'étais justement parti dans un doux songe nostalgique, quand je perçus d'infimes bruissements à quelques mètres droit devant. Je me redressai vivement. Mon cœur s'emballa... et mon imagination ! Je voyais déjà un orque, couteau entre les dents, rampant vers moi pour m'égorger vivant... vivant évidemment ! Bon sang, que faire ? Les bruits se précisaient tout en restant ténus, car la chose avançait avec moult précautions. Un genou à terre, un coude en appui sur l'autre, je mis mon arbalète en joue. Un ou plusieurs êtres vivants approchaient, j'en étais maintenant certain. J'hésitai cependant à semer la panique dans le camp, car ce ne devait être qu'un animal. De plus, Frégainthe m'avait confié que les chances de croiser des orques aussi loin au sud étaient encore très faibles. Je restai quand même sur mes gardes, me disant qu'il pouvait aussi s'agir d'un dangereux prédateur. A peine avais-je émis cette hypothèse qu'elle s'écroula, car *l'animal* chuchota ! Que faire ? Hurler ou tenter de me rapprocher d'un des trois Litiths de garde avec moi, pour solliciter son avis ? Du coin de l'œil, je vis, ou crus voir, une ombre se déplacer du côté d'un arbuste tordu, à moins de six mètres sur ma gauche. Sans pouvoir viser, j'actionnai la détente de mon svilth. Le chuintement du trait fut brutalement interrompu, mais sans bruit d'impact. Avais-je atteint mon invisible cible ? Je me mordis les lèvres en pensant que je venais peut-être d'occire un de mes compagnons. Il se produisit alors un événement complètement déroutant : un objet heurta ma poitrine, comme un petit caillou qui serait ensuite tombé dans l'herbe. Je tâtonnai pour le récupérer. C'était ma flèche ! J'écarquillai les yeux de stupeur. Ma victime présumée venait de me renvoyer mon cadeau de bienvenue. Il me fallait un avis éclairé. A cet instant, une main se plaqua sur ma bouche.

— Chuuut ! me souffla-t-on à l'oreille, pour m'empêcher de crier.

Je pouvais me détendre, c'était Sménainthe, l'un de mes trois camarades de faction. Il relâcha doucement son emprise.

— Qu'est-ce qui se passe ? m'enquis-je à voix basse.

— Nous avons de la visite.

— Vous les avez entendus, vous aussi ? Qui cela peut-il être ?

— Ne craignez rien, ils ne sont pas dangereux. Sauf pour... Avez-vous un *strets** sur vous ?

— Oui, je crois. (Je sortis la petite galette d'une des poches de ma cotte de cuir.) Tenez.

— Non, gardez-le et offrez-le de cette manière, au niveau de l'herbe.

J'obéis, désormais très intrigué. Quel animal cette friandise allait-elle donc attirer ? Pendant une ou deux minutes,

* *Strets* : biscuits très riches en protéines (et très secs), utilisés comme provisions de survie par les Litiths.

les bruissements se rapprochèrent, puis ils cessèrent. Je scrutai vainement l'obscurité, dans l'espoir de distinguer ne serait-ce que le scintillement des pupilles de la créature. Il y eut soudain un piétinement très bref, puis de nouveau le silence. Abasourdi, je constatai que je n'avais plus rien entre les doigts.

— Wahou ! Vif, l'animal ! chuchotai-je en faisant rouler entre mon pouce et mon index les quelques miettes qu'il me restait de mon strets.

— Ce n'était pas un animal, rétorqua Sménainthe, mais un mirlith.

— C'est-à-dire ?

— Dans votre monde, je crois qu'on dirait *elfe des prés*.

— Un elfe ! Mince, quel dommage que je ne l'aie pas vu !

— C'est rarement possible. Heureusement que vous l'avez entendu approcher, parce qu'il vous aurait sûrement volé quelque chose, votre svilth par exemple.

Instinctivement, je serrai contre moi ma précieuse arbalète.

— Avons-nous une chance de le voir revenir, enfin... de l'entendre ? demandai-je.

— Non. Vous pouvez vous rendormir.

— Oh ! Vous êtes injuste ! fis-je mine de m'offusquer. J'avais l'œil vif lorsque le mirlith s'est approché, vous l'avez dit vous-même.

— Ah oui ? Pourtant, j'étais derrière vous depuis un moment, et il me semble vous avoir vu dodeliner de la tête.

Je n'en croyais pas un mot. J'avais tort, car il m'exhiba sous le nez mon poignard, qui bien sûr aurait dû se trouver dans son fourreau, lui-même fixé à ma ceinture.

— Si j'avais été un orque égorgeur, conclut Sménainthe, vous seriez mort.

Les orques égorgeurs étaient des commandos spécialisés dans l'infiltration nocturne et l'élimination silencieuse. Honteux, j'acquiesçai et remerciai le Litith de cette pertinente leçon. Il m'apparut alors que trois jours de noviciat seraient nettement insuffisants.

16

Première escarmouche

Nous avons chevauché deux jours entiers sans déceler le moindre indice de la présence ennemie. Le secteur sur lequel nous patrouillions présentait une alternance de grandes prairies et de monts boisés peu élevés, entre lesquels serpentait une rivière large et paisible. Ergonthe avait la conviction que cette région, avec ses forêts, ses vallons parfois très encaissés, sa facilité d'accès par le nord, donc de ravitaillement, était stratégiquement idéale pour servir de base arrière aux troupes de l'Immonde. C'était d'autant plus probable que de là, elles auraient la possibilité de fondre sur Isparine comme sur un boulevard, en suivant une très ancienne plaine alluviale. Les éclaireurs orques devraient forcément s'y aventurer afin de repérer les troupes alliées, évaluer la capacité de résistance des villes et des villages, cartographier les zones où leurs généraux choisiraient d'établir des bastions... En apprenant cela, j'éprouvai le méchant pressentiment que notre tranquille expédition champêtre n'allait pas tarder à s'animer.

Au matin du troisième jour, nous entrâmes dans un bourg qui nous parut étrangement désert. Les volets des coquettes maisons de bois étaient ouverts. Les rues dallées, fleuries comme des allées de jardin, ne trahissaient aucun désordre. Plusieurs petits chiens baguenaudaient... Instinctivement et sans nous concerter, nous nous écartâmes les uns des autres. Chacun se tint prêt à parer une embuscade. Pour ma part, j'armai mon svilth et le gardai en main. Ma tension artérielle s'accrut violemment. Allais-je livrer mon second combat ? Soudain, une petite silhouette surgit d'une venelle à droite, et se figea sur place comme victime d'un sort. Par bonheur, cette fois-là je n'eus pas de trop bons réflexes, parce que j'aurais sûrement tiré sur ce jeune drôle. Bouche bée, le garçonnet nous considéra quelques secondes, puis soudain il déguerpit dans la grande rue devant nous en criant :

— Les cavaliers litiths, voilà les cavaliers litiths !

Je déduisis à la mine détendue de mes compagnons, que ce n'était pas à coups de fourche ou de gourdin que nous serions accueillis par la population. Nous trouvâmes celle-ci un peu plus loin, rassemblée sur une place. Je dois avouer que j'éprouvai alors un petit pincement de fierté en progressant ainsi, sur mon bel équined, vers ces gens qui nous considéraient sans crainte, mais avec le respect qu'inspirent les grands personnages. Un homme d'une soixantaine d'années vint à notre rencontre et commença à nous expliquer, la voix brisée par l'émotion, qu'un drame venait de frapper cette paisible communauté dont il était le bourgmestre. Nous apprîmes ainsi que deux adolescents, partis chasser dans les bois, étaient tombés sur des rôdeurs en bivouac, qui les avaient aussitôt attaqués. L'un des garçons avait pu s'enfuir, l'autre pas.

— Nous étions justement en train de constituer une milice pour partir au secours de notre fils, termina-t-il en désignant ses concitoyens rassemblés derrière lui.

— Pouvons-nous interroger le jeune homme qui est revenu ? demanda Ergonthe.

— Bien sûr. Fliby ! Approche, mon garçon, viens raconter ce qui vous est arrivé.

Un adolescent ébouriffé, en tenue de lin vert, sortit de la foule. Son visage blême et ses yeux clairs effrayés donnaient déjà une idée de ce à quoi il avait échappé. Ergonthe ne lui posa qu'une question, car seul l'aspect physique des agresseurs l'intéressait :

— A quoi ressemblaient-ils ?

— Tout gris, la figure grise comme la pierre, répondit vivement le jeune homme en désignant son visage d'un geste nerveux. Les mains aussi, avec des griffes. Ils criaient comme des ouaspis.

Les ouaspis ressemblaient à des porcs sauvages qui, en guise de grognements, émettaient de déplaisants glapissements discordants. Répondant à une question de Fréganthe sur leur nombre, Fliby estima qu'ils étaient douze ou quinze... peut-être vingt. Ergonthe le remercia, puis s'adressa au bourgmestre :

— Continuez à constituer votre milice, mais qu'elle reste ici pour assurer la défense du village. Nous nous chargeons des rôdeurs.

— Grand merci, seigneur litith, déclara le magistrat avec une brève inclinaison de la tête.

Il se campa ensuite dans une posture d'autorité, poings sur les hanches, torse bombé.

— Mais cette affaire est la nôtre, enchaîna-t-il, et nous comptons nous-mêmes ramener notre fils à sa mère.

Je notais qu'Ergonthe n'avait pas parlé de secourir ce jeune homme, sans doute parce que le malheureux n'était déjà plus de ce monde.

— Je ne vous conseille pas d'aller vous frotter à ces maraudeurs, répliqua-t-il avec calme. Faites ce que je vous dis et tout ira bien.

Le bourgmestre, et derrière lui tout le village, se renfrognèrent. Il émit un grondement de désapprobation, puis demanda :

— Et pourquoi ne devrions-nous pas nous occuper nous-mêmes de nos affaires, seigneur litith ?

La réponse fut assassine :

— Parce que vos rôdeurs viennent des Mondes noirs.

Il aurait annoncé que l'Immonde lui-même allait débarquer chez eux, que les villageois n'auraient pas plus mal réagi. Le bourgmestre dût élever la voix pour obtenir le silence, à défaut de calme. Puis il s'enquit :

— Nous avons en effet ouï-dire qu'il y avait des incidents le long de la frontière, mais nous savons que les orques ne peuvent pas s'aventurer si loin de leurs tanières, n'est-ce pas ?

— Vous auriez raison s'il s'agissait d'orques purs, répondit Ergonthe. Mais il est plus probable que ces vagabonds soient des mi-orques.

J'avais déjà entendu parler de cette catégorie particulière, située entre les sous-orques (que j'avais affrontés avec mon guide) et les orques de *race pure*. A l'origine, les *sous-* et les *mi-* étaient humains, tandis que les *pur*s n'étaient pas plus compatibles génétiquement avec eux que les gorilles avec nous. Je savais aussi que les mi-orques étaient moins redoutables que les purs, qui pouvaient mesurer jusqu'à deux mètres vingt pour cent cinquante kilos d'os et de muscles, exclusivement ! Car dans leur monde, il était impossible d'engraisser. Quant à leur cervelle, j'ignorais son degré d'évolution, mais j'avais dans l'idée qu'il ne fallait pas le sous-estimer. Pour en finir avec ces considérations anthropo-sociologiques, je découvrirais plus tard qu'il existait aussi des *orques-seigneurs*, une espèce supérieure, très supérieure, de soldats de l'Immonde...

Désormais investis d'une mission où chaque seconde pouvait compter, nous quittâmes le village au galop, guidés par le jeune Fliby que Frégainthe avait pris en croupe. Une fois qu'il nous eût désigné de loin le dôme boisé où s'était produite la funeste rencontre, le garçon fut prié de s'en retourner chez lui au plus vite. Pister ensuite les rôdeurs fut un jeu d'enfant, même pour moi, car ils avaient le pas lourd et le coup de machette facile. Les attaquer serait une autre affaire.

D'abord, il s'avéra qu'ils étaient au moins trente. Ensuite, à cette heure de l'après-midi, nous ne pouvions espérer les prendre en embuscade, par exemple lors de leur passage dans un creux de vallon, car ils détestaient la lumière du jour. Il était d'autre part hors de question d'attendre la nuit qu'ils se déplacent, car la performance de leur acuité visuelle nocturne décuplait leur dangerosité. Ergonthe m'expliqua qu'en attendant le crépuscule, ils s'étaient sans doute tapis dans un recoin sombre de la forêt, ou de préférence une caverne. Fliby nous avait assuré qu'il n'y en avait pas dans le secteur. Aussi pouvions-nous nous attendre à ce qu'ils aient établi leur campement dans une configuration limitant les risques d'une attaque surprise.

— Eh bien, soupirai-je à la fin de ce tableau, en résumé, nous avons toutes les chances de nous faire massacrer si nous allons leur tirer les moustaches.

— Ils sont imberbes, rétorqua Ergonthe, sur un ton glacé.

Sous-entendu : « Fermez-la ! » Nous progressions en silence, nos équineds ayant d'instinct adopté un pas souple et silencieux. La chasse avait commencé, mais je semblais être le seul à me faire du souci pour son issue. Frégainthe eut la bonté de me révéler le positif de la situation :

— Les mi-orques ont une faiblesse, l'instinct de guerre.

— Ah ? Voilà une bonne nouvelle, ironisai-je.

— Si nous les prenons à partie frontalement, ils sauront réagir de manière concertée, rapide et efficace. Ils se déploieront en défense et attendront le moment propice pour riposter. Un groupe aussi réduit que le nôtre ne survivra pas un quart d'heure.

— Donc, quelle sera votre tactique ?

— Leur faire croire que nous sommes maladroits et peureux. Ce sera pour eux comme une promesse de divertissement.

Et il termina pour lui-même :

— Mais c'est nous qui allons bien nous amuser.

J'aurais aimé partager son optimisme.

Lorsqu'il devint évident (surtout à l'odeur) que l'ennemi était tout proche, nous sommes descendus de nos équineds. Je fus surpris et impressionné de les voir se coucher en sphinx et ne plus bouger. Frégainthe m'expliqua à voix basse qu'ils resteraient ainsi jusqu'à ce que nous revenions, à moins qu'un mi-orque ne leur passe à portée de crocs, auquel cas ils se jetteraient sur lui pour le réduire en charpie, sans le dévorer, car la viande en provenance des Mondes noirs était aussi indigeste que de la boue.

Le pas souple et précis, nous nous enfonçâmes tels des prédateurs dans un sous-bois dense mais praticable, où abondaient fougères et massifs d'herbes géantes. Certains de mes camarades s'étaient armés d'arcs courts, tandis que les autres avaient dégainé leur épée. Pour ma part, j'avais sur moi tous les moyens de défense que je possédais : mon svilth chargé à bloc et ses munitions, mon épée, mes poignards (j'en avais deux), mes gantelets à pointes, et même mon petit couteau à tout faire, enfoncé dans ma botte droite.

Le contexte m'évoqua quelques bons souvenirs d'enfance, quand avec mes copains nous jouions à la guerre dans le petit bois derrière chez moi. Evidemment, hormis nos dos courbés et nos regards farouches, cette guerre-là n'avait rien de comparable. Par exemple, je n'avais pas les boyaux qui se tordaient de trouille. Soudain, en tête du commando, Ergonthe nous fit signe de nous accroupir. Après quelques secondes d'immobilité, il ordonna par gestes le déploiement du groupe, selon une tactique connue de tous... sauf de moi, ce qui me mit aussi mal à l'aise qu'un gamin curieux qui se serait infiltré dans une action du GIGN. Un chuchotement me fit sursauter :

— Vous allez rester ici, Thédric. (C'était Sménainthe.) Nous allons nous positionner sur deux fronts, en nous espaçant au maximum, de façon à ce qu'ils se dispersent quand ils attaqueront, m'expliqua-t-il tandis que nos camarades s'éloignaient entre les arbres, se confondant déjà avec la végétation.

— Ah ? Mais comment allez-vous les attirer ? demandai-je, anxieux.

— Vous le savez : en étant maladroits et bruyants.

J'écarquillai si grand les yeux qu'il en sourit.

— Quand ils vont nous entendre approcher, reprit-il avec patience, ils vont penser que nous sommes la milice armée du village venant chercher le garçon qu'ils ont enlevé.

— Ça devrait les faire fuir, non ?

— Un mi-orque ne fuit pas. Ouvrez bien vos oreilles et tenez-vous prêt à abattre tout ce qui se présentera à votre portée. Ne ratez pas votre cible, car si elle vous charge, vous ne devrez espérer aucun secours. Et si vous deviez être blessé, gardez-vous de crier ou même de gémir ; cela attirerait immédiatement les autres. Entendu ?

J'acquiesçai de la tête. Après de telles précisions, mon teint frais de novice litith vira au blanc spectral. Sménainthe me donna une tape amicale sur l'épaule, puis s'éclipsa vers la gauche. Je me retrouvai donc seul, affreusement seul, en position de tir entre deux énormes touffes de graminées, assez semblables aux herbes de la pampa de nos jardins. Je bénis le ciel de ne pas avoir le rhume des foins.

Durant un long moment, seul le paisible bruissement du vent dans les feuillages était audible. Mais en moi montaient les premières frayeurs de la bataille. Je n'arrivais pas à maîtriser mon souffle, encore moins le tam-tam de mon cœur. Mon front était perlé de sueur, mes doigts s'engourdissaient à trop serrer la crosse de mon arbalète, et j'avais envie de vomir. Il y eut un craquement de branche morte, assez loin vers la droite, puis un grognement de mécontentement. Etait-ce un mi-orque ? Si près, déjà ? J'éprouvai un violent pincement à l'estomac. A l'opposé se produisit un son à peu près identique qui déclencha, à deux ou trois cents mètres environ, un piétinement précipité dans les feuilles mortes. L'accrochage avait commencé ! Ensuite, quelque part devant moi, j'entendis des sifflements de flèches suivis de râles brefs. Puis ce fut un remue-ménage assorti de cris rauques. Un appel à droite, une réponse à gauche en arth-neuhm. Soudain, une silhouette massive apparut entre les arbres à une centaine de mètres, les bras écartés, un hachoir dans une main, une épée courte dans l'autre. Malgré ma terreur, je remarquai qu'elle était bardée de plaques de protection, taillées dans une matière noire et mate, une espèce de croûte de bitume. Elle semblait humer l'air. Puis elle s'élança dans ma direction, jetant de rapides regards sur les côtés. Elle était encore trop loin pour que je sois absolument sûr de ne pas la rater, mais déjà assez près pour que je puisse la détailler. Sa figure, vaguement humaine, avait un teint grisâtre qui n'évoquait pas la crasse mais bien une couleur de peau. Ses yeux marron avaient une expression guerrière plutôt que méchante, ce qui me surprit car j'avais gardé en mémoire celle de sauvagerie bestiale des sous-orques. La créature portait un casque à nasal et protège-nuque, qui dissimulait sa chevelure, mais je devinais qu'elle était grise et tressée avec soin en une longue natte qui coulait dans son dos. Je dus alors émettre un bruit, car elle se figea, scruta dans ma direction et me repéra. Elle chargea comme un rhinocéros.

— Oh merde ! Meeeerde ! bredouillai-je.

Un dilemme épouvantable me saisit : où devais-je tirer ? Dans la tête, c'était plus sûr mais plus difficile. Dans la poitrine, je savais que je ne la raterais pas, mais quelle chance avais-je de la tuer, compte tenu de l'épaisseur de sa cuirasse ? Durant cette réflexion pourtant fulgurante, le monstre avait terriblement réduit la distance qui nous séparait. Me souvenant qu'un sanglier en pleine course ne peut être terrassé que par une balle entre les yeux, j'ajustai mon tir sur le front de mon assaillant.

— Concentration, efficacité. Concentration, efficacité, répétais-je comme je l'avais appris dans un livre sur la maîtrise du trac, offert par mon père toujours soucieux de mon avenir de « grande voix du barreau ».

Je bloquai ma respiration et décochai mon carreau...

RATÉ !

17

Révélation

Pour recharger un svilth, c'est-à-dire retendre la corde et dans le même temps faire surgir un trait dans la gorge de tir, il fallait placer la crosse en appui contre sa poitrine (d'où le rembourrage de ma cotte au niveau du sternum), et à deux mains faire coulisser le chargeur, un peu à la manière d'un fusil à pompe. L'opération ne demandait à un Litith aguerri, disposant de puissants biceps, que deux secondes. En situation d'entraînement, je réussissais effectivement dans ce délai, mais après trois échecs en moyenne. Tirer la culasse jusqu'à son cran de blocage, en bout de course, exigeait donc une certaine pratique. Lorsqu'un orque, même *mi-*, vous fonce dessus avec une lame dans chaque main, c'est du premier coup qu'il faut réarmer... ou accepter sa mort.

Je poussai le râle-qui-tue en réarmant mon arbalète :

— Rrrrrhan !

Avec succès ! Mais déséquilibré par le geste, je basculai en arrière et le mi-orque plongea sur moi comme sur un poulet. Qu'advint-il alors du malheureux Thédric ? Si je suis en mesure d'écrire ces lignes, c'est que je m'en suis sorti. Comment ? Je me le demande encore. Il s'était abattu sur moi en plantant son hachoir à deux centimètres de mon oreille gauche. Son poids me coupa le souffle. Durant un moment, je ne fis que suffoquer en me tenant la poitrine. Ensuite, mon cerveau reçut assez d'oxygène pour percevoir des gargouillements répugnants près de moi. Je me relevai et me retrouvai nez à nez avec mon agresseur qui s'était lui aussi remis debout. De sa main droite, il se tenait le cou dans lequel était fiché un trait de svilth. Ainsi, j'avais tiré et mis dans le mille. Dans son autre main, il avait gardé son épée courte. Titubant autant que lui, je pris mes distances, persuadé d'avoir gagné la partie. C'était sous-estimer gravement la capacité de résistance de ces démons, exclusivement élevés dès la petite enfance pour le combat et l'endurance. Ainsi, sous mes yeux horrifiés, je le vis arracher mon projectile de sa gorge, puis revenir à la charge ! J'esquivai sans peine sa première tentative de m'embrocher, la deuxième également. Je me jetai à terre pour m'emparer de mon svilth. Cette fois, il me fut impossible de le réarmer, non pas qu'il fût enrayé, mais la commotion m'avait coupé les muscles. Il était malgré tout hors de question de fuir. Au contraire, en digne cavalier litith, je devais combattre jusqu'à ce que mort s'ensuive (j'étais d'autant plus déterminé que mon adversaire était comme le taureau dans l'arène qu'on saigne avant de lui envoyer le matador). Je dégainai mon épée et lui fis face ainsi qu'un gladiateur.

Cinq minutes plus tard, je n'en étais toujours pas à la mise à mort, ce qui me mettait dans une rage folle. D'autant que Frégainthe, Ergonthe et bientôt nos autres compagnons étaient de retour, après en avoir fini avec les autres créatures.

— C'est bien, Thédric, m'encouragea Frégainthe, mais placez-vous plutôt à sa gauche. Les mi-orques sont tous gauchers et moins habiles à parer les attaques par ce côté... Voilà, c'est ça. Encore ! Frappez toujours ainsi.

Mon adversaire faiblissait, mais pour le novice que j'étais, il restait dangereux. Les Litiths applaudissaient et commentaient ce spectacle, pas plus cruel à leurs yeux qu'un combat de foire. Car ils n'éprouvaient aucune compassion pour les serviteurs de l'Immonde, qui avaient perdu depuis belle lurette leur part d'humanité. Ergonthe décida tout à coup d'y mettre un terme.

— Ecartez-vous, Thédric, m'ordonna-t-il en s'avançant.

— Mais... attendez. Laissez-moi encore une minute, j'y suis presque.

— Justement. Il faut que je l'interroge.

Je cessai donc de m'agiter vainement. Mon adversaire également. Les bras ballants, haletant, le regard bas, il se mit à fixer le Litith qui lui faisait face. Bien que se sachant vaincu, dans ses yeux sombres luisait une férocité implacable que sa blessure ne semblait pas avoir amoindrie.

— Il ne parlera pas, dis-je, je lui ai planté un carreau dans la gorge. Il l'a retiré comme une écharde.

Cette information ne perturba nullement mon guide. Il s'adressa à la créature en arth-neuhm :

— *Peux-tu parler ?*

Je me rapprochai de Frégainthe afin qu'il me traduise leurs échanges. Un long moment, le mi-orque resta sans bouger, ne semblant pas comprendre la question mieux qu'un singe. Pourtant, à ma grande surprise, il finit par entrouvrir la bouche et chercha à articuler un son. Sa souffrance devait être terrible, car il grimaça. Il n'en persévéra pas moins, jusqu'à ce qu'un vague enchaînement de phonèmes sorte de sa gorge blessée.

— *Tue-moi*, exigea-t-il.

— *Avant, je veux un renseignement, un seul*, répondit Ergonthe.

Le mi-orque secoua négativement la tête. Je savais que ce ne serait pas par la torture que le Litith pourrait obtenir satisfaction.

— *Si tu réponds, tu connaîtras une mort rapide et digne. Sinon, nous t'emmènerons hors de ce bois et c'est le soleil qui se chargera de t'achever.*

— *Que veux-tu savoir ?* articula péniblement le mi-orque.

Je songeai alors que si je devais rester dans ce monde, je n'avais pas fini d'être étonné et de me méfier de mes a priori. Car ce monstre, auquel j'avais attribué un QI de limace, m'apparut doté d'une certaine capacité de réflexion. De plus, il ne correspondait pas vraiment à l'image que je m'étais faite de ces êtres mi-hommes mi-bêtes : pas de groin de phacochère, pas de filet de bave dégoulinant d'une gueule exhalant des remugles écœurants, pas de grognements de verrat… La peau épaisse de son visage, certes d'une hideuse couleur grise, était nette et imberbe, son nez bien dessiné, ses yeux presque humains. Par contre, en guise de denture, il était doté de crocs qui pointaient de temps en temps sous ses lèvres.

— *Pourquoi l'Immonde aurait-il l'intention d'attaquer Isparine ? Je ne te demande ni quand ni comment, mais pourquoi ?*

Le mi-orque fut alors pris d'un étourdissement. Ses jambes plièrent et il tomba à genoux. Il resta ensuite un long moment sans bouger, menton sur la poitrine, dans cette posture de guerrier vaincu.

— *Pourquoi ?* insista Ergonthe.

— Peut-on vraiment espérer qu'il parle ? demandai-je à voix basse à Frégainthe.

— Oui, parce qu'il ne sait pas juger de l'importance d'une telle information. En revanche, la brûlure du soleil, il connaît.

De fait, la créature commença à gargouiller laborieusement :

— *Les étrangers du monde Terre. Tue-moi, maintenant.*

— *Que leur voulez-vous ?* questionna Ergonthe.

Le mi-orque releva les yeux. Il adressa alors au Litith un étrange sourire. Mon guide détenait sans doute la réponse, puisqu'il leva l'épée et l'instant d'après décapita le mi-orque.

Pour moi, c'était du chinois.

— Pardonnez-moi, mais je n'ai pas tout suivi. Qu'est-ce qu'ils veulent faire à mes compatriotes, ces affreux ?

— Les massacrer.

— Ah ? Quel dommage que vous n'ayez pas plus cuisiné ce type ! On aurait peut-être pu lui faire cracher le morceau.

— Non, parce qu'il n'en savait pas davantage, rétorqua Ergonthe. Repartons.

Je songeai tout à coup au jeune camarade de Fliby.

— Et le villageois, l'avez-vous retrouvé ?

Ergonthe se retourna pour acquiescer de la tête, mais c'est Frégainthe qui me répondit :

— Les morceaux qu'ils n'ont pas aimés. Les orques ne font pas de prisonnier.

Nous rejoignîmes le village pour rendre compte de notre mission. Ensuite, très vite nous le laissâmes à son deuil et à ses angoisses, car il était clair que l'incursion meurtrière des espions de l'Immonde n'était que le prélude à un désastre bien plus grand. Ergonthe était indécis sur la conduite à tenir après ces événements. Il nous proposa pour en discuter de nous rendre à quelques kilomètres de là, sur un haut plateau d'où nous pourrions observer la frontière nord et la tour du Grand Guetteur. Alors que je m'inquiétais de ce que nous allions nous éloigner d'Isparine, il répliqua sur un ton cinglant comme une gifle :

— Vous savez que vous pouvez y retourner à tout moment.

— Je le sais, répondis-je en soutenant son regard.

Il me confia ensuite qu'il préférait rapporter l'information que nous avions obtenue sur les intentions de l'ennemi à Akys III plutôt qu'au comte Isparan, « un peu trop pragmatique » selon lui. Je compris que ce dernier, en gestionnaire politique à courte vue, n'aurait aucun scrupule à troquer les étrangers contre la sauvegarde de sa ville.

— En ce cas, m'étonnai-je, pourquoi ne nous rendons-nous pas directement à la tour du Grand Guetteur ?

— Parce que le frère-seigneur ne s'y trouve plus. Il a probablement ordonné à ses troupes de se positionner en protection d'Isparine, tandis que lui-même a dû rejoindre Olsomathe. Nous irons aussi, mais avant, il pourrait être utile que l'on se rende compte de la situation du côté de la tour.

Olsomathe était une citadelle construite au sud du comté d'Isparan. Elle servait de capitale politique lorsque les événements exigeaient la réunion du Conseil des frères-seigneurs. J'avais pu admirer dans mon guide numérique quelques vues de cette place forte, édifiée au bord d'un gouffre. Je regrettais que les circonstances ne me permettent pas de la visiter. J'étais en effet décidé à ne pas m'éloigner de l'imaginoport de plus d'une journée d'équined, et donc à ne pas suivre mes compagnons lorsqu'ils s'y rendraient.

Nous accédâmes à ce plateau élevé peu avant le crépuscule. La vue y était époustouflante et le vent... ébouriffant ! Heureusement, c'était un terrain rocheux qui offrait de nombreux abris naturels. Nous en choisîmes un en forme de fer à cheval, ouvert au nord et assez proche de l'à-pic pour que nous ne soyons pas gênés par les sapins nains qui avaient poussé dans les anfractuosités. Comme pour assister à un spectacle, je m'aménageai sous le regard goguenard de mes compagnons un confortable pouf de lichen-lierre, cueilli sur les arbres alentour. Une fois assis, je pus enfin me concentrer sur le panorama. Pour en profiter pleinement, il fallait disposer d'une bonne vue, ce qui était mon cas, car le plus intéressant se trouvait très loin à l'horizon. La frontière se confondait en fait avec les brumes anthracite des Mondes noirs, sauf en quelques rares points où le mur d'Akré devenait visible à la faveur d'un relief de terrain. Je repérai bientôt deux des sept tours du royaume. La plus à droite, disons à l'est, était celle de l'Inconsolable Veuf, l'autre, celle du Grand Guetteur. Cette dernière m'apparut minuscule et bien vulnérable dans l'immensité tourmentée du paysage qui, à l'extrême ouest, était brutalement bouleversée par les puissantes montagnes de Mystéria. Mon attention se fixa sur la tour où Akis III nous avait reçus, Ergonthe et moi, au début de mon séjour. Alors, une question me vint, que je soumis à mes compagnons :

— Est-ce que la tour du Grand Guetteur est aux mains de l'ennemi ?

— Elle l'est, me répondit Frégainthe.

— Comment en êtes-vous si sûr ?

— Observez le ciel. Jusqu'à la frontière, il est haut et lumineux. Puis soudain, il devient bas, orageux, menaçant.

C'était exact et saisissant.

— Aujourd'hui, la tour et la muraille d'Akré sont à peine dans l'ombre. Mais bientôt, dans quelques semaines tout au plus, elles deviendront d'ici totalement invisibles, car elles appartiendront aux Mondes noirs.

— Jusqu'à ce que nous les reconquérions, fis-je remarquer.

A cette réplique, anodine et sans arrière-pensée, les Litiths me dévisagèrent.

— Qu'est-ce que j'ai dit ?

Ergonthe se chargea de m'éclairer, et ce fut l'occasion d'une cruelle mise au point :

— Le *nous* est en trop. Vous êtes et resterez un étranger, et ce conflit ne saurait vous concerner.

— On ne va pas remettre ça ! m'agaçai-je. D'accord, ce n'est pas mon monde ni ma guerre ni mes oignons. Mais laissez-moi au moins faire comme si !

Je m'interrompis, lisant une franche hostilité sur les visages de ces hommes qui semblaient ne pas vouloir de mon amitié, ou plutôt de ma fraternité. Mais je crois surtout qu'ils n'appréciaient pas ces faux-semblants que je leur proposais. En effet, les Litiths détestaient toute forme de mensonge, parce que la tromperie, même bénigne, était l'expression même du mal qui siégeait au-delà de la frontière nord et les menaçait depuis des millénaires.

— Je retire ce que j'ai dit, repris-je. Cette guerre n'est effectivement pas la mienne, et ma présence parmi vous n'est qu'accidentelle. Suis-je pardonné ?

Leurs regards se reportèrent vers le nord et reprirent une expression grave. Il y eut un interminable silence, durant lequel j'avais le cœur serré de tristesse et de honte, puis Ergonthe déclara :

— Thédric, demain nous nous séparerons. Notre route nous conduira à Olsomathe, tandis que la vôtre vous ramènera à Isparine d'où vous regagnerez votre monde.

— Vous savez bien que c'est la panique, là-bas, rétorquai-je.

— Le comte Isparan a accepté ma demande de vous faire transférer selon la procédure de Priorité Diplomatique. Il vous suffira de vous présenter au palais comtal, la garde devrait aussitôt vous prendre en charge.

— Bien, en ce cas...

Je dus serrer les mâchoires pour ne pas pleurer de dépit.

La soirée fut un vrai calvaire, car ni moi ni mes compagnons n'avions le cœur à bavarder. Nous avons donc grignoté sans prononcer un mot, puis chacun s'occupa de son équined, de sa couche, de ses armes... tandis que le crépuscule cédait lentement la place à une nuit sans lune. Je m'allongeai en même temps que mes camarades, mais mon cerveau en ébullition ne me laissait guère espérer un sommeil réparateur. Je n'étais pas et ne serais jamais un cavalier litith, me répétais-je. Cette évidence, qui n'aurait jamais dû m'échapper, me plongeait dans un marasme ravageur. Je m'en voulais terriblement de m'être pris par orgueil pour un authentique héros, alors que je n'étais qu'un touriste se grisant dans un jeu de rôle en dimension réelle. Je me reprochais mon outrecuidance à m'être assimilé sans gêne à un peuple dont les origines dynastiques remontaient à la nuit des temps. Je finis par me redresser, tout en poursuivant mon autoflagellation intérieure. « Quel abruti, mais quel abruti ! », m'insultai-je en pensée, assis les jambes repliées contre moi, le menton sur les genoux, fixant les ténèbres de cette nuit opaque. Dans un lointain insondable, quelques foyers d'incendie indiquaient que des combats étaient en cours ou venaient de s'achever, probablement par un massacre.

Tout à coup, une brèche déchira le plafond nuageux. La lune, qui pour la première fois me paraissait plus pâle et plus petite que celle de la Terre, diffusa sur la plaine une morne clarté. Ce qu'elle révéla alors me coupa le souffle. Je me levai et avançai de quelques pas, me demandant si le spectacle que mes yeux contemplaient était réel ou non. Il me fallut au moins une minute pour me convaincre que je ne rêvais pas et me décider à alerter mes compagnons.

18

Seul

Debout et muets de consternation, nous observions l'armée de l'Immonde qui se déversait, pareille à une coulée de basalte, par-dessus la muraille d'Akré de part et d'autre de la tour du Grand Guetteur. Sur le fond grisâtre des prairies éclairées par la lune, cette langue noire et grouillante, piquetée de points lumineux, progressait en charriant de grosses masses montées sur roues, sans doute des engins de siège.

— Mon Dieu, mais combien sont-ils ? murmurai-je.

La vraie question était en fait : Comment résister à une telle invasion de fourmis tueuses ?

— Ce n'est pas leur nombre qui doit nous inquiéter le plus, rétorqua Ergonthe, mais jusqu'où ils comptent aller sans s'arrêter.

— Jusqu'à Isparine, je présume.

— Si tel est leur objectif et qu'ils ne rencontrent aucune opposition, cela ne leur demandera que dix jours.

— Le comte Isparan ne va-t-il pas leur envoyer sa propre armée ?

— Le comte Isparan n'a pas d'armée. La seule qui puisse contrer un tel flot est celle de la Coalition, que Akys III a commencé de former pendant que nous chassions l'orque par ici.

— Aura-t-elle le temps de faire mouvement pour sauver Isparine ? m'inquiétai-je.

— Je ne sais pas. Mais ce n'est pas le principal souci. Le comte Isparan m'a confié que le frère-seigneur croyait qu'une telle attaque, si elle survenait, ne serait qu'une manœuvre de diversion. La grande offensive, celle qu'il faudrait vraiment redouter, se déroulerait sur les terres d'Idris, dont Uzlul occupait jadis la tour.

— Uzlul vivait dans la tour d'Idris ? Je croyais qu'il était un Seigneur noir ? m'étonnai-je.

— C'est vrai, mais avant de le devenir, il était un des sept frères-seigneurs d'alors. Il a trahi le royaume pour s'allier à l'Immonde, qui lui a donné ses Mondes noirs à gouverner. Vous devriez trouver les détails de cette histoire dans votre « boîte magique ».

Il faisait allusion à mon carnet numérique, dont le fonctionnement devait lui paraître surnaturel.

— Si je comprends bien, tentai-je de résumer, ce que nous avons sous les yeux ne serait qu'une petite avant-garde destinée à tromper l'adversaire ?

— Non, je crois que nous avons affaire au gros de l'armée ennemie.

Frégainthe s'interrogea à son tour :

— Voyons, Ergonthe, c'est absurde ! L'Immonde ne jouerait pas toutes ses cartes dans une seule opération. Cela ne se serait jamais vu.

— Jamais le royaume n'avait accueilli d'étrangers venant d'un autre monde.

— J'ai du mal à comprendre ce que les étrangers ont à voir avec cette guerre, déclarai-je.

Ergonthe tourna la tête pour me regarder fixement.

— Vous représentez un intérêt stratégique... ou un danger.

J'affichai mon scepticisme en émettant un « Ah ? » signifiant : « Et en quoi ? »

— Ce qui est certain, c'est que l'Immonde se moque d'Isparine, reprit-il. Cette cité n'offre pas d'autre richesse que de concentrer les étrangers du royaume qui veulent rentrer chez eux. Il lui serait beaucoup plus utile de conquérir des comtés comme celui d'Armainthie où sont regroupées les plus puissantes forteresses, ou les grandes plaines agricoles de Comainthie, ou encore les mines de Mystéria qui produisent l'essentiel du minerai de fer servant à fabriquer nos armes.

Il marqua une pause avant de conclure, comme se parlant à lui-même :

— Ce qu'il nous faut découvrir très vite, ce sont les intentions de l'ennemi concernant les étrangers.

Il me dévisagea à nouveau pour lâcher :

— Et nous pouvons être sûrs qu'elles ne sont pas bienveillantes.

Cette discussion avait le mérite de poser les enjeux de la situation, tout en rendant celle-ci encore plus énigmatique. Elle me mit mal à l'aise, comme si j'avais ma part de responsabilité dans cette sortie du diable de sa boîte.

— Retournons dormir, ordonna mon ex-guide en s'arrachant au formidable spectacle des armées noires déferlant sur les terres d'Akys. Dès que l'aube poindra, nous partirons pour Olsomathe et vous, Thédric, pour Isparine.

— Seul ? m'inquiétai-je.

— Oui, sauf si vous préférez que nous vous escortions.

— Je me débrouillerai, merci. Je commence à connaître le pays.

A peine couché, je sombrai dans un sommeil profond.

A l'approche du réveil, j'eus droit à mon rêve d'angoisse : le mi-orque contre lequel je m'étais battu la veille me poursuivait pour me faire la peau, mais j'avais les jambes en plomb. Ma fuite devenait à chaque pas plus laborieuse. Je gémissais d'impuissance et de désespoir, prisonnier de ce corps ankylosé... C'est alors qu'une main se posa sur mon épaule. Je me retournai et je vis la face hideuse de mon assassin.

— Thédric, nous partons, m'annonça-t-il avec la voix de mon ex-guide litith. Réveillez-vous.

— Hein... arrière, démon ! (Je redressai vivement le buste.) Va-t'en !... Oh, Ergonthe ? Pardon, je...

Un rapide regard circulaire m'indiqua qu'il faisait presque jour et que les cavaliers lititths étaient debout, déjà prêts à lever le camp.

— Bon sang, il faudra que je m'achète un réveille-matin, dis-je en me frottant énergiquement le visage. Ai-je le temps d'avaler quelque chose ? m'enquis-je.

— Pas si vous souhaitez que nous chevauchions ensemble jusqu'à ce que nos routes se séparent.

— Mais voyons, Ergonthe, m'exclamai-je, bien sûr que je viens avec vous !

— Vous n'avez pas la même urgence que nous à partir, car votre route sera moins longue que la nôtre.

— C'est vrai, mais...

Il s'était accroupi près de moi, tandis que ses frères se tenaient en retrait, leurs équineds piaffant d'impatience. Je compris que je ne ferais que les retarder en leur imposant ma présence.

— Alors, c'est l'heure de la séparation, murmurai-je, le cœur lourd.

— Oui.

— Que va devenir Armaintho ?

— A Isparine, vous le confierez à l'un des gardes du palais ; il saura s'en occuper.

— Il mourra si je l'abandonne, vous le savez, n'est-ce pas ?

Le Litith ne répondit pas ; il n'ignorait rien des conséquences d'une telle séparation, dès lors qu'un cavalier avait nommé son équined. De toute façon, cet abandon était aussi inéluctable que la mort. Nous n'avions donc pas d'autre choix que de l'accepter, ainsi qu'une loi de la nature. Je fis mes adieux à Frégainthe et aux autres cavaliers, après quoi tous montèrent en selle. Avant de tourner bride, Ergonthe me recommanda de rallier Isparine en une seule étape, car les orques allaient multiplier les expéditions meurtrières. Un dernier salut avant qu'ils disparaissent sur le sentier qui les ramènerait dans la plaine, et je me retrouvai seul, pour la première fois depuis mon arrivée dans ce monde. Je me sentis d'un coup aussi vulnérable sur ce plateau ouvert à tout vent qu'un souriceau dans l'herbe. Si bien que je me hâtai de remballer ma couverture et de seller Armaintho.

— Un pipi et on y va, lui dis-je en lui donnant une tape affectueuse sur l'encolure.

Je me plaçai face au nord et, tout en me soulageant, contemplai le paysage. Durant la nuit, les orques avaient progressé d'une vingtaine de kilomètres, estimai-je, puis ils s'étaient arrêtés pour laisser passer le jour. La plaine et les coteaux qui s'étendaient au sud de la tour du Grand Guetteur étaient parsemés d'un nombre hallucinant de campements, eux-mêmes constitués de plusieurs centaines de dômes de toile noire. La terre semblait infestée de croûtes de peste. J'en frissonnai de dégoût et me dépêchai de rejoindre ma monture.

Avant la fin de la matinée, j'estimais avoir parcouru plus de la moitié du chemin, au point que je pouvais espérer quitter le soir même le royaume des Sept Tours. Cela me réjouissait et m'angoissait à la fois. D'un côté, j'étais excité et soulagé à l'idée de regagner ma bonne vieille planète, où les voyous de quartier m'apparaîtraient désormais bien minables. D'un autre, je redoutais l'instant où il me faudrait abandonner Armaintho, ainsi que ces paysages grandioses. J'allais aussi beaucoup regretter ma tenue de cavalier litith. L'idée que j'allais devoir renfiler un jean inconfortable et un ridicule ensemble t-shirt-pull me donna envie de déchirer ces oripeaux comme un équined enragé.

En attendant, je m'efforçai de déguster chacune de mes dernières minutes en ce monde.

Alors que je m'accordais une pause déjeuner au bord d'un ruisseau, le temps se gâta. Le ciel s'assombrit, tandis que la vitesse à laquelle l'air fraîchit me parut anormale, comme si l'influence de l'Immonde s'étendait au ciel encore plus vite qu'au sol. Cela m'inquiéta, car les envahisseurs pouvaient profiter de l'absence de soleil pour reprendre leurs patrouilles d'exploration.

J'en eus bientôt confirmation : moins d'une heure plus tard, j'aperçus au creux d'un vallon un groupe d'une centaine d'individus qui allaient dans la même direction que moi. Je suivais à ce moment-là un chemin qui traversait à flanc de colline un pré où pâturaient des coskoths, sorte de bovin dont l'épais pelage roux et la silhouette massive évoquaient des bisons. J'ordonnais à Armaintho de se coucher derrière une sorte de tumulus de pierres plates. Les mi-orques avançaient à petites foulées. J'entendais résonner le cliquetis de leurs équipements et leur souffle qui scandait leurs pas, car ils avaient synchronisé leur respiration, donnant l'impression terrifiante de ne former qu'une seule et même bête. Après qu'ils eurent disparu dans le bois, j'eus un dilemme à résoudre : la prudence me commandait de faire demi-tour, puis de quitter ce chemin pour mettre autant de distance que possible entre cette escouade et moi. Une même prudence m'avertissait que je risquais de me perdre à contourner cette forêt, dans laquelle je m'apprêtais à pénétrer à mon tour. Qu'en disait mon intuition ? « Reculer n'avance à rien ! » Sur cette réflexion d'une logique confondante, nous reprîmes notre route, tous deux plus vigilants que jamais.

19

Fabuleuse rencontre

Nous venions de pénétrer dans une forêt comme je n'en avais encore jamais traversé. Les plus grands arbres culminaient aisément à trente mètres. Leur envergure était tout aussi stupéfiante. Chacun de ces spécimens était un véritable monument végétal, dans lequel il était aisé de grimper, voire de déambuler. Malgré le peu de lumière filtrant jusqu'au sol, une abondante flore prospérait : fougères rouges, dômes de mousse d'un vert éclatant, graminées frémissantes, grandes étendues de bruyère mauve... et quelques arbustes portant des fruits et des fleurs. Cette étrange forêt ne paraissait ni tout à fait sauvage ni vraiment jardinée, mais à coup sûr occupée par une population civilisée. Car quelques centaines de mètres après la lisière apparut un pont, un petit pont de pierre bondissant d'une seule arche au-dessus d'un ruisseau. Il était orné de rambardes en fer forgé, tout en courbes et volutes. Je fus également charmé par le parfum fruité et frais qui embaumait l'air, ainsi que par la lumière qui, malgré le ciel plombé, avait... comment dire ? un éclat printanier, presque irréel. C'était somptueux et exhalait une sérénité de contrée féerique, bien qu'à ma connaissance le royaume des Sept Tours ne comptât ni fée ni enchanteur parmi ses peuples, hormis peut-être les nymphales, ces fascinantes petites créatures ailées que j'avais fait fuir d'un coup de flash.

J'eus en revanche la conviction d'avoir pénétré sur un territoire elfique. Je sortis mon carnet numérique et consultai le guide touristique à la rubrique « Les elfes et leur habitat ». J'y appris qu'on appelait ce lieu la forêt d'Emeraude. Une importante communauté d'elfes sylvestres y avait élu domicile. Ces êtres étaient extrêmement farouches et sensibles, très difficiles à approcher. Il était d'ailleurs recommandé de ne pas chercher à établir le contact et, si l'on était amené par hasard à traverser leur domaine, de se contenter d'admirer le sous-bois. Bref, de passer son chemin sans s'arrêter. Une petite note précisait que les hôtes elfiques de cette forêt étaient particulièrement espiègles, et qu'un voyageur un peu trop curieux risquait de l'apprendre à ses dépens. J'étais prévenu. De toute façon, j'avais cessé d'être un touriste prêt à braver les interdits pour ramener un cliché orignal ou un souvenir pittoresque de plus.

Une fois familiarisé avec cet environnement idyllique, mes urgences et mes préoccupations se rappelèrent à ma conscience, et je demandai à Armaintho d'accélérer l'allure.

Après quelques dizaines de foulées, il stoppa si brusquement que je me retrouvai couché sur l'encolure.

— Holà, doucement ! m'exclamai-je. Qu'est-ce qui te prend ?

Les oreilles dressées et mobiles, les naseaux palpitants, je compris qu'il avait détecté un danger ou une présence suspecte. Mon cœur s'emballa à la pensée que ce pût être un elfe. Armaintho se remit au pas. Ensuite, de lui-même, il quitta le chemin en adoptant ce qu'on appelle le « pas de chasse », silencieux et allongé, celui du fauve qui s'apprête à passer à table. Tous les sens en alerte, surveillant particulièrement les frondaisons au-dessus de nous, je m'attendais à chaque instant à ce qu'une créature nous tombe sur le dos, ou surgisse de derrière un arbre.

Pas un instant il ne me vint à l'idée qu'Armaintho ait pu détecter des orques. Jusqu'à ce que le silence musical de la forêt d'Emeraude soit rompu par le vacarme d'une agitation guerrière : craquements, claquements, cris rauques et cliquetis... « Mon Dieu, pensai-je, ils sont là ! » Inquiet mais dévoré de curiosité, je mis pied à terre. Ensuite, Armaintho sur mes talons, je progressai dos courbé vers le tumulte.

Je ne tardai pas à apercevoir, à une centaine de mètres, les sinistres silhouettes de plusieurs mi-orques. Ils disparurent presque aussitôt, car le terrain s'incurvait vers une combe. Il me sembla que la lisière de la forêt était toute proche, car la lumière y était plus grise et l'air légèrement brumeux. M'approchant encore, je découvris une maison ! Il s'agissait plus exactement d'un arbre dans lequel était installée une habitation à six niveaux, protégée des intempéries par une toiture de bois, ronde et épaisse, un peu comme le chapeau d'un champignon. Je constatai qu'elle disposait d'une terrasse avec rambarde à fines volutes végétales, d'un escalier d'accès grimpant en spirale autour du tronc, et d'une décoration florale agrémentée de sculptures en bois clair. Elle n'avait rien de la cabane de Tarzan, je l'aurais plutôt comparée à une villa romaine suspendue. Et puis soudain, je vis surgir sur la terrasse un homme à chevelure rousse, vêtu d'une tunique vert tilleul. Il était armé d'un arc, qu'il banda dans un geste d'une grande élégance. Avant qu'il ait le temps d'ajuster son tir, il reçut en pleine poitrine un projectile qui le propulsa en arrière. Il disparut à ma vue. C'était le premier elfe que je voyais, et il fallut que ce soit aussi le premier que je voie mourir.

Animé d'une sourde rage, je ne pus m'empêcher de me rapprocher davantage. J'avais armé mon svilth, espérant qu'un mi-orque passerait à ma portée. Une fumée sombre commença à s'élever dans la combe. Je pris position, accroupi entre les racines sinueuses d'un arbre immense. De là, je distinguais à travers les feuillages une deuxième maison elfique, à laquelle les soudards armés de torches essayaient de mettre le feu, en vain, remarquai-je. J'en vis plusieurs autres qui s'écroulèrent sur l'escalier et la terrasse, abattus par une longue flèche. Et puis, il y eut un cri, celui d'une femme, si strident et profond qu'il en était animal. J'en eus la chair de poule.

A cet instant, j'entendis un craquement de brindille dans mon dos.

— Chut ! Armaintho, reste couché ! ordonnai-je.

Un subtil effluve, un peu sucré, de rosée au petit matin, vint titiller mon odorat. La brise s'était sûrement parfumée en caressant un arbuste en fleur. Le charme fut brutalement rompu par l'apparition de deux mi-orques, épée au poing, coiffés de leur casque à nasal et revêtus de leur singulière armure en croûte de bitume. Ils s'arrêtèrent sous la maison où j'avais, peu avant, vu tomber l'elfe roux. Ils jetèrent un rapide regard en hauteur, comme pour s'assurer qu'il n'y avait plus de danger, puis ils se ruèrent dans l'escalier en spirale. Au même moment, le délicieux parfum de rosée se fit un peu plus intense. Intrigué, je me retournai et là... devant moi... un ange ? Une femme ? Non, une elfe ! Un visage à l'ovale un peu allongé, au teint très clair et aux pommettes légèrement roses. Deux grands yeux curieux, très noirs. Des lèvres souriant d'un sourire énigmatique. C'était la Vénus de Botticelli. J'aurais dû en tomber à la renverse, j'étais tétanisé. Elle posa un index sur sa bouche pour me signifier de garder le silence. Subjugué, je la contemplai ainsi qu'un enfant une fée. Sa longue chevelure, rassemblée avec souplesse sur la nuque, avait la couleur fauve d'une biche. Je repris ma respiration. Quel choc ! Je finis par articuler un mot :

— Bonjour.

Je lus soudain la peur dans ses yeux. L'avais-je effrayée ? Elle tendit le doigt vers la cité des elfes. Je m'arrachai à sa contemplation et aperçus avec horreur une dizaine de mi-orques marchant à grands pas dans notre direction. L'un d'eux était armé d'une arbalète. Ils ne nous avaient pas encore aperçus. Mon rythme cardiaque passa à la cadence de combat. Il y avait urgence à réagir, sans panique ! Si j'avais été seul, j'aurais sauté sur mon équined et faussé compagnie à ces affreux. Mais il y avait l'elfe. Je me voyais mal l'abandonner sur place. Accepterait-elle de fuir avec moi ? me demandai-je. Je me retournai pour lui parler. Elle s'était accroupie près d'Armaintho et caressait sa crinière avec une infinie douceur. L'animal était pétrifié de plaisir, ne bougeant pas une moustache de peur que l'elfe s'arrête.

— Mademoiselle ? soufflai-je.

Dans le contexte, le terme était assez incongru.

— Vous allez monter avec moi sur cet équined, et nous allons ficher le camp d'ici. D'accord ?

Je n'obtins aucune réponse. Elle me dévisageait avec ses yeux immenses et brillants, comme si j'étais une bête curieuse. Soudain, elle tressaillit, puis changea vivement de position : à demi accroupie, on eût dit une sauvageonne se préparant à déguerpir. Elle observa les orques sans bouger, même lorsqu'ils se mirent à hurler. Nous étions repérés.

— Debout, Armaintho ! ordonnai-je.

J'essayai de m'emparer de la main de l'elfe, elle se déroba.

— Il faut venir avec moi, vite ! m'exclamai-je.

Paralysée de terreur, elle ne pouvait détacher son regard des monstres qui nous chargeaient. Une flèche passa en sifflant au-dessus de ma tête. Je fis volte-face, épaulai mon svilth et tirai sans viser. J'ignore si mon trait atteignit l'un d'eux. Par contre, le second qu'ils décochèrent frappa en un choc sourd la jeune femme sous la clavicule droite, lui tirant un bref cri de douleur. A cet instant, l'instinct de survie prit les commandes : je soulevai l'elfe à bras-le-corps et l'obligeai à enfourcher Armaintho, qui s'était baissé pour me faciliter la tâche. Je montai en selle derrière elle et poussai le hurlement du cow-boy fuyant les Indiens : « Yaaaah ! », bien qu'Armaintho n'en eût nul besoin pour prendre ses jambes à son cou. En quelques foulées, nous étions hors de portée des arbalètes ennemies. J'entends encore résonner les cris de dépit des mi-orques, alors que nous disparaissions dans les fougères géantes.

20

Délicate opération

Les mi-orques n'ont pas de monture, contrairement à leurs congénères *purs* qui possèdent parfois, surtout les chefs de guerre et certains bataillons spécialisés, des équineds à leur image, bruns ou gris, dont on devinera aisément la férocité. De sorte que j'estimais pouvoir demander à Armaintho de se remettre au pas, afin de ménager notre blessée qui gémissait entre mes bras. Nous étions revenus sur cette prairie, à flanc de colline, au bas de laquelle j'avais aperçu l'importante escouade ennemie. Je décidai une halte pour évaluer la gravité de l'état de l'elfe, et lui prodiguer les premiers soins. Sur mon ordre, Armaintho se coucha en sphinx. J'allongeai la jeune fille sur l'herbe. Elle était vêtue d'une tunique et d'un corsaire moulants, taillés dans un tissu souple, étonnamment doux, vert tilleul virant au jaune au bas des manches et du pantalon. Elle portait autour de la taille une ceinture de mailles en métal doré, à laquelle était fixée une épée courte dans un fourreau de bois clair. Je remarquai à son poignet droit un magnifique bracelet émaillé de motifs végétaux ciselés avec finesse. Elle n'avait pas perdu connaissance et, reflétant ma propre expression, elle m'observait avec une curiosité mêlée d'inquiétude. Si j'avais dû donner un âge à cette jeune beauté, j'aurais été bien embarrassé. Vingt ans, peut-être. Je lui souris, puis tentai d'établir le dialogue.

— Est-ce que vous comprenez ma langue ?

Elle continua à m'observer, avec la fixité d'un chat, alors que la souffrance rendait son souffle légèrement haletant. Des larmes de douleur avaient accru l'éclat de ses yeux. Puis enfin - j'en fus presque surpris -, elle acquiesça de la tête.

— Bien, ça va faciliter les choses, dis-je en m'efforçant de me montrer aussi bienveillant que possible. Je peux regarder votre blessure ?

Elle ne manifesta aucun signe d'opposition ; j'en déduisis qu'elle y consentait. Le trait d'arbalète était taillé dans un bois brun, très dur, avec un empennage des plus rudimentaires, apparemment en lamelles d'os. Il était profondément enfoncé dans l'épaule droite, mais il n'avait pas dû provoquer de lésion grave, en tout cas pas au poumon car l'elfe n'avait pas craché de sang. La plaie avait d'ailleurs peu saigné. J'inspirai un grand coup. J'étais soulagé, mais je craignais que la pointe de la flèche fût empoisonnée ou au mieux infectée, compte tenu de son origine. Du coup, je replongeai dans l'inquiétude.

— Il faut que je vous enlève cette saleté, annonçai-je. Pour que vous n'ayez pas mal, j'ai dans mon paquetage une trousse de survie avec un pistolet à injection...

Elle m'interrompit en secouant négativement la tête.

— Il le faut, cette flèche est peut-être... (Je faillis lâcher *empoisonnée*, ce qui aurait été bien maladroit.) Je veux dire que pour éviter l'infection, il faut opérer au plus vite.

L'elfe refusa à nouveau. Patient, je compris qu'il fallait la rassurer.

— J'ai de quoi ôter la douleur. Je vous assure que vous ne sentirez rien.

Je me félicitai en pensée d'avoir suivi les conseils de mon guide de voyage, qui recommandait de prévoir de quoi traiter les pires soucis de santé. C'est alors qu'Armaintho se releva pour m'avertir qu'un danger approchait. Je regardai l'elfe et pour la première fois, j'entendis le son de sa voix :

— Ils arrivent.

Dix secondes plus tard, nous étions repartis, si prestement que je ne saurai jamais si nous avions vraiment des mi-orques aux trousses.

Après un bon moment de chevauchée à travers bois, l'elfe m'indiqua d'un geste las un sentier à peine tracé dans l'humus et la mousse. Ensuite, chaque fois que nous nous trouvions devant une alternative, elle me désignait la direction à prendre, jusqu'au moment où je sentis son corps se relâcher complètement, m'obligeant à la serrer contre moi pour qu'elle ne tombe pas. Elle avait perdu connaissance, ce qui m'inspira sur le coup un tel désarroi que je faillis crier à l'aide, comme un naufragé perdu au milieu de l'océan. Je me ressaisis très vite et demandai à Armaintho de nous trouver au plus vite un abri.

Le chemin que nous suivions finit par déboucher dans un vallon à découvert, traversé par un ruisseau. Nous nous engageâmes avec prudence sur ce vaste espace herbeux, qui servait à l'évidence de pâture. C'est alors que j'aperçus à droite, niché dans un écrin de verdure, une maison à colombages, dont le toit de bois vert feuille se confondait avec la forêt juste derrière. Un coquet jardin s'étendait devant, délimité par un muret en bon état. C'était là que l'elfe voulait nous conduire, sans doute parce que l'hôte de ces lieux possédait quelque talent de guérisseur.

Une fois devant la fermette, Armaintho se baissa pour que je mette pied à terre. Je pris la blessée dans mes bras, comme un bébé, puis m'enhardis à entrer dans le jardin tout en signalant ma présence :

— Ohé, il y a quelqu'un ?

Personne ne répondit. C'est alors que je sentis l'elfe bouger. Elle reprenait connaissance, et de douleur serra mon poignet gauche.

— Ça va aller, dis-je, nous avons trouvé un lieu tranquille pour vous soigner.

— Armaintho, souffla-t-elle d'une voix à peine audible.

— Il montera la garde. N'est-ce pas, Armaintho ?

Mon équined approcha doucement le nez. L'elfe lui posa une main sur le front. Ensuite, elle lui chuchota quelques paroles aux intonations étranges et mélodiques, bien loin des accents gutturaux de l'arth-neuhm. Son message délivré, elle referma les yeux, comme apaisée.

Je ne perdis pas de temps à m'égosiller une seconde fois. Sans hésiter, je poussai la porte d'entrée de la ferme, puis pénétrai dans un étroit vestibule embaumant un délicieux fumet de soupe. Par les ouvertures en arcade, j'aperçus la cuisine à droite et le salon à gauche. C'est bien sûr dans celui-ci que j'entrai, choisissant pour étendre la jeune femme un épais tapis étalé devant ce que je crus d'abord n'être qu'une simple cheminée. En fait, il s'agissait d'une alcôve profonde au milieu de laquelle reposait une grande coupe de fonte qui servait de foyer, pour l'heure éteint. Autour étaient installés des bancs, et tout au fond un petit autel. Cela me rappela vaguement quelques informations lues à propos des pratiques religieuses de certains peuples du royaume des Sept Tours. En vérité, je ne me souvenais que de celles de tribus primitives qui adoraient leur prochain, une fois mort, savamment cuisiné. Heureusement, je constatai que nous étions là dans une demeure civilisée, voire raffinée. Partout, ce n'était que boiseries lustrées, panneaux sculptés, plantes vertes, bouquets de fleurs, bibelots et meubles du même style que celui que j'avais découvert au palais du comte Isparan.

Un mouvement de l'elfe interrompit mon exploration visuelle. Elle gardait les yeux fermés, mais je savais qu'elle était consciente. Il devenait urgent de la débarrasser de cette flèche.

— Je vais chercher de quoi vous soigner, l'informai-je.

Avant de me lever, je posai une main sur son front et constatai avec étonnement qu'elle n'avait pas de fièvre. C'était rassurant, à moins que ce ne fussent les prémices de la mort.

De retour près d'elle, je m'assis sur mes talons, posai ma trousse à pharmacie sur le tapis, puis en sortis tout ce qui pouvait servir à la délicate opération que je m'apprêtais à accomplir. Les avertissements et recommandations que j'avais lus dans mon carnet numérique, lors de la préparation de mon séjour, étaient si alarmants que je m'étais payé des cours accélérés de secourisme, et m'étais plongé des heures dans la documentation médicale, en particulier celle traitant de la chirurgie de guerre. Je n'y avais pas appris évidemment à retirer des carreaux d'arbalète, mais puisé assez de notions de base pour être capable de rafistoler un membre brisé ou recoudre une plaie profonde. En somme, je n'avais aucune pratique, hormis le découpage artistique de la volaille dominicale.

La première difficulté se posa très vite : il fallait que je dévête ma blessée. Je n'étais pourtant pas du genre pudibond, mais devant cette créature sublime, j'étais pétrifié de timidité, comme s'il s'était agi d'un ange. A la vérité, c'était un ange, un ange des bois qui inspirait l'amour au premier regard. Tant pis, il fallait rester cérébral et faire en sorte que la main ne tremble pas à l'instant crucial... Déjà, je transpirais à grosses gouttes.

J'inspirai profondément pour me détendre. Ensuite, mes doigts malhabiles d'émotion dégrafèrent la ceinture de mailles dorées, ce qui me prit une bonne minute. Alors que je m'apprêtais à remonter la tunique de l'elfe pour la lui enlever, je réalisai que je serais obligé de la découper à cause de la flèche. Je m'emparai de mes ciseaux chirurgicaux, et après une courte hésitation, décidai d'attaquer par le col. Survint alors la seconde difficulté : impossible de tailler le tissu ! J'avais beau m'acharner, essayer sur tous les angles, m'énerver... J'aurais fini par fausser mon instrument, pourtant parfaitement aiguisé. Ainsi, cette étoffe souple et légère comme de la soie était-elle indéchirable ! Mais jusqu'à quel point, m'interrogeai-je ? Je remarquai alors un détail qui, dans l'affolement des événements précédents, ne m'avait pas frappé : la pointe du carreau avait entraîné le tissu dans la chair de la jeune fille, comme un doigt dans un gant, peut-être même sans le percer. Si tel était le cas, je pouvais espérer que la plaie de l'elfe ne fût pas souillée.

Avant d'entreprendre l'extraction, j'administrai à ma patiente une dose de sédatif à base de morphine. La piqûre à la saignée du bras ne la fit pas réagir. Ensuite, n'ayant plus à m'inquiéter de sa réaction à la douleur, je lui enlevai sa tunique. Elle était nue en dessous. Un instant, une demi-seconde à peine, je le jure !, juste le temps d'une vision qui restera à jamais gravée dans ma mémoire, j'admirais sa poitrine au galbe parfait. Ses seins n'avaient pas d'aréole, ou alors si claire qu'elle se confondait avec sa peau de satin dorée. Je compris peu après, en l'effleurant (par nécessité), qu'elle était très légèrement duvetée.

Comme je l'avais soupçonné, la flèche avait entraîné le tissu dans le corps. Il me fallait maintenant prendre une grave décision : procéder à l'extraction par arrachement, ou par découpage de la chair au scalpel. Je me redressai. Quoi que je choisisse, j'étais sûr de tourner de l'œil. Un long moment je restai indécis, me mordillant les lèvres, tentant à deux reprises, sans trop forcer, de retirer le trait. Au final, j'en arrivai à la conclusion qu'il me faudrait utiliser le scalpel.

— Bon, soupirai-je à voix haute, à la guerre comme à la guerre.

En vrai professionnel, j'enfilai des gants de caoutchouc. Je choisis longuement mon angle d'incision... A l'instant où j'allais enfoncer la pointe luisante de la lame dans cette chair souple, l'elfe ouvrit les yeux. Je faillis sursauter en poussant un cri, tel un médecin légiste qui verrait son cadavre se réveiller. Le cœur battant, je soutins son regard qui semblait m'implorer de trouver une autre solution.

— Vous... vous m'entendez ? bredouillai-je.

Elle referma les yeux et s'évanouit à nouveau. L'incident eut pour conséquence de me faire choisir l'autre mode opératoire : l'arrachage. M'encourageant en pensée, je saisis d'une main le carreau, plaquai de l'autre l'épaule de l'elfe sur le sol... et tirai !

Il me fallut m'y prendre à deux fois, mais j'y parvins. La plaie se mit à saigner, moins cependant que j'aurais pu le craindre. En trois petits tours de fil chirurgical, elle fut refermée. Cinq minutes plus tard, la belle était pansée et rhabillée. Je m'assis en tailleur et la contemplai, heureux et fier de moi. A l'endroit où la flèche avait frappé, sa tunique était un peu lâche, mais je me doutais qu'avant peu, elle se retendrait, tels ces matériaux à mémoire de forme qui font les délices de nos designers modernes. La pointe devait avoir à l'origine une forme classique, mais dans le choc elle s'était brisée en escarbilles qui, sans l'extraordinaire résistance du tissu elfique, seraient restées dans la plaie, entraînant avec certitude une infection mortelle. Je frissonnai d'effroi en me souvenant qu'à trente centimètres près, c'était moi la cible de ce carreau diabolique.

A présent, la jeune elfe dormait, et une nouvelle préoccupation me vint à l'esprit : à qui allais-je la confier ?

21

Oda

Dans la cour, Armaintho poussa un hennissement sonore et frappa le sol de la patte. Paniqué à l'idée qu'un groupe d'orques pût approcher, je me précipitai à une fenêtre. Avec un infini soulagement, je découvris que le visiteur était un vieil homme à barbe blanche, assez corpulent, vêtu d'une chemise et d'un pantalon châtaigne, chaussé de bottines de cuir roux. Avec son gros sac jeté sur l'épaule, on eût dit un Père Noël des forêts. La présence de cet équined, qui piaffait avec vigueur devant lui pour lui interdire l'accès à sa propre maison, paraissait davantage l'intriguer que l'inquiéter. J'eus un sourire et me hâtai de sortir.

— Du calme, Armaintho, tout va bien, lançai-je en me présentant sur le perron.

Ensuite, mis en confiance par la bonhomie du visiteur, je m'excusai et me justifiai :

— Je suis avec une jeune femme que des mi-orques ont blessée. Comme il n'y avait personne dans cette maison, je me suis permis d'entrer pour la soigner... dans votre salon. Je suis désolé.

Le personnage me considéra d'un œil soupçonneux, apparemment peu intéressé par mes explications.

— Au premier regard, nous pourrions croire que vous êtes un cavalier litith. Mais au second, il apparaît que non.

Je hochai la tête en signe d'acquiescement.

— Je suis parisien. Si vous préférez, un touriste de l'imaginaire. Cela vous dit-il quelque chose ?

— Nous préférons vous appeler *étranger*. Comment se porte votre amie ?

— Ce n'est pas vraiment une amie, c'est...

— Une elfe, je sais, me devança-t-il, tout en continuant à me dévisager d'un œil brillant et rusé.

— Euh... oui, c'est exact.

— Elle a été blessée à l'épaule droite, n'est-ce pas ?

Sidéré, je restai coi. Puis il baissa les yeux et déclara avec un geste d'insouciance de la main :

— Allons, ne vous inquiétez pas, elle va très bien. D'ailleurs, on peut considérer qu'elle est déjà guérie.

— Comment savez-vous cela ? Seriez-vous une sorte de voyant ?

Il gloussa un rire lutin, puis répondit :

— A mon âge, voir demande un certain effort. Mais pour le cas qui nous occupe, j'ai encore bonne vue... oui, assez bonne, et assez de cervelle pour les déductions les plus simples, termina-t-il en m'adressant un petit sourire moqueur qui me mit la puce à l'oreille.

Je jetai un regard par-dessus mon épaule et découvris avec stupeur, debout sur le pas de la porte, ma jolie protégée. Elle portait le bras droit en écharpe, comme je le lui avais mis. Elle était livide et légèrement vacillante.

— Nom d'une pipe, mais qu'est-ce que vous fichez là ? m'exclamai-je en me précipitant.

Elle s'effondra dans mes bras. Conduit par le vieil homme, je la transportai dans une chambre.

— Il faut partir, murmura-t-elle.

— C'est prévu, répondis-je, mais pas tout de suite.

Une fois que je l'eus allongée et bordée, je la félicitai pour son étonnante robustesse.

— Avec la dose de sédatif que je vous ai injectée, ajoutai-je, vous devriez dormir comme un bébé.

Elle garda le silence, se contentant de m'observer avec une intensité qui me troubla. C'est notre hôte qui se chargea de la réplique :

— Les elfes sont l'œuvre la plus aboutie du génie de la nature. Elle les a dotés de capacités supérieures à celles des humains, à commencer par l'aptitude à surmonter les maladies les plus virulentes, ou à se remettre des blessures les plus terribles. Cette jeune fille sera sans doute complètement rétablie demain matin, et vous pourrez reprendre votre route, comme si rien ne lui était arrivé.

— Demain matin, je serai parti avant elle, annonçai-je à mi-voix, espérant un peu naïvement qu'elle ne m'entendrait pas.

Le brave homme me dévisagea avec sévérité.

— Comptez-vous l'abandonner ?

— Non, bien sûr que non, me défendis-je vivement.

En réalité, la nécessité m'obligeait à le faire, même si j'ignorais encore de quelle manière... digne.

— Je dois me rendre à Isparine où se trouve l'imaginoport, expliquai-je. Et de là rentrer chez moi, sur Terre. Si c'est encore possible, soupirai-je pour finir.

— Je vois.

Il plana un long silence, durant lequel nous restâmes assis chacun d'un côté du lit à contempler cette merveille, à demi consciente, comme s'il se fût agi d'une enfant malade.

— Ici, elle sera en sécurité, déclara notre hôte.

Je le regardai et lui souris avec reconnaissance. Hélas ! à la réflexion, je pensai que cette solution n'était pas envisageable.

— Malheureusement, objectai-je tristement, vous devrez vous aussi quitter ces lieux. Car sous peu, les armées des Mondes noirs les auront ravagés. Elles ont violé en masse la frontière du côté de la tour du Grand Guetteur.

— Je suis au courant.

— Et malgré cela vous comptez rester ? Ce serait suicidaire.

— Non point ! Mon vallon est protégé par un cercle magique. L'Immonde lui-même ne saurait franchir ma muraille, pour invisible qu'elle soit.

Je baissai les yeux, étreint d'un douloureux sentiment d'injustice. Ce brave homme n'avait à l'évidence jamais croisé une face d'orque. Mais, sur le moment, je ne me sentis pas l'énergie de le contredire, me disant que j'aurais toute la soirée pour le convaincre de gagner le sud du royaume et ses forteresses, bien sûr accompagné de l'elfe.

— Comment vous appelez-vous ? me demanda-t-il.

— Thédric. Et vous ?

— Oda.

Il y eut un nouveau long silence, puis je murmurai en regardant notre blessée :

— Je ne peux pas vous la présenter, j'ignore comment elle se nomme.

Un léger sourire se forma sur les lèvres rose pâle de l'elfe, puis un son modulé sortit de sa bouche :

— 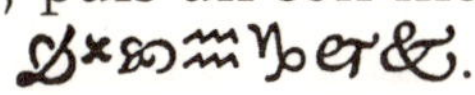.

Je compris qu'elle me révélait son nom, mais il fallut que Oda me le traduisît : Lizlide.

— Vous êtes une coquine, dis-je en riant. Vous faites semblant de dormir, mais vous ne perdez rien de la conversation.

Elle entrouvrit les paupières pour me considérer un court moment avant de lâcher d'une voix cristalline :

— Je te dois la vie.

J'acquieçai en haussant une épaule, pour montrer que je n'avais rien fait d'autre que mon devoir. Oda se leva et me fit signe de le suivre. Il me conduisit dans sa cuisine, où il me proposa de prendre place à sa table et de me servir un en-cas revigorant.

— Je n'ai pas très faim, je vous remercie.

J'avais l'estomac réellement noué.

— Comme vous voudrez. Moi, j'ai bien envie de goûter à ce *posvot* qui mijote depuis trois jours.

Il s'empara dans un buffet de deux assiettes creuses en porcelaine verte. Puis, avec une mine gourmande, il les remplit d'un bouillon gras qui fumait sur une étonnante cuisinière (avec ses formes ventrues et ses pieds ouvragés, on eût dit une commode Louis XV, en faïence ornée de motifs floraux). Il poussa une des assiettes devant moi, oubliant volontairement mon refus précédent. Je dois dire que j'aurais eu tort de ne pas goûter à ce mets, car j'en garde un souvenir enchanté. Après l'avoir complimenté, je tentai d'arborer un air grave pour lui conseiller, malgré sa « muraille magique », de déguerpir au plus vite. Il m'interrompit aux premiers mots avec un geste d'agacement.

– Ne perdez pas votre salive à me convaincre de prendre la route de l'exode. Je n'ai plus l'âge, et je vous l'ai dit, je suis sous haute protection.

– Seriez-vous magicien ?

– Magicien ? Tiens, comment avez-vous deviné ?

– Je plaisantais, répondis-je, ne sachant vraiment pas ce qu'il en était.

– Mais oui, c'est vrai, reprit-il, je suis un magicien de la botanique. Les orques, qu'ils soient *mi-* ou pas *mi-* ou même *purs,* sont allergiques à certaines plantes et sucs végétaux. Par exemple, l'odeur seule de la kozmariste suffit à stopper et faire fuir un bataillon d'orques-seigneurs, les plus redoutables de tous les serviteurs de l'Immonde, ainsi que vous le savez, n'est-ce pas ? Or j'ai planté tout autour de mon modeste domaine assez de ces merveilleuses herbacées pour préserver la paix de mon havre pendant au moins un millénaire.

Les rayons du soleil de l'espoir illuminèrent mon esprit contrarié. Car j'entrevis tout à coup la solution à mon problème d'elfe en détresse. Je ne voulais cependant pas brusquer mon hôte.

– Apparemment, vous vivez seul dans cette superbe maison ? dis-je, grossièrement finassier.

– Comment ça, seul ? s'offusqua-t-il. Ne me dites pas que vous n'avez pas vu mes amies, mes filles, mes frères, partout, dehors ?

— Je suppose que vous parlez des végétaux ?

— Naturellement ! Les arbres, les fleurs, l'herbe elle-même sont mes compagnons, depuis toujours. Autant les elfes savent communiquer avec les animaux, autant je peux comprendre le sens d'un bruissement de feuillage, percevoir la douleur d'un arbre malade ou l'appel d'un simple roseau assoiffé. La vibration de la vie est un langage qui m'est aussi familier que les mots humains, même s'il ne m'est pas toujours limpide.

— Je comprends, dis-je.

Et je compris aussi qu'avec un tel homme, il fallait jouer cartes sur table. C'était d'ailleurs bien mieux ainsi.

— Lizlide pourra-t-elle rester chez vous, le temps que les choses se calment ? demandai-je.

— Evidemment ! Elle sera ici chez elle, aussi longtemps que le soleil nourrira le sol...

J'attendis le « mais », en vain. Il me dévisageait, comme s'il craignait d'en dire trop.

— Mais ?

Il se tut un moment avant de lâcher :

— Elle vous doit la vie.

— Ce qui signifie ?

Je sentis que la suite n'allait pas me plaire.

— Qu'elle souhaitera rester avec vous aussi longtemps que vous vivrez.

— Voyons, Oda, vous vous rendez bien compte que c'est impossible.

— Peut-être, mais il en va ainsi chez les elfes de la forêt d'Emeraude. Ils n'interprètent pas les événements comme les humains, de manière superficielle et mentale. Pour eux, le battement d'ailes d'un papillon peut cacher un sens précis. Alors songez, une vie sauvée...

— Mais même avec la meilleure volonté du monde, je ne peux pas emmener cette elfe avec moi. A Isparine, je vais me précipiter au palais comtal où m'attend mon billet de retour. Dans deux jours, trois tout au plus, je serai rentré chez moi alors qu'ici, à mon grand désespoir, la guerre fera rage. C'est ainsi et je n'y peux rien. Il faudra que vous le lui expliquiez, car je compte partir avant la nuit, et sans lui dire au revoir.

— Thédric, reprit Oda en conservant sa placide assurance, Lizlide ira avec vous, même si vous tentez de vous éclipser sur la pointe des pieds.

— Je voudrais bien savoir comment elle pourrait m'obliger à l'emmener, quand bien même se réveillerait-elle lorsque je franchirai le seuil de votre maison. Vous n'avez pas l'intention de me faire boire une potion pour me transformer en légume, n'est-ce pas ?

Le fermier eut un drôle de sourire. Il continua de lamper sa soupe, sans prononcer un mot, jusqu'à ce que son assiette fût vide. Puis il déclara d'une voix neutre :

— Je parierais qu'elle a parlé à votre équined.

Je tiquai.

— Effectivement, quand nous sommes arrivés.

— En ce cas, il ne partira pas sans elle.

J'étais atterré, car je me voyais m'en aller seul, certes, mais pas à pied.

— C'est insensé ! Pourquoi s'accrocherait-elle à un humain, un vulgaire étranger, un insignifiant touriste en mal de sensations fortes ?

— Ne vous méprenez pas, Thédric. Elle ne s'accroche pas à vous, comme vous dites. Je crois plutôt qu'elle est déterminée à vous protéger.

— Me protéger de quoi ? demandai-je, effaré. Bon, d'accord elle me doit une vie, mais de là à...

Je m'interrompis, car Oda secouait négativement la tête. Je n'avais pas encore saisi la subtilité de l'affaire.

— Vos routes se sont croisées parce que c'était écrit ainsi dans le grand livre du Destin. Lizlide a certainement reçu comme message qu'elle devait vous accompagner jusqu'au bout de votre voyage, même s'il doit s'achever dans la mort.

— Ça ne me dit toujours pas pourquoi.

— Parce que ce parcours est d'une extrême importance. Allons, ne vous tourmentez pas ainsi. Le mystère s'éclaircira le moment venu.

— J'ai déjà entendu ça quelque part, murmurai-je, l'humeur aussi sombre qu'un jour de crachin sur les quais de Seine.

Dès cet instant, je me résolus à accepter Lizlide pour compagne de route. Et je dois avouer qu'au fond de moi, cela me plaisait, tant et si bien que j'eus beaucoup de mal à le dissimuler.

— Il est bon, mon posvot, n'est-ce pas ? s'enquit Oda.

J'approuvai, et avec enthousiasme tendis mon assiette, tel un jeune gourmand affamé.

22

En vue d'Isparine

Je passai dans la maison d'Oda une nuit paisible, réparatrice, bercée de doux songes... comme je n'en avais plus souvenir depuis des lustres, depuis ce jour, en fait, où je signai sur un coup de folie mon contrat de voyage à l'agence des *Explorateurs de l'imaginaire*. Résultat, je ne devais me réveiller qu'au milieu de la matinée. Même les pépiements joyeux des oiseaux, qui d'ordinaire réveillent dès l'aube le Parisien que je suis, n'avaient pu me sortir de mes rêves.

Une fois habillé et toiletté (car la ferme disposait d'une coquette salle de bains, avec savon végétal, moelleux linge de tissu moussu, eau à volonté, froide mais parfumée), je me précipitai affamé dans la cuisine. En y pénétrant, j'eus en un flash la vision de certains petits déjeuners à la campagne chez ma vieille tante à laquelle, enfant, mes parents me confiaient le temps d'un week-end ou de courtes vacances. Un bol sur une table recouverte d'une nappe vert tendre, des petits pots de délices diététiques à tartiner sur une tranche de pain d'écorce (aussi savoureux que le pain campagnard de mon boulanger de l'avenue des Gobelins) et sur la cuisinière en faïence fleurie, un petit broc fumant d'une sorte de chicorée, douce et odorante. Un pur bonheur qui faillit me tirer des larmes d'émotion. Mais soudain, le silence me fit prendre conscience de l'absence d'Oda et de Lizlide.

Je fus vite rassuré en les apercevant dans le jardin par une fenêtre. Ils se tenaient debout près d'un massif chargé de baies violettes. S'ils communiquaient, ce devait être par télépathie, parce qu'ils ne semblaient pas converser. On eût plutôt dit qu'ils communiaient dans une même admiration de ce petit théâtre végétal. Je les rejoignis, un peu anxieux de retrouver l'elfe, car je craignais bêtement que dans la nuit elle ait changé d'avis et, bizarrement, de sentiment à mon égard. Dès mon approche, ses grands yeux de biche m'accrochèrent et m'enlacèrent de leur regard farouche, si bien que je ne m'aperçus pas tout de suite qu'elle ne portait plus le bras en écharpe.

— Je suis désolé, m'excusai-je, je n'ai pas entendu le réveil.

— Nous ne voulions pas écourter votre repos, déclara Oda, mais maintenant il est plus que temps de reprendre votre route.

Son expression était si grave que j'eus un pincement d'angoisse.

— Que se passe-t-il ? m'enquis-je.

— Les armées noires ont beaucoup progressé durant la nuit. Isparine n'est plus qu'à deux journées de marche de leur avant-garde.

— En êtes-vous sûr ?

— C'est en tout cas ce que rapporte la rumeur du vent, dit-il en levant les yeux vers les frondaisons de la forêt toute proche. De plus, les groupes d'éclaireurs mi-orques sont devenus aussi actifs de jour que de nuit, ce qui confirme la volonté de l'Immonde de mener une campagne très offensive. Il vous faudra avancer rapidement, sans relâcher un instant votre vigilance. Par chance, les elfes disposent d'un sixième sens qui leur permet de percevoir un prédateur bien avant qu'il ne soit visible.

Je regardai Lizlide et, pour la première fois, nous avons échangé une esquisse de sourire. Je me réjouissais de ce léger progrès, mais je pensais aussi que je ne devais pas trop compter sur elle pour alimenter la conversation. Cela dit, je disposais d'un certain entraînement avec Ergonthe. Un instant, je fus tenté de lui expliquer où nous allions et ce qu'il en serait de notre compagnonnage, nécessairement éphémère. Et puis je me ravisai, convaincu qu'elle le savait déjà. De plus, j'étais peu désireux de troubler une ambiance qui, malgré les circonstances, était à la fois radieuse et poignante.

Avant que nous quittions à regret ces lieux enchanteurs, le brave fermier-botaniste me remit quelques sachets de diverses poudres, dont il m'expliqua rapidement les vertus, me recommandant de les garder toujours sur moi. Je les glissai donc dans une grande poche à l'intérieur de ma cotte de cuir. Sur un dernier salut, nous l'avons laissé seul avec le déplaisant sentiment que nous l'abandonnions à la mort. Lizlide, qui était montée en croupe sur Armaintho, gardait le silence. Rien, dans la clarté diaphane de son visage, ne trahissait son humeur. Pourtant, je ressentais sa tristesse, pour ne pas dire sa détresse. Elle pleurait intérieurement. Quant à moi, je luttais contre un violent élan de révolte. Je n'en voulais pas tant à l'Immonde et à ses hordes bestiales, qu'à la fatalité qui m'avait confié une créature infiniment attachante et m'obligerait à l'abandonner à la veille d'un désastre annoncé.

Jusqu'en milieu d'après-midi, nous avons voyagé sans être inquiétés par des patrouilles orques en razzia. Par contre, nous avons rencontré les premiers groupes de réfugiés, de plus en plus nombreux à mesure que les chemins rejoignaient les routes du sud. En m'informant auprès de certains, j'appris qu'ils éviteraient Isparine où, disait-on, se préparait une grande bataille. Le mieux, pour eux, était en effet de se rendre là où les comtes avaient bâti leurs forteresses, aussi loin que possible de la pestilence des Mondes noirs, c'est-à-dire à l'extrême sud de leur fief. Je pus constater par ailleurs que les humains n'étaient pas les seuls à être épouvantés par l'avancée des orques. Les animaux sauvages aussi fuyaient, comme devant le feu. Ce n'était pas un exode de troupeaux homogènes et résignés, mais l'apparition furtive de spécimens affolés : des cervidés, des sangliers, des rongeurs... et leurs prédateurs, qui parfois se jetaient dans les rivières au risque d'y périr. Nous finîmes même par voir sortir au grand jour des créatures qui n'étaient pas citées dans mon guide touristique, tels ces gnomes poussifs et barbus qui tout à coup surgirent d'un rocher pour disparaître derrière un autre.

Lorsque nous parvînmes en vue de la forêt des Titans, je décidai une halte, choisissant une butte herbeuse depuis laquelle nous disposions d'un vaste panorama. Les colosses végétaux obstruaient presque entièrement l'ouest de l'horizon. Sous nos yeux s'étalaient des milliers d'hectares de champs cultivés, de prés, de jardins et de vergers. C'était une plaine agricole incroyablement riche, piquetée de centaines de fermes et de villages et, en quelques sites judicieusement choisis, de somptueux châteaux. Je remarquai qu'aucune de ces demeures ou de ces agglomérations n'était fortifiée. Pas l'ombre d'un vestige de mur crénelé ne témoignait d'un passé guerrier, même lointain. Par contre, ce jour-là, le comté d'Isparan grouillait de troupes alliées, équipées de puissantes machines de guerre. Et il en arrivait par le sud quantité d'autres, en colonnes interminables.

J'en déduisis que le frère-seigneur Akys III, généralissime des armées de la Coalition, avait décidé de défendre Isparine. C'était rassurant et déconcertant à la fois, puisque cette ville ne présentait aucun autre intérêt stratégique, selon Ergonthe, que la présence massive d'étrangers impatients de rentrer chez eux.

— Lizlide, tu sais pourquoi je dois me rendre à Isparine, n'est-ce pas ? demandai-je brusquement.

Nous étions assis sur une herbe fraîche et tendre, dont se régalaient à quelques mètres de nous d'impressionnants ruminants (deux ou trois tonnes le morceau), qui ressemblaient vaguement à des aurochs. Armaintho s'était couché en sphinx tout près de la jeune elfe et se laissait caresser la crinière, tête sur les pattes, les yeux mi-clos de plaisir.

— Oui, lâcha-t-elle après un temps de silence.

« Bon, me dis-je, la conversation est engagée. » Il fallait ensuite que j'essaie de savoir comment elle envisageait son avenir proche, lequel serait de se retrouver livrée à elle-même et vulnérable. J'émis un soupir de contrariété, puis repris :

— Alors tu auras compris que je ne pourrai pas...

— J'ai compris, me coupa-t-elle.

— Ah ? Et tu as compris quoi ?

— Que tu veux rentrer dans ta forêt.

— C'est un peu ça, dis-je, amusé par l'image. Paris est comme une forêt, je dirais même une jungle. Mais encore ?

Elle tourna son visage vers moi pour m'envelopper de son regard de biche si troublant.

— Tu ne le dois pas, déclara-t-elle.

— Pourquoi ?

— Je ne sais pas.

— Tu as peur que je t'abandonne ?

— Les elfes n'ont peur de rien pour eux-mêmes. C'est... pour toi.

Je surpris la frayeur assombrir ses traits impassibles.

— Continue. Que dois-je craindre, pour moi ?

Elle se remit à contempler le paysage, du côté de la forêt des Titans. Une intuition s'imposa à moi : je risquais ma vie si je retournais à Isparine.

— Il faut pourtant bien que j'y aille, déclarai-je, résigné.

— C'est pourquoi je dois venir avec toi.

— Sans vouloir te vexer, Lizlide, tu as les muscles un peu fins pour un garde du corps.

L'instant suivant, je me retrouvai plaqué au sol, une dague elfique sur la gorge. L'attaque avait été si fulgurante que ma rétine n'avait même pas eu le temps d'imprimer le mouvement de la jeune femme. Elle me maintint ainsi quelques secondes (qui, elles, se sont bien gravées dans ma mémoire), son visage si proche du mien que je sentais son souffle d'une exquise tiédeur sur mes lèvres.

— J'ai dit quelque chose qu'il ne fallait pas, bredouillai-je. Pardon, princesse.

— Si un orque approche de toi à moins de dix pas, il est mort, susurra-t-elle.

— Cela n'arrivera pas, chuchotai-je à mon tour.

Ses fins sourcils se haussèrent d'un étonnement candide.

— Lis-tu l'avenir ? m'interrogea-t-elle.

— Disons que je préfère l'envisager de manière optimiste : dans deux heures nous serons à Isparine, dans trois on me conduira à l'imaginoport sous haute protection policière, dans trois et demie je dirai adieu à cette vie... que je regretterai sincèrement, dis-je en la fixant dans les yeux. Et dans quatre, j'aurai retrouvé ma jungle.

Je marquai une pause avant de conclure :

— Je n'affirme pas que ça va se passer ainsi, mais c'est ce que je veux. Alors, si mademoiselle n'y voit pas d'inconvénient... (j'écartai doucement la main qui tenait la lame sur ma carotide), j'aimerais que nous repartions tout de suite, pour ne pas prendre de retard sur ce programme.

En vérité, je serais resté une éternité avec cette beauté divine allongée sur moi.

23

« Adieu, à tout à l'heure »

Je m'attendais à ce que la vision d'une elfe de la forêt d'Emeraude, chevauchant en croupe un équined avec un cavalier litith, attire la curiosité... Point du tout ! Dans l'effervescence de la bataille qui s'annonçait, civils et soldats n'avaient d'attention que pour eux-mêmes, c'est-à-dire leur survie ou leur préparation suivant les cas, parfois les deux. Nous avons longé des camps militaires où l'on montait des tentes en hâte, par cercles de cinquante. Des essaims de charpentiers s'activaient à assembler des machines de guerre, essentiellement des catapultes, dont certaines avaient des proportions gigantesques. Nous avons contourné des champs sur lesquels s'entraînaient au combat des régiments entiers de soldats. Pour la plupart, leur uniforme était constitué d'une armure de cuir très épais et d'un casque de fer à nasal, orné au front d'un à cinq médaillons dorés, suivant le grade. Mon regard fut particulièrement attiré par de fiers guerriers montés sur de grands équineds gris. Il s'agissait des chevaliers-seigneurs, une cavalerie d'élite que tout distinguait du reste de la troupe : leur armure métallique et colorée (le plus souvent rouge ou bleu nuit), leur armement diversifié (épées longues, svilths accrochés à la selle, hachettes ou dagues sur les cuisses, pointes aux coudes et aux genoux), leur casque à nasal finement ciselé de calligraphies magiques de protection.

Un peu plus tard, sur une route, nous avons croisé un groupe de cavaliers litiths. Mon cœur se serra, bien que je n'en reconnusse aucun. Ils s'arrêtèrent, étonnés de mon costume qui ne collait pas tout à fait avec mon maintien. Deux d'entre eux, persuadés que j'étais un espion, eurent le réflexe de tirer l'épée. Leurs équineds, par contre, adressèrent à Armaintho des hennissements et de petits grognements amicaux. M'efforçant de paraître détendu, je me présentai puis expliquai pourquoi, bien qu'étranger, je portais une tenue litithe. A mon grand soulagement, l'un d'eux révéla qu'il avait entendu parler de moi, ce qui permit d'alléger singulièrement l'atmosphère. Dans mon dos, Lizlide se décrispa.

— Je vais essayer de rentrer chez moi aujourd'hui, repris-je, même si les circonstances m'incitent plutôt à rester. Ergonthe est-il bien arrivé à Olsomathe ?

— En quoi cela vous intéresse-t-il puisque vous quittez le royaume ? répliqua l'un des cavaliers.

Leur méfiance était compréhensible. Je devais me justifier :

— S'il y est et qu'il doive y rester un certain temps, j'aimerais le savoir. Ce n'est pas pour moi – nous nous sommes déjà dit adieu –, mais pour cette elfe de la forêt d'Emeraude. Après mon départ, elle se retrouvera seule. Si je sais qu'elle peut compter sur la protection des Litiths, je partirai plus tranquille.

Les cavaliers approuvèrent mon attitude, car elle était conforme à leur code d'honneur. Le chef du groupe prit la parole :

— Ergonthe est à Olsomathe, avec Longtothe et notre délégation. Ils y séjourneront le temps du Conseil, deux ou trois jours tout au plus.

Je les remerciai, puis nous reprîmes chacun notre route. Cette rencontre n'eut pas simplement pour effet de me rassurer sur le sort de ma compagne, elle me donna aussi une furieuse envie de gagner Olsomathe au triple galop, et une fois là-bas de supplier le chef des Litiths de me garder avec eux. Bref, j'étais à deux doigts de faire la bêtise de ma vie.

« Il est vraiment temps que je quitte ce pays », pensai-je en poussant Armaintho au galop.

En atteignant la lisière de la forêt des Titans, je fus surpris de constater que la voie pavée menant à Isparine n'était plus parcourue que par les militaires. La plupart allaient à pied, par petits groupes. Quelques officiers montaient des phantrons ou, plus rarement, des équineds. Bien que j'eusse déjà vécu ce passage magique dans l'ombre des géants verts, j'éprouvai à nouveau une sensation d'écrasement, comme si quelque sortilège d'enchanteur nous avait transformés en lilliputiens. Les sons prenaient une résonance de cathédrale, la lumière s'atténuait dans une tonalité verte, et l'air embaumait l'humus frais et la sève sucrée. Les mains de Lizlide se raffermirent sur ma taille, et j'en fus troublé. Je déduisis qu'elle avait peur ou du moins était fortement impressionnée.

— Tu n'es jamais venue dans cette forêt ? demandai-je.

— Je savais qu'elle existait, répondit-elle simplement.

— Et qu'est-ce que cela t'inspire ?

— Ce n'est pas chez moi.

Cela suffisait assez à traduire son malaise.

Après une heure de chevauchée rapide, les premières maisons d'Isparine nous apparurent. En constatant qu'au coin des immeubles les lanternes à phosphorescence verte avaient été allumées, je pris conscience que le crépuscule s'annonçait déjà. Cela me fit entrevoir la possibilité de retarder mon départ au lendemain, et donc le moment cruel où je devrais abandonner Lizlide à son destin. J'étais quand même déterminé à me rendre au palais et prêt, si les circonstances l'exigeaient, à partir dans l'heure.

Je remarquai que les habitants avaient déserté les rues mais pas la ville, car nombreuses étaient les fenêtres derrière lesquelles luisait une présence que je devinais sur le qui-vive. Sans doute ces gens, inconscients de la puissance destructrice qui roulait vers eux, avaient-ils naïvement confiance en ce rempart armé qui se mettait en place sur la plaine. J'eus alors la vision des hordes d'orques mettant à sac cette magnifique cité, et j'en fus accablé d'horreur.

Je stoppai brusquement Armaintho et me retournai vers ma compagne.

— Lizlide, dès que j'aurai confirmation de l'imminence de mon départ, il faudra que tu quittes cette région aussi vite que possible. Parce que les orques ne feront qu'une bouchée des armées alliées. Tu le sais, n'est-ce pas ? Rends-toi à Olsomathe, comme nous l'avons dit... Sauras-tu y aller ?

Elle se contenta de me dévisager, m'adressant par la simple profondeur de son regard un message empreint d'une troublante sensualité. J'eus alors la tentation de la prendre dans mes bras et de l'embrasser, mais suffisament de force pour me maîtriser.

— Me promets-tu d'aller à Olsomathe ? insistai-je. Il faut me le promettre, Lizlide. S'il te plaît.

Enfin, une réponse sortit de sa bouche délicieuse :

— Je n'ai pas besoin de promettre. Repartons.

Avant de rejoindre le palais comtal, j'eus envie de passer par l'imaginoport. A mesure que nous progressions entre les immeubles les plus hauts du centre-ville, les ombres semblaient se pencher sur nous avec un intérêt goulu. Par instants, un souffle froid nous surprenait au détour d'une rue, me glaçant un peu plus l'humeur. J'étais agacé par l'agitation d'Armaintho, qui me renvoyait l'écho de ma propre nervosité.

En débouchant sur l'esplanade circulaire de l'imaginoport, j'eus la terrible déconvenue de trouver le bâtiment de verre et de poutrelles cuivrées sombre et vide. Au sol, les portes étaient de surcroît condamnées par de grosses billes de bois.

– L'évacuation des étrangers doit être terminée, me hasardai-je à supposer. Il était temps que je revienne.

Bien entendu, je n'en croyais pas un mot, et je faillis à cet instant ordonner à ma monture de faire demi-tour. C'eût été renoncer pour longtemps, peut-être à vie, à mon pays, ma ville, mon studio de la rue Mouffetard et à Oscar, mon poisson rouge en pension chez ma voisine. Plutôt mourir !

Avant que je change d'avis, nous avons gagné au trot le palais d'Isparine. Sur le grand degré, ne se tenait plus qu'une dizaine de gardes, aussi renfrognés que lors de ma précédente visite. Je mis pied à terre. Lizlide voulut en faire autant, mais je l'en empêchai :

– Non. Reste en selle. Dès que la porte de cette maison se sera refermée sur moi, va-t'en, sans te retourner. Armaintho sera capable de te mener au galop jusqu'à Olsomathe sans prendre de repos.

Je voulus à nouveau lui faire jurer de m'obéir, mais je savais que ce serait inutile ; elle était déterminée à refuser notre séparation. J'eus la faiblesse de penser que cet aveuglement avait à voir avec l'amour, ou au moins une certaine affection. En vérité, ce sont mes propres sentiments que je devais projeter...

Elle se pencha sur l'encolure d'Armaintho pour lui chuchoter quelques mots en langage elfique.

– Que lui as-tu dit ? m'inquiétai-je.

– Que c'est moi désormais qui tiendrai les rênes.

Je la dévisageai avec perplexité, m'interrogeant sur le double sens de cette déclaration. Un dilemme un peu ridicule m'étreignit alors : comment allais-je m'y prendre pour les adieux ? J'avais le choix entre le baisemain, la poignée de main ou le simple geste d'amitié.

Un peu hésitant, je lui pris délicatement la main qu'elle m'abandonna en confiance, puis y déposai un baiser léger. Mes lèvres effleurèrent alors une peau qui était, certes d'une finesse extrême, mais déroutante. Ni vraiment humaine ni animale. Ensuite, je fis mes adieux à Armaintho d'une caresse vigoureuse sur le chanfrein, plus douce entre les narines, et une dernière recommandation :

— Je te confie Lizlide, protège-la comme si elle était ton... (J'hésitais entre poulain et enfant)... ta maîtresse, terminai-je.

Je me détournai avec cette étrange pensée en tête : « Adieu, à tout à l'heure. »

Mon paquetage contenant mes vêtements de touriste sur l'épaule, le pas ferme, je me dirigeai vers le palais. Je gravis quelques marches du grand degré et me plantai devant un garde isparan, qui me considéra sans plus d'attention que si j'avais été une mouche en vadrouille.

— Bonjour, je suis...

Je m'interrompis, alerté par une petite voix intérieure qui me cria de rester prudent. Je n'avais effectivement pas à me présenter à ces hommes rustres qui, par ignorance, pouvaient me refouler comme un vulgaire quémandeur sans prendre la peine de m'entendre.

— Je dois voir le comte, ou du moins le Premier capitaine du palais. Je viens de la part du seigneur Longtothe, chef des familles litithes.

Citer Ergonthe, qui n'était qu'un simple guerrier, ne m'apparaissait pas assez crédible pour être reçu par le comte Isparan. Le molosse se tourna vers un autre, planté quelques marches plus haut, certainement son officier. Ce dernier était armé d'un casse-tête, dont l'extrémité renflée en métal doré représentait une tête cornue de phantron. Il le changea de main, ce qui me valut une belle décharge d'adrénaline.

— Suivez-moi, m'ordonna-t-il avec un geste de sa matraque.

Une fois devant la monumentale double porte de bois, il leva son bâton et s'en servit comme d'un marteau pour cogner sur une plaque métallique carrée. En attendant que les huissiers tirent un battant, j'eus l'idée de l'interroger :

— Comment se fait-il que l'imaginoport soit fermé ?

Il me dévisagea, tel un doberman accosté par un pékinois. Il est vrai que je me sentais tout petit devant ce type de deux mètres, d'une masse minimum de cent trente kilos et dont le QI ne devait pas dépasser celui d'un bouledogue.

— Il n'y a plus d'étrangers à transférer, me répondit-il d'une voix onctueuse qui tranchait avec son expression renfrognée.

— Ah bon ? Ils ont tous pu rentrer chez eux ? m'étonnai-je, ouvertement sceptique.

L'un des deux lourds battants s'écarta avec lenteur. L'officier m'invita à entrer. Je ne bougeai pas.

— Répondez-moi, s'il vous plaît ? Les étrangers ont-ils tous été évacués ?

Je compris alors à son œil torve que le mot *évacués* était mal choisi. Un autre me vint à l'esprit qui me glaça le sang :

— Arrêtés ?

— Entrez, je vous prie.

Je jetai un regard en arrière et vis que Lizlide, chevauchant Armaintho, s'était avancée au pied de l'escalier. Elle m'observait, ou plutôt semblait m'attendre. Je reportai mon attention sur l'officier de la garde.

— Je vous demande une minute, j'ai un mot à dire à mon amie.

Je lui adressai un bref sourire qui resta sans effet sur sa trogne de troll mal léché, et fis volte-face.

— Trop tard, seigneur, répliqua-t-il en me saisissant le bras gauche. Vous devez rejoindre vos semblables.

Je le fusillai du regard, arborant un air outragé :

— Quels semblables ?

— Aucun étranger n'est plus autorisé à circuler dans le royaume.

— Et alors, en quoi cela me concerne-t-il ?

Mon mensonge grossier lui tira un rictus moqueur. Je baissai les yeux à la manière d'un enfant fautif.

— Entendu, lâchai-je.

Sans desserrer l'étreinte de sa main gantée de fer, l'officier me fit franchir le seuil, puis avancer dans le grand hall où les lampes à infuorescence étaient allumées. Il me restait quelques secondes pour agir, c'est-à-dire m'échapper avant que le battant ne se referme, telle une dalle mortuaire sur mes espoirs défunts...

24

Le Conseil de guerre

Je fis glisser de mon épaule droite la sacoche de cuir, dans laquelle j'avais conservé mes vêtements civils et les quelques accessoires de voyage qui avaient survécu jusque-là.

— Oh ! zut ! Excusez-moi...

Sans attendre une éventuelle réaction de l'officier isparan, je m'accroupis pour ramasser mon barda, l'obligeant à me libérer le bras. Il ne l'aurait sûrement pas fait si nous avions été dehors.

Je jetai un regard vers les deux huissiers qui, nuque baissée, s'arc-boutant sous l'effort, repoussaient le pesant battant. D'une main, je m'emparai de mon sac, me redressai et d'un mouvement circulaire tentai de le balancer dans la figure de l'officier qui eut un réflexe de protection prévisible. Sans lâcher ma sacoche, je me précipitai vers la sortie. Une foulée, deux foulées... Un des huissiers voulut s'interposer. Epaule en avant, tel un rugbyman, je le percutai. Il vacilla. Je l'écartai d'une main, puis d'un bond l'évitai. Je parvins à me faufiler *in extremis* par l'entrebâillement. A l'extérieur, alertés par les appels de leur chef dans le hall du palais, les gardes se retournèrent. Je m'immobilisai en haut de l'escalier, le souffle court, les jambes fléchies. Je vis alors avec stupéfaction Armaintho bondir à mon secours. Il venait me chercher ! Seul ! Où était donc

Lizlide ? Le garde le plus près de moi approchait pour m'intercepter, quand l'elfe se dressa soudain devant lui. Avant que son cerveau ait pu analyser la situation, elle lui avait planté sa lame dans une cuisse. Il poussa un beuglement de Minotaure et recula, bras écartés, écumant de rage. Dans l'intervalle, Armaintho m'avait rejoint et offert son dos. A peine étais-je en selle qu'il se cabra pour lacérer le visage d'un garde. Un autre, qui arrivait par sa gauche, se fit mordre au bras. Soudain, Lizlide enfourcha l'équined devant moi, et s'emparant des rênes cria :

— Accroche-toi !

Abasourdi, je l'enlaçai à pleins bras. Nous dévalâmes le grand escalier, traversâmes en trombe la place du palais, pour nous engouffrer dans une rue dont l'ombre nous happa.

La traversée de la ville endormie, puis de la forêt des Titans, me parut se dérouler comme dans un rêve, dont je ne devais garder que le souvenir sensuel de la chaleur du corps de Lizlide que j'étreignais avec force, contrastant avec la fraîcheur du vent sur mon visage. Soudain, la voûte céleste remplaça l'opaque plafond de feuillage. Au loin vers le nord, scintillaient les myriades de feux de camp alliés. Lizlide poussa une longue plainte mélodieuse, à laquelle répondit le rugissant hennissement d'Armaintho. C'était un chant de victoire, et notre monture nous entraîna, dans un galop somptueux, à travers les vastes pâturages du comté d'Isparan.

J'étais sauvé et aurais dû m'en réjouir, sans doute crier moi aussi ma joie, embrasser et féliciter ma belle protectrice. Pourtant, un sentiment d'angoisse m'étreignait le cœur : je venais d'échapper aux geôles du comte Isparan, pour me retrouver finalement prisonnier d'un monde sur le point de basculer dans l'horreur...

Qu'elle me parut loin, à cette minute, ma verte Normandie natale.

Tandis que nous chevauchions au clair de lune, à Olsomathe se tenait le premier conseil de guerre des frères-seigneurs. Je n'y étais bien sûr pas présent, mais j'en connais l'essentiel comme si j'avais été au côté d'Ergonthe, de Frégainthe et du chef des familles litithes qui me l'ont rapporté plus tard...

L'immense salle voûtée, pavoisée des armes de tous les comtés du royaume, bruissait de murmures, tandis que l'on attendait une déclaration du généralissime Akys III. La lumière de cristal, diffusée par des centaines de candélabres et de lampes à incandescence fluo-irisante, faisait resplendir, presque jusqu'à scintiller, les surfaces claires, alors que les zones sombres paraissaient plus profondes, accentuant ainsi les contrastes. Les deux estrades à degrés de l'assemblée, disposées en vis-à-vis comme à la chambre des Communes en Angleterre, étaient bondées de guerriers pour la plupart en armure. Certains avaient beaucoup de peine à rester assis ; ils se levaient à tout instant, bougeaient, se saluaient entre eux ou interpellaient de vieilles connaissances. Six frères-seigneurs se tenaient en majesté dans leurs larges fauteuils à haut dais, se faisant face par trois, de part et d'autre des tribunes. (Le septième souverain du royaume, qu'on appelait l'Inconsolable Veuf, n'était qu'un spectre claustré dans sa tour, comme dans une caverne du Purgatoire.) Au cœur de l'enceinte, se dressait un piédestal de bronze sur lequel reposait face au ciel un bouclier rond, bosselé de coups. Cette relique avait appartenu à Borham, l'ancêtre commun des frères-seigneurs, et possédait, disait-on, le pouvoir de transformer en torche tout félon ou menteur qui oserait le toucher. Il servait en somme de bible, sur laquelle les orateurs devaient appliquer leur paume droite avant de s'exprimer devant le Conseil. Parmi les délégations présentes, celle des elfes (hommes et femmes à parité) se distinguait nettement par son calme réservé. Ils n'étaient armés que d'une épée courte au côté et occupaient le haut de la tribune dite « des comtés de l'Ouest ». Avec une méfiance instinctive, comme s'ils se sentaient cernés de prédateurs, ils observaient les autres participants, mais n'éprouvaient aucune peur. En fait, c'était eux qui inspiraient une crainte respectueuse, car chacun savait qu'ils pouvaient à tout instant fondre sur quiconque se montrerait agressif à leur égard.

D'autres minorités attiraient l'attention : les Ogrites des montagnes de Mystéria, ainsi que ceux des régions désertiques de l'Est (ils n'étaient que trois représentants, mais savaient tenir leur place quand il s'agissait de grommeler ou d'agiter le poing), et les bouillants chefs des tribus ashkamines, des comtés les plus au sud du royaume, réputés (et redoutés) pour leur ardeur à distribuer les coups de casse-tête. Ils avaient été isolés au bout de leur tribune par un cordon de gardes-chevaliers bâtis comme des Hercule de foire.

Akys III quitta son fauteuil et s'avança, imposant le silence par sa seule prestance. Afin qu'on le reconnaisse d'emblée comme le chef suprême des armées alliées, il avait revêtu sa tenue de combat, contrairement aux cinq autres souverains, qui avaient conservé leur traditionnel costume d'apparat, armorié à leurs couleurs. Comme eux cependant, sa tête était ceinte d'une fine couronne en fertinile, un métal aussi léger que précieux, dont l'éclat se rapprochait du vermeil. Il s'avança jusqu'au bouclier de Borham, tendit la main droite au-dessus durant quelques instants. Il montrait ainsi qu'elle ne tremblait pas, alors qu'il s'apprêtait à prononcer le discours d'orientation de la stratégie de guerre du royaume des Sept Tours. Dans un silence quasi religieux, à peine troublé par le grésillement des lampes fluo-irisantes, il caressa les deux tribunes d'un regard impérial. Puis tout à coup, il appliqua sa paume sur le bouclier en prononçant en arth-neuhm le serment rituel. Un léger bruissement indiqua que l'assemblée se détendait, comme si chacun avait relâché son souffle.

— Comtes, chefs de familles, de clans et de tribus, maîtres de guerre et chevaliers, l'Immonde est sorti de sa tanière ! commença-t-il d'une voix dont la gravité naturelle était amplifiée par l'acoustique de l'immense salle. Ses cheubs aux pattes empoisonnées foulent nos terres du Nord. D'abord, ils ont franchi la frontière en de nombreux points. Mais ils ont très vite été refoulés, car nous étions préparés à une telle attaque. Puis soudain, alors que nos troupes régulières étaient occupées à contrer les dernières incursions, le maître des Mondes noirs a lancé le gros de ses forces sur la tour du Grand Guetteur, MA tour !

Il marqua une pause afin que chacun ressente et partage sa colère.

— Ils l'ont investie et sans doute pillée, reprit-il sur un ton plus posé. Par cette brèche, ils se sont déversés telle une coulée de boue sur ma seigneurie. Puis ils ont forcé l'allure pour atteindre en moins de trois jours la plaine d'Isparine. A cette heure, ils sont en train de s'y installer et de préparer une bataille décisive. De mémoire de frère-seigneur, cela ne s'était jamais produit. Jamais l'Immonde n'avait pris le risque d'engager un tel contingent d'orques en une seule action, poussée aussi loin vers le sud. Comment expliquer cette stratégie, alors que tout est nocif pour eux, au-delà du mur d'Akré ? L'eau, l'air, la lumière, la terre même qui doit leur brûler les pieds. S'ils n'ont pas attendu d'avoir transformé leur conquêtes en terres noires, c'est qu'une urgence absolue les y a poussés, c'est que la survie même de l'Immonde est en jeu !

Akys reprit sa respiration, suggérant combien sa rage était difficile à contenir.

— Avant de quitter ma tour, poursuivit-il, j'ai consulté la vasque du Destin et j'ai interrogé le spectre du Grand Guetteur qui a bien voulu m'apparaître. Malgré la noirceur de l'avenir, la première comme le second m'ont révélé l'objectif de cette offensive précipitée, sans malheureusement m'en préciser la raison profonde. Ce sont les étrangers, ou plus exactement UN étranger.

Personne ou presque dans l'assemblée ne manifesta de réaction, car cette information était déjà connue et avait été abondamment commentée dans les coursives et les réfectoires. L'émotion qu'elle avait suscitée alors était à présent retombée. Chacun attendait maintenant la suite, avec une tension palpable, car le silence du frère-seigneur laissait envisager une révélation encore plus stupéfiante. Même les Ogrites retenaient leur souffle.

— Prévoyant que dès les premières attaques, les étrangers se précipiteraient à Isparine pour quitter le royaume, l'Immonde a choisi l'invasion massive, à partir de ma tour. Il a accompli la première phase de son plan. Son intention est de se lancer au plus vite à l'assaut de la forêt des Titans, de rafler à Isparine tous les réfugiés étrangers, puis de se replier un peu vers le nord afin de consolider ses positions en attendant l'offensive suivante. La langue du slipan* retournera dans la gueule de la Bête, chargée de son butin d'humains. Sachant cela, j'ai ordonné au comte Isparan...

Akys s'interrompit et se retourna pour désigner du regard un personnage assis au premier rang de la tribune des comtés de l'Ouest. L'homme tressaillit, comme si une flèche l'avait cloué au dossier de son siège. Sa chevelure et sa barbe blanche immaculées contrastaient étrangement avec la fraîcheur de son visage sans ride.

— J'ai ordonné, reprit le frère-seigneur, que tous les étrangers soient appréhendés et amenés ici, à Olsomathe, avec les égards dus aux hôtes de marque mais la vigilance appropriée aux prisonniers de grande valeur.

Un murmure parcourut l'assemblée. Certes, elle savait qu'une telle mesure avait été prise, mais l'entendre ainsi annoncée, solennellement, par le plus craint des souverains du royaume, la saisissait d'effroi. Car pour beaucoup, les relations avec le monde réel, qu'on appelait aussi le *Monde Mère,* revêtaient une dimension quasi mystique. Aussi, pour nombre de délégués présents à ce Conseil, une telle mesure équivalait à un sacrilège.

Les questions brûlaient les lèvres, mais chacun savait qu'il devrait attendre la fin du discours d'Akys III. De plus,

* Slipan : une sorte de fourmilier.

le protocole exigeait que les autres frères-seigneurs réagissent en premier.

— Le regroupement des étrangers sera terminé dans les prochains jours, reprit Akys III. Seuls restent quelques individus isolés que nous n'avons pas encore localisés. Mais ils le seront rapidement, car j'ai fait partir des chevaucheurs seigneuriaux. Certains d'entre vous les ont déjà reçus, et leur ont apporté la coopération dont ils avaient besoin. Soyez-en remerciés.

Il se tourna vers le groupe des cavaliers litiths. Longtothe soutint son regard tranchant sans sourciller.

— Il est un voyageur dont je n'ai encore reçu aucune nouvelle, bien que l'on sache où il se trouve. Il se nomme Thédric Tibert. J'ai eu le plaisir de le recevoir en ma tour, peu avant les événements.

Ergonthe voulut répondre, mais Longtothe l'en empêcha d'une main sur le bras. C'est donc ce dernier qui se leva. Conformément à l'usage, il resta debout, les mains croisées devant lui, dans l'attente que l'intervenant lui accorde la parole. Mais Akys III poursuivit, sur un ton lourd de reproches :

— Nous savons que les cavaliers litiths ont le sang qui bout dès lors qu'on leur donne des ordres, même s'ils reconnaissent que ceux-ci servent la cause du royaume. Quel étrange paradoxe, alors, de les retrouver parmi nous, prêts à obéir au Conseil... donc au généralissime !

La maîtrise du litith était parfaite, ce qui impressionna certains autres chefs qui à sa place se seraient déjà liquéfiés de frousse.

— Seigneur Longtothe, parlez, je vous y autorise.

Le Litith inclina respectueusement le buste avant de prononcer d'une voix claire et posée :

— Thédric Tibert a regagné Isparine. S'il n'est point parmi les étrangers arrêtés, c'est qu'il aura été transféré vers la Terre avant la fermeture de l'imaginoport. Et si cela n'est pas, nous ne disposons d'aucune information sur ce qu'il est devenu. C'est tout, Votre Seigneurie.

Longtothe courba à nouveau la nuque, puis se rassit. Akys III accusa réception de la réponse d'un simple hochement de tête. Après quoi, il resta silencieux, comme s'il avait besoin de réfléchir avant d'enchaîner. L'assemblée pensa, à son expression grave, qu'il avait d'autres révélations à faire. Les esprits plus fins, celui des elfes et de Longtothe notamment, y décelèrent aussi de l'inquiétude, ce qui était très inattendu chez un personnage aussi sûr de lui. Si fêlure il y avait dans la carapace de certitude du maître de guerre, elle ne demanderait qu'à devenir fissure... puis faille, et l'Immonde saurait s'y engouffrer.

— Chacun ici n'a qu'une question en tête, lança Akys III d'une voix forte. Pourquoi ? Pourquoi l'Immonde s'intéresse-t-il à cet étranger, un seul individu parmi des centaines d'autres, au point d'abattre sa main sur nos terres, tel un insensé dans un brasier ? J'ai interrogé le Grand Guetteur à ce propos et voici sa réponse : « Parce qu'il connaît le secret de l'Immonde. »

Les yeux s'écarquillèrent et des exclamations de consternation sortirent de presque toutes les bouches. Il n'y eut que les Litiths et les elfes pour parvenir à encaisser cette déclaration sans un frémissement de sourcil. Il faut dire que chez ces derniers, la stupeur s'exprimait par la fixité du regard.

25

Au palais d'Olsomathe

Lizlide avait pris notre destin en main, et cela convenait parfaitement à l'humeur dans laquelle m'avaient plongé mes dernières mésaventures. Je me retenais à grand-peine de déchirer à coups de dents rageurs mon billet de retour sur Terre, autrement dit, piétiner mon carnet numérique dans lequel il était mémorisé. J'avais la pensée cotonneuse, le muscle mou, le regard absent. Mon système psychique immunitaire avait neutralisé mes émotions, m'avait déconnecté du réel anxiogène... A l'inverse, la caresse sur mon visage des cheveux parfumés de l'elfe m'emplissait de volupté. Les yeux fermés, je goûtai ce plaisir indicible, bercé par le galop souple et régulier d'Armaintho.

Nous avons traversé des immensités cultivées, des bois, des rivières et des tourbes. Nous avons accordé à mon équined une longue plage de repos au bord d'un lac turquoise. Nous avons passé des minutes entières à nous regarder, mon elfe et moi, sans échanger une parole. Nous avons croisé des dizaines de colonnes de soldats qui montaient vers le front. Enfin, sous un crépuscule doré, nous arrivâmes dans les derniers virages précédant la forteresse d'Olsomathe.

Depuis une heure, le paysage avait changé. Les collines s'étaient brusquement élevées et des pics rocheux crevaient les sommets boisés. Malgré cela, c'était encore la moyenne montagne. Notre route, large et fort bien pavée, s'était mise à serpenter entre ces élévations qui s'assombrissaient de minute en minute. Je savais, pour l'avoir vu dans l'album photo de mon guide numérique, qu'elle s'achevait par un pont, dont l'unique arche enjambait une gorge d'une profondeur insondable. L'accès en était gardé par deux tourelles percées de meurtrières. De l'autre côté, s'élevait la citadelle d'Olsomathe, que des architectes audacieux avaient édifiée au bord de l'autre à-pic. Elle paraissait ramassée sur elle-même, en une juxtaposition de tours et de tourelles de hauteur et de taille différentes, elles-mêmes piquetées d'étroites fenêtres. Je me souviens avoir été charmé par cette dissymétrie harmonieuse d'un romantisme baroque.

Lizlide stoppa Armaintho un peu avant le dernier virage, car au-delà, nous pouvions être aperçus depuis les tours de guet du pont.

— Prends les rênes, me dit-elle en sautant à terre avec une souplesse de chat. Ensuite, ce sera à toi de parler, avec mesure car les Litiths sont peu bavards...

J'acquiesçai, conscient qu'elle devait me trouver par moments aussi horripilant qu'une pie jacasseuse. Nous avons échangé nos places et un sourire. J'étais dans un meilleur état d'esprit, grâce à elle. Cette créature angélique devait me communiquer une énergie dynamisante, car à son contact je me sentais capable de défier l'Immonde en personne. C'est donc le moral et les poumons gonflés d'assurance que je fis parcourir les derniers mètres à Armaintho. Trois lanciers, postés entre les tourelles, caparaçonnés comme des orques, barraient le passage. L'un d'eux vint à notre rencontre.

— Salutations, voyageurs ! nous interpella-t-il avec un geste amical. Qui vient à Olsomathe en ces sombres heures ?

Je réalisai tout à coup que je n'avais pas concocté de mensonge, ni une identité pour pénétrer dans cette place forte, qui devait être aussi impénétrable que le palais de l'Elysée un jour de conférence internationale. Qu'importe ! En confiance, je laissai mon instinct s'exprimer :

— Salutations, l'ami ! Je m'appelle Blogarthe. Je viens rejoindre mes frères lititihs pour le Conseil...

Un pincement au flanc droit m'indiqua que j'en disais déjà trop. « Merci, Lizlide », pensai-je. En se penchant légèrement sur le côté, le garde me signifia qu'il attendait que je lui présente ma compagne.

— Lizlide, de la forêt d'Emeraude, annonçai-je.

Le soldat parut hésiter quelques instants, puis se décida à nous laisser passer sans autre formalité. Je sus plus tard que sans l'elfe, dont le prestige valait les meilleurs passeports, il n'en serait jamais allé ainsi, car je n'avais pas encore assez bien assimilé la prestance d'un cavalier litith pour ne pas susciter la méfiance. Nous franchîmes donc le pont, puis le châtelet d'entrée avant de nous engager dans une cité extravagante à bien des égards.

Olsomathe était bâtie tout en hauteur, si bien que les rues avaient l'étroitesse de corridors, avec pour parois des murailles, et pour plafond la voûte céleste bleu nuit. Il n'y avait aucune maison à colombages, rien que des palais de granit lisse et gris, percés d'ouvertures en arcade, sans volet, simplement voilées de lourds rideaux. Le pavé de la rue était également lisse, rainuré au milieu d'une rigole pour l'écoulement des eaux de pluie. Autre étonnement, la propreté des lieux : pas un papier gras, pas une crotte de chien, pas un brin d'herbe audacieux... et pas un chat ! Le désert. Il est vrai que la nuit s'annonçait, et que les résidents devaient préférer rester devant leur cheminée plutôt que d'attraper la mort dans ce dédale glacé.

— Saurais-tu où nous devons aller ? demandai-je à Lizlide.

— Pas plus que toi, répondit-elle d'une voix à peine audible.

Ses bras enlaçant délicatement mon torse, elle avait posé sa tête contre mon dos.

— Tu es fatiguée ? m'inquiétai-je.

Elle garda le silence, mais je devinai que sa forêt lui manquait.

Déambulant au hasard, nous finîmes par déboucher sur une esplanade circulaire, au fond de laquelle s'élevait ce que je soupçonnais être la résidence du comte d'Olsomathe. Là, enfin, nous trouvâmes un peu de monde : quelques soldats d'escorte en attente, des hommes en « tenue de ville » discutant par petits groupes, une femme en robe de velours brun qui traversait l'espace à grands pas, croisant des jeunes gens pressés qui devaient être des écuyers ou des valets... La place était éclairée par de grands candélabres, surmontés de lanternes en fer forgé délicatement ouvragées, à l'intérieur desquelles chuintait une vigoureuse flamme orangée. Cette lumière tamisée créait une atmosphère irréelle, un peu angoissante.

Je me demandais si nos amis Litiths étaient encore dans ce palais. C'était probable puisque nous n'étions qu'en début de soirée. Pourtant j'hésitais ; je craignais qu'au-delà de ce porche, sous lequel nous n'apercevions curieusement aucune sentinelle, nous ne soyons piégés comme dans la gueule du loup. Il fallut que je me raisonne pour ne pas céder à la tentation de renoncer.

— Lizlide, je te confie Armaintho, annonçai-je.

Je la sentis se redresser dans mon dos.

— Que veux-tu dire ?

— Que je préfère aller seul me renseigner.

— Un Litith ne va jamais à pied, me fit-elle remarquer.

L'argument me troubla, mais ne me fit pas renoncer pour autant :

— Oui, c'est vrai. Mais si on me demande une explication, voilà ce que je dirai...

— Cesse de bavarder, s'il te plaît, m'interrompit-elle d'une voix lasse.

Inquiet, je me retournai et constatai qu'elle avait fermé les yeux. Je compris qu'il lui restait juste assez de force pour se tenir en selle. Aussi arrêtai-je de tergiverser.

En pénétrant sous le grand porche, je fus surpris par une voix qui m'interpella sur ma gauche :

– Halte, seigneur !

Dans une lucarne se découpait un visage moustachu. Je lui souris et m'aperçus qu'à côté, dans un renfoncement servant de guérite, se tenait assis un arbalétrier vigilant. Je me présentai, puis demandai où en était le Conseil, et si la délégation litithe était encore là.

– Le Conseil s'est achevé tout à l'heure, me répondit l'huissier. Le banquet ne va pas tarder.

– Parfait. Pouvez-vous avertir le seigneur Longtothe de l'arrivée d'un cavalier de sa famille ? Précisez-lui que je suis accompagné d'une jeune elfe. Faites vite, car elle n'est pas très bien.

– Entendu, seigneur. Vous pouvez entrer dans la cour pour attendre.

L'homme réapparut alors par une porte en trompe-l'œil, puis il courut sous la galerie accomplir sa mission.

Je fus surpris de découvrir une cour intérieure aménagée comme une forêt... miniature, les arbres ne dépassant pas cinq mètres ! Un sentier s'y enfonçait, vite mangé par l'obscurité. Je remarquai qu'elle bruissait de vie et embaumait le sous-bois en été, ce qui eut pour effet de réanimer Lizlide.

– Je me suis assoupie, avoua-t-elle.

– Assoupie ? Sais-tu que je me faisais un sang d'encre pour toi ! m'exclamai-je en me retournant.

Je la vis sourire.

– Les elfes ne dorment pas comme les humains, m'expliqua-t-elle. Une courte somnolence suffit à notre repos.

– C'est génial ! Il faudra que tu m'apprennes la technique !

— Tu laisses une moitié de ton cerveau s'endormir, pendant que l'autre reste en veille. Puis tu alternes. C'est tout.

Il allait me falloir quelques séances d'entraînement !

Juchés sur Armaintho, que nous sentions dévoré par l'envie d'aller flâner du côté de la forêt, nous n'avons pas eu à attendre longtemps. Une porte s'ouvrit brusquement, projetant sur le jardin un bref faisceau de lumière ambrée. Trois silhouettes apparurent, puis vinrent vers nous à grands pas. Je sautai à terre, le cœur palpitant de joie, serrant les mâchoires pour réfréner mon envie de sourire jusqu'aux oreilles (puisque cela ne se fait pas chez les fiers Litiths). Je ne pus m'empêcher de m'exclamer fièrement, en écartant les mains :

— Me revoilà !

— Taisez-vous donc, me tança Longtothe d'une voix sourde.

Interloqué, je restai coi.

— Suivez-nous, ordonna-t-il ensuite, en me passant sous le nez sans m'adresser un regard.

Quant à Ergonthe et Frégainthe, ils me dévisagèrent comme si j'avais commis la bévue du siècle. Déconcerté, je restai planté sur place. C'est alors qu'apparurent à leur tour une dizaine d'hommes et de femmes vêtus de tenues ajustées rousses, brunes ou vertes, chacun armé d'une épée courte au côté. C'était la délégation elfe. Lizlide les regarda approcher sans bouger. Elle ne les connaissait pas, car ils appartenaient à une communauté différente de la sienne. J'observai avec curiosité la rencontre, laquelle parut se dérouler au mieux, car ils se mirent à discuter dans leur beau langage murmuré. Soudain, une main vigoureuse se referma sur mon bras droit et me tira.

— Venez !

C'était mon ex-guide. Je me dérobai.

— Pas sans Lizlide !

— Ne vous souciez plus d'elle. Vous la reverrez si cela doit être. Il faut se hâter de sortir du palais avant qu'on apprenne votre arrivée.

— Et Armaintho ?

— Il vous suivra, évidemment.

Incrédule, je me laissai entraîner. Avant de disparaître sous le porche, je me retournai vers mon elfe. Ayant retrouvé les siens, elle paraissait m'avoir oublié, comme si je n'avais été qu'un oiseau de passage dans son paysage. J'enrageai déjà, quand enfin elle m'adressa un regard et, me sembla-t-il, un léger hochement de tête. J'aurais donné mon âme au diable pour être sûr que ce n'était qu'un au revoir..

26

Le sort des étrangers en question

Sans échanger une parole, Armaintho marchant docilement sur mes talons, je suivis les trois Litiths à travers les ruelles de la citadelle, jusqu'à ce qu'ils s'arrêtent devant une porte basse au pied d'un immeuble.

— C'est là que nous sommes logés durant le Conseil, m'expliqua Frégainthe. Je vais conduire votre équined dans un enclos dont nous disposons non loin d'ici.

— Bien, merci, dis-je, l'estomac noué.

Pourtant, qu'avais-je à me reprocher ? Nous gravîmes un escalier étroit et obscur puis, deux étages plus haut, nous pénétrâmes dans un vaste logement où régnait une atmosphère chaleureuse de foyer familial. Je pris alors conscience que j'avais une faim de loup, et que c'était peut-être aussi cela qui me tenaillait le ventre. Sitôt la porte fermée, Ergonthe et son chef Longtothe se retournèrent, m'offrant un tout autre visage, beaucoup plus avenant.

— Thédric, déclara le premier, nous sommes désolés de vous revoir, puisque cela signifie que vous n'avez pas pu rentrer chez vous. Mais nous en sommes aussi heureux, parce que nous nous faisions du souci pour vous.

— Vraiment ? Eh bien... tant mieux, bredouillai-je.

— Akys III a ordonné l'arrestation de tous les étrangers.

— Je le sais, j'ai échappé de justesse aux cerbères du palais d'Isparine.

— Et la seule idée que vous ayez eue, c'est de vous précipiter ici où vous aviez le plus de chance qu'on vous identifie ?

— Euh... oui. Il y en avait une meilleure ?

Ergonthe me dévisagea comme si j'étais une curiosité de la nature. Puis il sourit avant de lâcher :

— Non.

— Allons, mes frères, ne restons pas debout, proposa brusquement Longtothe.

Il nous invita courtoisement à prendre place dans de grands fauteuils disposés autour d'une table basse, près de la cheminée.

— Avez-vous faim, Thédric ? demanda-t-il. Il doit nous rester du radon grillé et quelques fèves d'Oloath.

L'eau me vint à la bouche, suivie d'un « Mmm ! » explicite.

Une fois restaurés et après que Frégainthe nous eut rejoints, nous passâmes la soirée à nous raconter nos dernières pérégrinations. Quand j'en eus fini avec mon propre récit (lequel me valut quelques compliments et mimiques admiratives qui me gonflèrent de fierté), le chef litith me fit un compte rendu rapide de la première séance du Conseil, en s'attardant sur le discours d'Akys III. Ce que j'appris alors des motivations de l'Immonde à se lancer dans cette guerre hasardeuse me plongea dans la plus grande incrédulité.

— Comment un étranger pourrait-il connaître le secret de cet homme ? m'interrogeai-je.

— L'Immonde n'est pas un homme, souligna Longtothe.

— C'est quoi alors ?

— Nul ne le sait, pas plus qu'on ne sait à quoi il ressemble. Dans certaines légendes, il est appelé « le Prince sans visage ». Il s'incarne parfois dans un homme qui devient le Seigneur noir de ses terres du Nord.

— Le dernier s'appelait Uzlul, n'est-ce pas ?

— C'est exact.

Il se fit un court silence, puis je revins sur ma question :

— Je ne vois pas comment un étranger pourrait en connaître davantage sur cette créature que les voyants ou les ancêtres de votre propre monde. Ça n'a pas de sens.

— Sans doute que si, puisque l'Immonde a franchi la frontière dans l'unique but de mettre la main sur lui, répondit le chef litith.

— Comment peut-on en être sûrs ?

— C'est la réponse que le Grand Guetteur a donnée à Akys III.

— Mais il peut se tromper.

— Non, lâcha-t-il, en me dardant un regard sévère.

Je n'eus plus envie d'en douter. Une autre préoccupation me vint à l'esprit :

— Comment Akys III compte-t-il s'y prendre pour trouver cet étranger ? D'après ce que j'ai pu voir à l'imaginoport l'autre jour, il y a au moins trois ou quatre cents suspects. Akys III compte-t-il les soumettre tous à la torture ?

— C'est impossible. Les lois ancestrales du royaume l'interdisent, réagit vivement Longtothe.

— Même si le mystérieux secret permettait de vaincre l'Immonde ou de le détruire ?

— Même. De telles pratiques briseraient la cohésion de nos peuples. Ce serait le chaos, et faire le jeu de l'Immonde.

— Alors que va-t-il se passer si Akys III trouve l'étranger ?

Les Liliths échangèrent un regard, comme s'ils avaient déjà envisagé la question.

— Nous en avons discuté avec les elfes. Ils partagent le même sentiment que nous.

— C'est-à-dire ?

— Qu'il le livrera à l'Immonde.

J'ouvris grand les yeux.

— Et s'il ne le trouve pas ?

— Il échangera tous les étrangers contre le recul des orques derrière la frontière. Le généralissime préférera cette infamie à une guerre qu'il sait ne pas pouvoir gagner.

— Mais n'enfreindrait-il pas vos lois ancestrales ? m'étonnais-je.

— Aucune ne prévoit ce genre de situation, contrairement à la pratique de la torture qu'elles interdisent.

— En somme, ce serait les étrangers contre la paix, murmurai-je abasourdi. Mais une paix de combien de temps ?

— Assez pour permettre à la Coalition de préparer la défense du royaume.

J'eus un soupir de découragement.

— En effet, c'est logique, convins-je.

Une pensée épouvantable me vint à l'esprit.

— Et moi, que vais-je devenir ? Si le marché consiste à échanger tous les Terriens contre le retour des orques dans leur tanière, je vais manquer à l'appel !

— Exact, lâcha Longtothe en me fixant bizarrement.

Je pris peur.

— Ne me dites pas que vous allez me dénoncer !

Les trois hommes se regardèrent et eurent un même hochement de tête signifiant : « Décidément, ce pauvre garçon est bien niais ». C'est Ergonthe qui se chargea de me rassurer :

— Thédric, il serait temps que vous appreniez à connaître les cavaliers litiths. Osthonde a été fondée après les massacres de la Grande Guerre des Comtés, durant laquelle nos ancêtres ont justement été victimes de trahison. Depuis lors, nos familles n'ont jamais plus obéi qu'à elles-mêmes et à leur code d'honneur qui tient en un mot : loyauté. Notre loi prévoit que si un cavalier bafoue la confiance qu'on lui a accordée, il sera banni à vie.

Malgré ce discours, je n'étais que moyennement tranquillisé.

— Et c'est arrivé combien de fois depuis la fondation d'Osthonde ?

— Jamais.

— Très bien, mais envers qui serez-vous loyaux ? insistai-je. Un étranger que vous ne connaissez que depuis quelques jours, ou un frère-seigneur qui ne cherche qu'à défendre les comtés contre l'Immonde ?

Longtothe reprit la parole pour répondre :

— Sur l'ensemble des peuples que compte le royaume des Sept Tours, et croyez-moi ils sont nombreux, deux seulement n'ont jamais fait allégeance aux frères-seigneurs : les elfes et les Litiths. C'est d'ailleurs ce qui explique que nous n'ayons jamais obtenu de comté à notre nom. Cela dit, nous n'en avons jamais revendiqué. Notre ralliement à la Coalition est volontaire, justifié par la lutte contre notre ennemi commun. Dès lors que nous avons accepté d'obéir à un ordre, nous l'accomplissons... loyalement. Ainsi avons-nous reçu celui d'aller soutenir le flanc est des armées alliées. Nous partirons donc à l'aube rejoindre nos frères déjà sur place. En revanche, nous n'avons pris aucun engagement vous concernant. D'autant que vous avez utilisé le nom de Blogarthe en arrivant à Olsomathe. Je considère que vous êtes un Litith. Désormais, douze mille cavaliers sont prêts à donner leur vie pour la vôtre. Alors, s'il vous plaît, faites-nous l'honneur de nous accorder votre confiance.

J'étais bouleversé, déconcerté, incapable de trouver les mots pour remercier une telle noblesse d'âme. J'avais de la peine à réaliser que moi, dérisoire étudiant englué voici peu encore dans un quotidien aussi exaltant qu'une salle de prétoire, et dont les seules émotions fortes étaient de voir mon poisson rouge faire une crise d'aérophagie, voilà qu'en quinze jours j'étais en passe de devenir un guerrier, membre d'une fratrie prête à se sacrifier pour ma seule sauvegarde. J'en aurais pleuré, je me contentai d'assurer ces hommes intègres qu'ils m'avaient convaincu.

Durant la courte nuit qui suivit cette soirée mémorable, j'eus le plus grand mal à trouver le sommeil. Il est vrai que j'avais matière à ruminer, entre mon exil forcé, l'épée de l'Immonde suspendue au-dessus de ma tête et... Lizlide. En vérité, au cœur de ce maelström de tourments, le visage de mon elfe s'imposait, ses doux yeux noirs si profonds, si mystérieux. Quand Frégainthe vint me tirer du lit, aux premières lueurs du jour, j'étais persuadé n'avoir dormi que quelques minutes. C'est donc avec un casque et des semelles de plomb que je me levai, me lavai, m'habillai et déjeunai... seul. Car mes frères litiths étaient sur le pied de guerre depuis déjà un moment. Ergonthe et Longtothe étaient partis chercher nos équineds, tandis que Frégainthe s'occupait des paquetages. Tout en sirotant pensivement mon lait chaud de triglo (vache à poils longs), je lui fis part de mon inquiétude à propos de Lizlide.

— La reverrai-je ? soupirai-je.

— Si cela doit être, oui. Mais n'y comptez pas trop ; les elfes sont des êtres très différents des humains avec lesquels ils n'entretiennent d'ailleurs que peu de relations. Ils s'en méfient, à juste titre. C'est avec nous, les Litiths, qu'ils communiquent le mieux, puisque nous partageons le même goût de l'indépendance et de la discrétion. Tout ce que je peux vous conseiller, c'est de garder le souvenir de cette jeune elfe, mais de ne rien faire pour la revoir. N'oubliez jamais que vous n'êtes pas du même monde.

— Je ne l'oublie pas, approuvai-je.

« Hélas ! », songeai-je aussitôt. Cette nouvelle journée commençait bien tristement. J'eus tout de même la joie de retrouver mon équined qui me fit la fête à sa manière, en me mordillant les mains et en piaffant. Ses griffes cliquetaient sur le sol granitique de la rue, tandis que ses hennissements résonnaient entre les hauts murs des immeubles.

— Hooo, Armaintho ! Du calme, mon ami ! Tu vas réveiller tout le voisinage.

— Partons-nous ? s'impatienta notre chef qui montait un équined à robe gris clair de toute beauté, plus grand que le mien et certainement beaucoup plus sauvage.

J'accrochai d'un côté de ma selle la sacoche contenant mon paquetage, et de l'autre mon svilth. Après une dernière vérification des boucles et lanières, j'enfourchai ma monture et m'y carrai avec bonheur.

— Je suis prêt, seigneur Longtothe ! lançai-je avec l'enthousiasme d'un jeune écuyer.

Au pas, en raison du sol glissant, nous traversâmes la citadelle d'Olsomathe. J'avais le cœur lourd d'y laisser une femme dont j'étais à l'évidence tombé amoureux... enfin, pas vraiment une femme... quoique, peut-être un peu quand même.

— Frégainthe, demandai-je tout à coup, les elfes n'ont-ils vraiment rien d'humain ? (Le Litith, qui chevauchait à ma droite, me lança le regard qu'on réserve aux gens bizarres.) Je veux dire, de quel genre de créatures s'agit-il ? Des animaux, des chimères mi-hommes mi-bêtes, des êtres humains mais d'une race différente ?

Devant nous, Ergonthe et Longtothe se retournèrent pour m'observer à leur tour, pareillement intrigués.

— Où voulez-vous en venir ? m'interrogea notre chef.

Je rougis de confusion, tel un communiant sommé d'avouer un péché véniel. Puisque désormais je devais parler à mes frères d'armes comme à des frères tout court, la vraie question qui me préoccupait me vint aux lèvres :

— Un humain et une elfe peuvent-ils s'aimer ?

La stupeur se peignit sur leur visage. Ergonthe et Longtothe se regardèrent sans rien dire. Frégainthe garda pareillement le silence. Je tenais ma réponse qu'ils auraient sans doute formulée ainsi : « Ils sont fous, ces Terriens ! »

27

Attaque aérienne

Bientôt, nous débouchâmes sur une place semi-circulaire, vers laquelle convergeaient une dizaine de rues. De l'autre côté se dressait le châtelet d'entrée de la citadelle, dont les toitures pointues accrochaient les premiers rayons du soleil. Elles attirèrent mon attention, car je n'avais pas remarqué, en arrivant la veille, les magnifiques dragons ailés, en pierre blanche, qui les surmontaient et semblaient surveiller la route. Longtothe et Ergonthe s'immobilisèrent devant moi. Armaintho se mit à leur hauteur.

— Qu'est-ce qui se passe ? m'enquis-je.

Et ce fut le choc.

Lizlide était là, devant le haut porche dont les portes étaient grandes ouvertes, montée sur un animal à pelage roux, très proche des cerfs de nos forêts. Les bois spectaculaires en berceau de ce noble animal étaient hérissés de cors à pointes effilées, presque noirs. Les rênes étaient fixés à la base de ses cornes, et non sur un harnais comme les équineds. La jeune elfe les avait en main et se tenait immobile, comme prête à fuir, son visage clair tourné vers nous. Sa longue chevelure fauve était ramenée sur sa nuque en boucles amples, dont certaines coulaient sur son épaule gauche.

Frégainthe m'adressa quelques mots que j'entendis à peine :

— Fermez la bouche, Thédric, votre cœur va s'envoler.

Pour lui, cette vision était banale. Pour moi, elle était d'une intensité esthétique et romantique éblouissante. S'avançant sur la place, mes trois compagnons s'interposèrent entre elle et moi. Cela m'aida à me secouer pour la rejoindre. Le jour naissant soulignait le rose délicat de sa peau. J'étais si ému que je fus incapable de prononcer un mot. Nos regards étaient accrochés l'un à l'autre, en une fascination réciproque. Si bien que je ne vis même pas passer les Litiths qui s'éloignaient tranquillement sur le pont.

C'est elle qui rompit le silence :

— Nos destins sont liés, tu le sais, n'est-ce pas ?

— Oui... bien sûr, mais...

Elle attendit la suite, alors que ma pensée teintée de crainte s'était déjà envolée.

— Mais rien, conclus-je.

— Alors, nous pouvons y aller.

D'un simple murmure, Lizlide commanda à son cerf de s'élancer sous le porche. Je fis de même et nous traversâmes le pont d'Olsomathe, flanc à flanc, dans l'or du jour naissant.

Durant la première partie de la journée, nous avons chevauché à bonne allure, sans presque parler. La compagnie de Lizlide paraissait aux Litiths aussi naturelle que celle d'une représentante d'un clan ami, alors que je me sentais toujours et encore un étranger parmi eux, accepté mais loin d'être assimilé. J'étais l'anomalie du groupe et en éprouvai une gêne constante, que ma bonne humeur ne parvenait pas toujours à masquer.

En fin d'après-midi, nous abordâmes les premières prairies de la vaste plaine du comté d'Isparan. L'horizon nous parut diablement ténébreux. Ce n'était pas seulement un effet du jour déclinant, conjugué à un ciel chargé de lourds nuages anthracite. L'Immonde avait commencé à contaminer les territoires qu'il avait conquis. Toute journée écoulée rendait plus incertaine l'issue de la première phase de la guerre, où les forces allaient se mesurer et les positions se consolider.

C'est alors que nous rencontrâmes un singulier convoi qui occupait toute la largeur de la route pavée. Nous dûmes nous écarter dans un pré pour le laisser passer. En tête, avançaient deux énormes phantrons caparaçonnés. Ils scandaient chacun de leur pas d'un puissant souffle rauque. Je fus particulièrement impressionné par la corne de bronze fixée sur leur tête massive. En pleine charge, ces monstres devaient avoir la puissance d'un char lourd. Autour d'eux, marchaient à grandes enjambées une dizaine de cornacs, bardés de cuir, armés de longs tridents. Suivaient trois chevaliers-seigneurs, hiératiques sur leurs destriers carnivores. Dans mon souvenir, je les vois immenses, de vrais colosses en armure bleu nuit, dont le casque à nasal lançait des reflets turquoise malgré le peu de lumière. Ils précédaient une escorte de fantassins qui marchaient au pas en émettant une litanie gutturale, sans doute un chant militaire. Enfin, venaient cinq chariots, montés sur trois trains de roues à rayons de bois clair. Les deux premiers étaient découverts et bondés d'individus assis en vis-à-vis sur des banquettes. Je tiquai en découvrant qu'il s'agissait d'étrangers, en grande majorité des hommes, dont certains avaient gardé leur tenue de touriste (genre treillis kaki). Je supposai que les autres, en costume autochtone, étaient des diplomates et des expatriés vivant à Isparine. Tous avaient en commun le masque de l'anxiété, bien qu'ils ne fussent ni menottés ni entravés, ni même encadrés de gardes armés, pour autant que je pusse en juger. Ergonthe s'approcha de moi pour m'ordonner à mi-voix :

— Cessez de les regarder ainsi, où l'on croira que vous les connaissez.

Je m'efforçai aussitôt de montrer un visage fermé. J'aperçus alors dans le deuxième véhicule les deux Allemands qui avaient été transférés en même temps que moi. Je perdis instantanément mon visage de marbre. Quant à eux, il plissèrent les yeux en m'apercevant, se demandant si j'étais le gringalet à la valise bleue qui faisait la queue derrière eux avant notre embarquement pour l'enfer, ou bien son sosie. Le plus blond leva sa grosse main pour me saluer. Serrant les dents, je me contentai de le fixer, m'efforçant de ne pas manifester la moindre attention amicale et je détournai le regard. C'est alors que je repérai au loin trois points noirs se détachant à peine sur le ciel anthracite. Il ne me fallut pas plus de quelques secondes pour comprendre de quoi il s'agissait.

– Ergonthe, regardez, là-bas ! lançai-je en tendant l'index vers le nord.

Les Litiths réalisèrent encore plus vite que moi le danger qui approchait à tire-d'aile. Longtothe poussa un sifflement bref qui eut pour effet d'alerter son équined, comme s'il avait été piqué aux fesses. Puis il se rua en tête de colonne en criant :

– Chevaliers-seigneurs ! Des dragons noirs !

Tous les visages se tournèrent vers le nord, mais personne ne réagit, tant cette attaque semblait inconcevable.

– Qu'est-ce qu'ils viennent faire aussi loin de leur antre ? s'interrogea un des trois chevaliers.

– C'est impossible. Il doit s'agir des nôtres, renchérit un autre.

Ainsi furent perdues de précieuses secondes. Je joignis ma voix à celle des Litiths pour sortir le convoi de son hébétude :

– Dispersez-vous ! A couvert ! A couvert !

Mon elfe restait quant à elle le regard figé sur ces monstrueux oiseaux noirs qui commençaient à perdre de l'altitude. Elle était comme subjuguée par ces créatures qu'elle n'avait jamais vues.

– Lizlide, va te mettre à l'abri ! m'écriai-je. Sous les arbres, là-bas !

Elle ne bougea pas.

– Mais enfin, que fais-tu ?

– Ce n'est pas moi qui suis en danger, expliqua-t-elle.

Cette affirmation me saisit le cœur comme une poigne d'acier.

— Que veux-tu dire ?

Elle tourna la tête vers les chariots que leurs passagers commençaient à évacuer dans l'affolement, se bousculant et chutant les uns sur les autres.

— Bien sûr ! soufflai-je.

Je détachai mon svilth de ma selle et l'armai.

— Ergonthe ! appelai-je. Ils viennent chercher les étrangers !

— Je sais !

Avec son frère et Longtothe, ils s'étaient mis en position pour repousser l'attaque, svilth au bras, leurs équineds couchés en sphinx.

— Viens, Thédric, tu dois t'abriter, m'avertit Lizlide. J'irai avec toi.

— Oui... enfin, non. Je veux défendre ces gens. Vas-y, toi, s'il te plaît.

Excités par la panique qui s'était emparée des humains, les phantrons en tête de convoi poussèrent de formidables barrissements. L'un d'eux se dressa tout à coup sur ses pattes postérieures. En retombant, il écrasa l'un de ses cornacs, dont le cri abominable fut comme le gong du début de l'horreur. Tandis que je m'égosillais et battais l'air de mon bras libre pour orienter mes compatriotes vers la forêt, un premier dragon fondit sur le convoi à la manière d'un aigle, ailes à demi repliées, serres en avant. Son cavalier était quasiment allongé sur son cou écailleux et accompagnait la plongée d'un hurlement qui n'avait rien d'humain. C'est un véritable Stuka des Mondes noirs qui s'abattit sur l'un des deux chariots transportant les étrangers, alors qu'une dizaine d'entre eux s'y bousculaient encore. Les serres du dragon firent éclater le bois de la structure, avec des craquements de bateau se fracassant contre un récif. En deux coups d'ailes, il remonta, emportant son butin. J'en restai éberlué. Le monstre s'éleva à trente ou cinquante mètres, puis soudain rouvrit les serres.

Les restes du véhicule, dont émanaient des appels déchirants, s'abattirent sur trois fuyards, accroissant d'autant le carnage. Dans le même temps, indifférents aux soldats de l'escorte qui projetaient vers eux lances et flèches, les deux autres dragons fondaient de manière sélective sur les étrangers qui galopaient dans l'herbe comme des lapins. Je remarquai que, le plus souvent, les projectiles rataient leur cible ou rebondissaient sur la cuirasse écailleuse de ces bêtes d'une beauté monstrueuse.

J'entendis la voix de Longtothe :

— Blogarthe, avec moi !

Armaintho répondit à l'appel avant même que je le lui commande.

— Que pouvons-nous faire ? m'affolai-je.

— Les chevaliers-dragon, c'est sur eux qu'il faut tirer !

Dans mon dos, un cri de harpie suivi d'un choc sourd me fit jeter un regard en arrière. Frégainthe avait réussi à planter un carreau d'arbalète dans la cuisse du pilote d'un dragon, alors que ce dernier cueillait au sol deux étrangers courant côte à côte dans les hautes herbes. On eût dit un cormoran ramassant à la volée de minuscules tortues-luths frétillant sur la plage.

— Blogarthe ! Il va plonger sur cet homme ! m'avertit Longtothe.

Je vis le chef litith lancer son équined à pleine puissance vers un grand blond qui bondissait bras écartés au milieu d'un champ de céréales. Et je reconnus l'un des deux colosses allemands. Armaintho se rua dans le sillage de Longtothe. Nous avions presque atteint le malheureux, quand une ombre gigantesque nous fit lever les yeux. Un dragon tombait du ciel comme une bombe.

— Armaintho, je dois tirer !

Instantanément, ma monture s'immobilisa. Je mis mon arbalète en joue. Le cri strident du pilote, amplifié par je ne sais quelle magie, me vrilla les tympans, provoquant même un trouble que j'eus du mal à dominer. Je sus dès cet instant que l'Allemand n'avait aucune chance d'en réchapper. Le monstre atteignit le sol avec un bruit mat, écrasant sa cible comme une limace. Je tirai. Mon trait rasa la tête du monstre noir, hérissée de cornes semblables à des dagues effilées. Je réarmai mon svilth d'un geste parfait et pressai à nouveau la détente. Le chevalier-dragon eut un sursaut alors que sa monture battait les ailes pour redécoller. Il vacilla comme s'il avait été touché, mais je ne voyais pas ma flèche plantée dans son corps. Le dragon se maintint en suspension à trois ou quatre mètres du sol. Le souffle provoqué par ses immenses ailes membraneuses courbait les blés en dessous. Il avait certainement senti une anomalie chez son maître, car il se tordait le cou pour le regarder. Le cavalier eut un nouveau soubresaut et cette fois bascula dans le vide, atteint par un second trait... dans le flanc droit (j'étais placé sur le gauche). « Mince, ce n'est pas moi qui l'ai eu ! », regrettai-je en pensée. Longtothe s'était évidemment bien mieux positionné que moi.

Dès qu'il eut perdu son cavalier, le dragon noir sembla désemparé. Nous le vîmes cependant reprendre de l'altitude avant de revenir en piqué comme précédemment. Privé de directives, il s'attaqua cette fois à ce qui l'intéressait, lui, à savoir les phantrons. Je pus alors assister à un véritable combat de Titans. Je n'eus pas le loisir de profiter longtemps du spectacle.

— Blogarthe, secouez-vous ! me tança Longtothe.

Il restait en effet encore du monde à sauver. Cette fois, il m'ordonna de courir derrière des étrangers qui, fous d'épouvante, déguerpissaient à découvert à travers champs. Il fallait les prendre en croupe puis les déposer à l'abri des arbres. J'en sauvai trois de la sorte, sans difficulté. Mais le quatrième me donna du fil à retordre, car non content de courir vite, il me fuyait comme si j'étais le diable. C'était un jeune baroudeur en jean et veste sans manches bardée de poches. Je parvins enfin à l'agripper par le col, mais le bougre se dégagea en m'insultant à tue-tête. Il trébucha, tomba à plat ventre dans l'herbe. Je sautai à terre.

— Allons, du calme, le rassurai-je en m'approchant, je suis là pour vous sauver. J'ai pas l'intention de vous manger... pas tout de suite, ne pus-je m'empêcher de plaisanter.

Je réussis à le convaincre. Je crus même voir l'ombre d'un sourire passer sur ses lèvres. L'instant suivant, il grimaçait à nouveau de terreur. Mes neurones n'eurent pas le temps de comprendre la cause de cette nouvelle frayeur. Je me sentis saisi aux jambes et plaqué à terre alors qu'une ombre s'abattait sur moi. J'entendis le rugissement du dragon, juste avant de recevoir un coup terrible derrière les oreilles.

Et je perdis connaissance...

28

Savantes cogitations autour du feu

Un contact tiède et caressant sur ma joue droite me fit entrouvrir les yeux. Lizlide était près de moi, m'observant avec une attention soutenue. Une déclaration romantique me vint à l'esprit : « Je suis au paradis et vous êtes l'ange chargé de m'accueillir. » Une migraine épouvantable m'incita à la remettre à plus tard et à refermer les yeux.

— Je crois qu'il est de retour parmi nous, annonça la voix de Frégainthe.

Des mains m'aidèrent à m'asseoir. La douleur me fit grimacer, mais j'étais soulagé de constater que je me trouvais sur le plancher des vaches. En revanche, je n'étais pas certain que ce fût en un seul morceau.

— Comment vous sentez-vous ? me demanda Ergonthe qui se tenait accroupi devant moi.

— S'il me manque un bras ou une jambe, je veux le savoir tout de suite ! Sinon, ça va à peu près... Il m'a semblé qu'un dragon m'était tombé sur la tête.

— Ce n'est pas sur vous qu'il s'est abattu. Vous êtes encore vivant et vous pouvez remercier Lizlide. Si elle ne vous avait pas fait chuter, il vous aurait décapité d'un coup de dent. Il n'a pu que vous heurter d'une aile, et nous n'avons eu que cinq points de suture à vous faire.

— Quoi ? m'affolai-je en portant vivement la main à mon crâne.

Je perçus sous mes doigts les nœuds sur mon occiput.
— Il n'y a pas de pansement ? m'étonnai-je.
— Désolé, nous les avons tous utilisés pour les autres blessés.
— Hum... vous avez bien fait, approuvai-je. Les dragons sont partis, je suppose ?
— Leur chevalier abattu et après s'être rassasiés de phantron, ils sont retournés vers leur repaire.
— Il y a beaucoup de morts ? m'inquiétai-je.
— La plupart des étrangers s'en sont tirés, répondit laconiquement Ergonthe.

Je jetai un regard alentour. Le champ de blé où nous nous trouvions avait été sauvagement piétiné. Sur la route, à une centaine de mètres, ne subsistait que la carcasse disloquée d'un chariot. Je me rendis alors compte que nous étions au crépuscule.
— Combien de temps suis-je resté inconscient ?
— Deux heures.
— Tant que ça !
— Lizlide ne vous pas quitté des yeux, précisa malicieusement Frégainthe.

Ravi, je lançai un regard reconnaissant à la jeune elfe. En retour, je n'eus même pas droit à l'esquisse d'un sourire affectueux. Mais je savais que chez les elfes, les sentiments ne s'expriment pas sur le visage, encore moins par la parole.
— Ça va, maintenant, lui dis-je. Ça va même très bien.

Enfin, je lus dans ses yeux un semblant de tendre satisfaction.

Une fois debout et mes vertiges passés, je remarquai trois cadavres vêtus de carapaces sombres, dispersés sur le champ de bataille.
— Ce sont les pilotes des dragons noirs ? demandai-je. Personne ne va les enterrer ?
— Nous ne sommes pas si cruels, répondit Ergonthe.

A son ton, je compris que je venais de lâcher une nouvelle bêtise. Plus tard, Frégainthe m'expliqua qu'ensevelir ces créatures dans une terre pour elles aussi empoisonnée que la leur pour nous, relevait de la damnation éternelle. Elles préféraient de loin servir de repas aux asticots et aux corbeaux.

— Nous allons bivouaquer près de cette forêt, vint nous annoncer Longtothe.

Une fois le camp installé et le feu allumé, je demandai à mes compagnons s'ils connaissaient dans les environs un ruisseau, car je voulais laver le sang qui avait poissé mes cheveux.

— En longeant la lisière du bois vers le sud, me répondit Ergonthe, vous trouverez l'entrée d'un sentier qui mène à un étang.

Comme j'eus l'air embarrassé, il précisa :

— Ce n'est pas loin, me rassura-t-il.

— Ce n'est pas ça. Le problème, c'est que les eaux stagnantes sont pleines de microbes.

— Lizlide a enduit votre plaie de salive. Vous ne risquez aucune infection et la cicatrisation sera rapide.

— Ah oui ? C'est... *magnielfique*, dis-je en adressant un sourire à mon infirmière aux yeux de biche. Bon, eh bien, j'y vais. Peut-être viendras-tu avec moi, Lizlide ?

— Partout où tu vas, je t'accompagne.

Je fus vivement touché par cette déclaration, mais inquiet qu'elle fût moins inspirée par l'amour que par le devoir. Je ramassai ma sacoche, dans laquelle je gardais ce qui me restait de plus précieux de mon ancienne existence, à commencer par mes affaires de toilette.

— Allons-y, dis-je en tendant vers Lizlide une main qu'elle ne saisit pas.

« Faudra arrêter de fantasmer, Thédric, tu vas finir pas être inconvenant », me reprochai-je.

Tout en marchant vers la sombre forêt, je voulus remercier Lizlide et en profiter pour tenter de lui tirer quelques confidences... intimes :

– Tu me devais une vie, je t'en dois une à mon tour. Ainsi nous sommes quittes et tu n'es plus obligée de me protéger.

– Si, me contredit-elle.

– Tu ne souhaites pas retourner auprès des tiens ? Ils sont sûrement encore nombreux dans la forêt d'Emeraude.

– Loin d'eux, je souffre, avoua-t-elle en baissant les yeux, mais je dois rester avec toi.

– Pourquoi ?

– Je ne sais pas. C'est un mystère qui m'habite, là.

Elle posa la main sur son cœur, juste sous le galbe délicat de son sein. J'avalai ma salive... et me dis, un peu complaisamment, que ce mystère avait peut-être pour nom l'amour. Il me fallut inspirer profondément avant de poursuivre cette intéressante conversation. Hélas ! elle ne répondit pas à ma question suivante :

– M'aimes-tu ?

Je n'insistai pas.

Nous ne tardâmes pas à trouver ce que nous cherchions.

– Ah, voilà le chemin ! Bigre, mais il fait tout noir là-dedans ! m'exclamai-je.

Malgré la clarté lunaire qui s'était frayé un passage entre les nuages, l'étroit sentier s'enfonçait dans l'obscurité d'une épaisse végétation.

– Cela ne m'empêche pas de voir. Suis-moi.

Je la regardai s'enfoncer dans le tunnel végétal, le pas léger, la chevelure ondoyante, les bras flottant le long du corps. Sa silhouette claire s'estompait rapidement, et je dus rompre le charme pour lui emboîter le pas. Ensuite, je fus pris d'un irrésistible désir de glisser ma main dans la sienne. Instantanément, mon cœur s'emballa, ce qui me rappela mes premiers émois amoureux et mes premières autoflagellations, lorsque je ratais des occasions en or de « conclure ». Et comme alors, je fus incapable de passer à l'acte.

– Nous arrivons, m'annonça-t-elle après quelques minutes de marche silencieuse.

— Chouette ! dis-je, la gorge encore étreinte d'émotion.

La lune lançait des reflets d'argent sur le paisible miroir d'un étang de belle dimension. Je m'approchai de la berge, choisissant un endroit où je n'aurais pas à patauger dans la boue avant d'atteindre l'eau. Je m'étendis sur le ventre entre deux grands arbres. Je pus alors constater avec soulagement que l'onde était limpide, mais avec horreur qu'elle était glacée. Du coup, je renonçai à m'y baigner tout entier, ainsi que je l'avais envisagé.

— Le mieux, c'est que j'y plonge juste la tête, me suggérai-je à voix haute.

— Il faut ôter tes vêtements, me conseilla l'elfe, sinon tu ne pourras pas nettoyer le sang qui a coulé dans ton cou.

— Très juste, convins-je. Bon... eh bien... courage, soldat !

Peu après, j'étais en caleçon (imprimé de Snoopy, car j'avais gardé mes sous-vêtements terriens). Je me sentis si grotesque que j'eus presque envie de demander à ma compagne de me photographier avec mon carnet numérique. Je le conservais sur moi en permanence, dans l'une des poches de ma cotte, afin d'être toujours prêt à prendre un cliché ou à consulter sa documentation. Frissonnant, les bras serrés contre le corps à la manière d'un poulet prêt à cuire (couvert de chair de poule, bien sûr !), j'avançai dans l'eau jusqu'à la taille. Je commençai à m'asperger timidement le torse, chantonnant dents serrées pour ne pas crier. C'est alors que l'elfe me rejoignit. Elle avait posé ses vêtements, TOUS ses vêtements !

— Mais enfin, Lizlide, tu... tu vas prendre froid ! bredouillai-je.

— Non. Les elfes aiment l'eau fraîche. Nous nous baignons toujours ainsi, au clair de lune. Laisse-moi faire.

Et je me laissai faire.

M'effleurant à peine de ses doigts fins, elle me fit lentement basculer en arrière, puis me maintint à flot d'une main sous la nuque (le choc thermique que je subis sans gémir contribua à rendre ce moment inoubliable). Ensuite, avec une infinie délicatesse, elle passa ses doigts dans ma chevelure pour en rincer le sang. J'aurais voulu que le temps s'arrête... si j'avais été un pur esprit.

— Pourquoi tes dents font-elles ce bruit bizarre ? s'inquiéta-t-elle.

— C'est... gueuh, gueuh... le frrrro...

A mon grand regret, je dus écourter cette merveilleuse expérience qui se serait certainement conclue par un début de pleurésie. Nous nous rhabillâmes, puis repartîmes comme nous étions venus, l'un suivant l'autre. Je n'avais pris aucun cliché, c'était inutile. J'avais, imprimée en haute définition dans ma mémoire, la silhouette parfaite de mon elfe sortant devant moi de l'étang, des ruisselets d'argent serpentant sur son corps nu.

Le doux rayonnement du feu vigoureux qu'avaient allumé mes amis litiths me plongea dans l'extase. Ce bain de minuit m'avait donné une pêche d'enfer et ouvert un appétit de dragon. Mais il fallait attendre que grillent à point les trois radons que Frégainthe tournait avec application sur une broche pliante.

— Trois radons pour quatre, fis-je remarquer, ce ne sera pas facile à partager.

— Les elfes ne consomment jamais de viande, m'apprit Ergonthe.

Je venais encore de perdre une occasion de me taire.

— Tu as de quoi manger, n'est-ce pas ? demandai-je à Lizlide.

— Oui. A Olsomathe, les elfes m'ont donné des pains de fleurs et des graines de césé au sucre de miel.

J'eus le plaisir de goûter chacune de ces douceurs. Elles étaient exquises et bourrées de protéines. Durant un moment, nous avons mangé en silence, puis une conversation s'engagea sur les derniers événements. De l'avis des Litiths, il était acquis que la guerre n'aurait de cesse tant qu'il resterait un étranger sur le sol du royaume des Sept Tours. Si j'étais le dernier, il faudrait soit en venir à ce que les cavaliers me défendent, soit gagner la guerre contre l'Immonde, soit encore forcer le comte Isparan à remettre en fonction la machine de transfert, la solution la moins meurtrière. Je m'étonnai alors que l'imaginoport ait été fermé.

– Je suis convaincu, argumentai-je avec aigreur, que le comte avait les moyens d'organiser cette évacuation et même de l'achever avant l'arrivée des orques. Pourquoi ne l'a-t-il pas fait ?

– Cela pose question, convint Longtothe.

– L'ordre venait d'Akys III, rappela Ergonthe.

– Celui de rassembler les étrangers présents à Olsomathe, objecta Frégainthe, mais pas de fermer l'imaginoport.

– Sans doute l'avait-il aussi demandé, insista son frère. Nous savons qu'il avait une bonne raison d'empêcher les étrangers de partir : dénicher celui qui intéresse l'Immonde, avec l'espoir d'obtenir de lui le mystérieux secret.

Je saisis la balle au bond pour orienter la conversation sur ce dernier point, car il me laissait un arrière-goût de vaste mystification.

– Croyez-vous que ce secret soit une arme contre l'Immonde ?

Je n'obtins aucune réponse et la discussion s'acheva là. Insatisfait, je la poursuivis dans l'intimité de mon cerveau.

J'avais du mal à concevoir qu'un étranger puisse détenir la recette d'un poison anti-mal ou quelque puissant pouvoir magique. Pour tout dire, je n'y croyais pas du tout. A moins que ce type ne fût une sorte de messie, envoyé par Dieu pour sauver ce monde. Dieu, pour le royaume des Sept Tours, c'était nous, les humains du *vrai* monde. Mon imagination s'emballa, car j'allai jusqu'à envisager l'envoi, par les services secrets onusiens, d'une sorte de James Bond chargé de sécuriser cette contrée promise à un bel avenir touristique. C'était évidemment stupide... sauf à bien y réfléchir. J'avais en mémoire une première histoire de ce genre, où des agents secrets de l'Onu avaient été surpris en train de fomenter une révolution dans un infinimonde de type « apocalyptique ». Leur mission était de mettre un terme à une monstrueuse dictature. L'affaire, pourtant inspirée par les meilleurs sentiments, avait fait grand bruit, au point qu'ensuite une résolution de *non-ingérence extra-réel* avait été votée par le Conseil de sécurité. Mais on sait ce que valent les lois ou les bonnes résolutions face à la raison d'État, qui plus est quand l'Etat en question est une confédération planétaire de 205 pays... Cela suffisait-il à expliquer pourquoi l'Immonde tenait tant à trouver ce type ? Pouvait-il le craindre à ce point ? C'est là que je bloquais, parce que ça ne tenait pas debout. Même un Superman n'aurait pas fait frémir le maître des Mondes noirs.

Il me vint une autre hypothèse : que cet homme ne soit pas l'ennemi, mais l'allié de l'Immonde. En ce cas, pourquoi devait-il envahir en toute hâte le comté d'Isparine pour lui mettre la main dessus ? Que venait chercher vraiment l'Immonde, si loin au sud ? Quel genre d'homme ? Quel secret ? Quelle victoire ?

Ces énigmes étaient épuisantes et me fichaient mal au crâne. Pourtant, je ne pouvais m'empêcher d'y revenir. J'étais déterminé à trouver des réponses, quitte à me torturer les neurones jusqu'à ce qu'ils implorent pitié, quitte même à plonger dans les plus lointaines profondeurs de mon être, là où, touchant au divin, l'âme détient les secrets du monde. Admettons, continuais-je à réfléchir, que l'étranger soit effectivement un allié, même involontaire, du maître noir... involontaire ? Tiens, voilà un mot important. J'étais convaincu d'approcher de la clé du mystère, de tourner autour sans parvenir à la saisir. Je sentais qu'il y avait une erreur quelque part, une erreur sur la personne, les intentions, les pourquoi, voire une erreur sur la manière de considérer l'Immonde... Et bizarrement, sans pouvoir l'expliquer, il m'apparut dès lors évident que seul un étranger pouvait connaître son secret.

Au final, j'en vins à lancer, comme un cri du cœur :

— Il faut démasquer le porteur du mystérieux secret !

— Voilà une idée originale, se moqua aimablement Frégainthe. Et comment allons-nous faire ?

Je dus prendre quelques secondes pour réfléchir, car j'avais des difficultés à relier les divers points de mon hypothèse.

— En vérité, je crois que cet homme, s'il existe, ne représente pas un danger pour l'Immonde, mais pour vous ! Pour le royaume tout entier !

— Expliquez-vous, m'intima Longtothe.

— Je ne sais pas... Je suis désolé.

Je hochais la tête, en proie à un profond désarroi, comme si j'avais fini par m'égarer dans la jungle de mes pensées. Mes compagnons litiths échangèrent quelques commentaires, auxquels je ne prêtais pas attention. Puis Longtothe eut le mot de la fin :

— Cela nous dépasse. Dormons.

Peu après, nous étions tous les quatre allongés autour du feu, enroulés dans une chaude couverture, sur une couche d'herbe coupée. Lizlide s'était installée tout près de moi, me troublant de son délicat parfum boisé. Je fermai les yeux et me remis aussitôt à cogiter. Il y avait un moyen de démasquer l'étranger et son secret, j'en étais intimement persuadé.

Tout à coup, je sus comment faire !

29

En route pour la guerre

Je ne pouvais attendre le lendemain pour faire part à mes compagnons d'armes de mon idée hasardeuse, pour ne pas dire suicidaire. Je les obligeai à m'écouter, malgré leur agacement lié à leur envie de dormir. La montée d'adrénaline que je suscitai les réveilla tout à fait. J'eus d'abord droit aux réactions emportées auxquelles je m'attendais : « Etes-vous fou ? C'est pour de telles inepties que vous troublez notre repos ? Recouchez-vous et taisez-vous ou l'on vous assomme ! » Qu'importe, j'étais déterminé à ne pas les lâcher avant d'avoir épuisé tous mes arguments. Et cela finit par payer. Car au fond, ce n'était pas tant l'absurdité de mon plan qu'ils rejetaient que sa dangerosité.

— Dangereux ne veut pas dire impossible ! rétorquai-je avec vigueur. Bon sang, ne me dites pas que vous avez peur !

Ils finirent quand même par reconnaître qu'un tel projet méritait qu'on y réfléchisse...

— Demain, trancha notre chef.

— Non, seigneur Longtothe, maintenant ! répliquai-je. Demain sera le temps de l'action. Ce soir est celui des décisions.

Un silence tendu suivit. Le vieux guerrier sollicita l'avis des siens :

— Qu'en pensez-vous, Ergonthe, Frégainthe ?

Après une ultime hésitation, ils désapprouvèrent d'un mouvement de tête.

— L'assemblée a parlé, conclut Longtothe. Dormez.

Et il se recoucha. J'étais en rage. Je me tournai vers l'elfe qui n'avait pas participé à nos échanges ardents, mais avait écouté avec attention.

— Lizlide, quel est ton sentiment ?

— Je te donne raison, Thédric. Refuser ce que tu proposes serait une grave erreur.

« Ouf ! pensai-je, ma cause vient de marquer un point. » Je dévisageai les Litiths qui parurent du coup désarçonnés, car la parole d'un elfe ne comptait pas pour une simple opinion. Ils savaient que ces êtres, supérieurement sensibles, disposaient de bien d'autres capacités que le commun des mortels pour interpréter les signes du destin. Longtothe se redressa. Bougon, il jeta dans le feu le reste de bois que nous avions rassemblé pour la nuit, puis se rassit en tailleur.

— Parlons ! lâcha-t-il.

La discussion sur les détails tactiques et pratiques de l'action commando que j'avais suggérée ne fut ni longue ni difficile. En revanche, nous nous trouvâmes confrontés à un grave dilemme.

— Akys III autorisera-t-il une telle initiative ? interrogea Frégainthe.

— Pourquoi refuserait-il ? s'étonna Ergonthe.

— Parce qu'elle ne viendrait pas de lui, répondit Longtothe. Ou parce qu'il la trouvera vaine et vouée à l'échec.

— Alors, nous n'avons qu'à ne pas lui en parler, suggérai-je, naïvement.

Les Litiths me dévisagèrent d'un air incrédule.

— Etes-vous sérieux ? s'inquiéta Longtothe.

Ergonthe intervint :

— Il est vrai que si nous soumettons notre projet au frère-seigneur, il comprendra que c'est un étranger qui nous l'a inspiré, celui-là même que j'ai conduit en sa tour et qui manque à l'appel aujourd'hui...

— Je ne vois pas ce qui l'amènerait à penser ça, m'étonnai-je.

— Parce qu'il n'y a qu'un étranger pour avoir une idée pareille.

Je souris. Effectivement, seul un voyageur *extraterrestre* n'a pas la réflexion ou l'imagination bridée par les us, coutumes, tabous et autres interdits du monde qu'il visite. Car mon intention transgressait nombre d'entre eux. Ne serait-ce que parce qu'il excluait les équineds. Or combattre sans sa monture était pour un cavalier litith aussi impensable que de traverser l'Atlantique à la rame pour un pilote de ligne. Par ailleurs, mon plan impliquait d'agir en dehors de l'autorité des frères-seigneurs, donc de son généralissime. Voilà qui allait sérieusement piquer Akys III au nombril. Et puis surtout, jamais un habitant du royaume des Sept Tours n'aurait osé imaginer une opération commando à ce point sacrilège, équivalant au vol de la Joconde ou du saint suaire de Turin.

Qu'était-elle donc, cette idée lumineuse ? En résumé : se rendre à la tour du Grand Guetteur, s'emparer de la vasque du Destin, la ramener à Olsomathe et l'utiliser pour démasquer l'étranger. Une pure folie !

Nous passâmes une bonne partie de la nuit à la mettre au point, étant admis qu'on se passerait de l'aval d'Akys III. Malgré sa position dominante de commandant en chef des armées alliées, il partageait l'autorité royale avec les cinq autres frères-seigneurs. Longtothe rappela que l'un d'eux, Onorys VIII, résident de la tour des Vaillants, était un ami sûr des familles lithithes et en toutes circonstances leur loyal protecteur. C'est donc à lui que nous décidâmes de porter notre butin. Une grande inconnue subsistait cependant, l'indispensable complicité des chevaliers-dragon, sans lesquels notre projet n'était pas envisageable.

Nous nous couchâmes avec cette lourde incertitude en tête. Lizlide s'allongea encore plus près de moi. Je me penchai sur elle et lui chuchotai à l'oreille :

— Merci. Sans toi, je n'aurais jamais réussi à les convaincre.

Elle tourna la tête. Nos lèvres se frôlèrent. Alors elle me fit une déclaration qui me glaça le sang :

— C'est toi qui détiens le mystérieux secret.

J'en fus tellement interloqué que je ne trouvai pas la ressource de formuler la question qui aurait dû naturellement suivre : « Comment le sais-tu ? » De toute façon, j'étais persuadé qu'elle n'en dirait pas davantage, sans doute parce qu'elle m'avait avoué tout ce qu'elle savait. Elle se retourna sur le côté, puis ferma les yeux, ce que pour ma part je crus ne pas pouvoir faire le restant de la nuit.

Quand le jour se leva, j'étais parti loin, très loin au pays des mauvais rêves, où l'on se voit lutter férocement contre des dragons jusqu'à ce qu'ils vous dévorent. Mes compagnons, complaisants, attendirent la dernière minute pour me réveiller. Je m'excusai d'être une fois encore le dernier levé, puis m'enquis du temps qu'il me restait pour déjeuner, me laver, me peigner, me...

— Trente secondes, me coupa Frégainthe avec un grand sourire.

— Ah.

Je me redressai vivement et constatai que les Litiths avaient comme d'habitude déjà ramassé leurs affaires, sellé leur monture et se tenaient prêts à partir. Lizlide, en revanche, était absente, ce qui me causa un pincement d'inquiétude. Frégainthe eut la bienveillance de l'apaiser aussitôt :

— Elle est partie dans la forêt chercher quelques plantes. Elle ne va pas tarder à revenir.

Rassuré, je me levai et pris une profonde inspiration. L'air était relativement doux, le ciel à peu près dégagé et le soleil affleurait l'horizon des hautes montagnes de Mystéria, les nimbant d'une éclatante aura dorée. J'aperçus alors les cadavres des chevaliers-dragon noirs, dépouillés de leur cuirasse en croûte de bitume. Les trois armures se trouvaient maintenant attachées sur la croupe des équineds lititths. J'en déduisis que mes compagnons n'avaient pas changé d'avis concernant notre plan de vol (en effet, c'est à dos de dragon que nous comptions accéder au sommet de la tour du Grand Guetteur, pour ramener la vasque du Destin). Je me rendis alors compte, la nuit et mes mauvais rêves aidant, que je n'étais plus aussi gaillard à l'idée de me lancer dans une telle entreprise. Il faut dire que je m'étais réveillé le ventre tenaillé par l'angoisse. En réalité, c'était la petite phrase de l'elfe à mon propos qui avait du mal à passer.

– Voilà Lizlide, annonça soudain Frégainthe.

Je me retournai vers le bois et vis la jeune femme, montée sur son immense cerf, traverser un banc de brume avec une grâce quasi surnaturelle. Cette apparition, au petit matin, m'émerveilla et m'émut... comme un tableau vivant de Turner, un poème de Baudelaire en image.

– En selle ! lança Longtothe, me rappelant brutalement aux dures réalités de mon épopée.

« Dire que ce soir je serai peut-être mort », ne pus-je m'empêcher de penser. Dans la foulée, je formulai l'espoir que mon âme irait peut-être dans un infinimonde de l'imaginaire. Armaintho vint me saluer avec tendresse en me léchant la main.

– Si seulement je pouvais me réincarner en elfe, murmurai-je en le caressant.

Il secoua la tête comme pour approuver, ce qui me tira le premier sourire de la journée.

Notre route vers le nord nous amena à repasser par le comté d'Isparine. Répandues sur les immenses prairies, les troupes alliées étaient maintenant presque aussi nombreuses et puissantes que celles de l'Immonde, les deux camps n'étant séparés que par une sorte de no man's land d'une dizaine de kilomètres. La bataille qui s'annonçait serait spectaculaire. D'après Ergonthe, c'étaient près de deux cent mille combattants qui allaient se ruer les uns sur les autres, par vagues de plusieurs milliers, et s'étriper jusqu'au dernier. Car il n'y aurait pas de retraite en cas d'échec, pas de débâcle à espérer chez l'ennemi, pas de quartier pour les blessés ou les prisonniers. Les orques ignoraient ces « lois de la guerre » que les sociétés terriennes prétendaient respecter. Les notions de crime contre l'humanité ou simplement d'honneur étaient, pour ces créatures, aussi ineptes que la compassion d'un serpent pour la souris qu'il va dévorer. Quant aux soldats alliés, ils avaient davantage peur de survivre à une défaite que de mourir sur le champ de bataille. On comprend pourquoi, dès lors qu'une offensive était lancée, elle ne pouvait se terminer que par un carnage. J'espérais secrètement ne pas avoir à assister à cela, ou alors de très loin.

Nous traversâmes un nombre incalculable de cantonnements, et croisâmes des bataillons de guerriers aussi divers qu'ahurissants. Mais je garderai un souvenir particulier d'une formidable position d'artillerie, disposée au sommet d'un coteau, sous laquelle nous chevauchâmes pendant, je m'en étonne encore, plus d'un quart d'heure. Il s'agissait pour l'essentiel de catapultes, parfois hautes comme un immeuble de dix étages, montées sur des plates-formes grandes comme des terrains de basket, servies chacune par cent ou deux cents hommes. Quant aux projectiles, ils s'entassaient au sommet de la butte et se composaient de boulets de pierre ou de jarres de fonte bourrées d'explosif. Je pris au moins une dizaine de clichés avec mon carnet numérique, songeant que sans eux, jamais mes copains ne croiraient que j'aie vu pareilles choses. Et encore, je savais déjà que l'un d'eux, un intello saint-thomatique, un sceptique congénital, ne manquerait pas de m'accuser de les avoir trafiqués pour épater les filles. Et puis, il me vint cette pensée déprimante que, lorsque j'aurais enfin la possibilité de rentrer chez moi, j'aurais peut-être cent ans et plus une dent...

En toute fin de journée, nous rejoignîmes un important contingent de cavaliers litiths. Ils attendaient leurs ordres, massés le long d'un fleuve sur lequel naviguait, quasiment à touche-touche, un nombre invraisemblable de transports militaires. Etourdi par tant de démesure après cette traversée des camps alliés, je fus content de mettre pied à terre pour prendre place devant un feu où nous fut apporté un dîner bien opportun. Durant la soirée, les Litiths discutèrent beaucoup entre eux, beaucoup signifiant chez ces gens réservés une dizaine de phrases à la minute. Je n'y pris aucune part, tourmenté que j'étais par la révélation de Lizlide selon laquelle j'aurais été la cause du monstrueux conflit qui venait de commencer. J'essayais pourtant avec application de me persuader que c'était impossible, stupide, ridicule... En vain, car dans le même temps, inexplicablement, malgré moi et ne m'en déplaise, je croyais mon elfe. Ce conflit intérieur me plongeait dans un abîme de perplexité et d'angoisse. Sans cesse revenait la même interrogation : comment un mystérieux secret, dont dépendait le sort d'un monde, avait-il pu se nicher dans la tête d'un étudiant sans histoire, en excursion touristique ? Cela dépassait l'entendement.

Entre la kolitch (sorte de poire) et le fumlet (espèce de fromage fortement odorant), je fus pris d'un subit accès d'exaspération. Je me levai et invitai Lizlide à venir faire un tour avec moi au bord du fleuve. Elle y consentit, mollement. Nous nous éloignâmes sous le regard interrogatif de nos amis litiths.

Nous avons marché sans parler jusqu'à la rive. Mâchoires et poings serrés, j'étais farouchement déterminé à cuisiner la jeune femme avec une application de bourreau professionnel. Naturellement, l'interrogatoire tourna à la Berezina dès le premier échange.

— Lizlide, il faut que je comprenne !

— Il n'y a rien à comprendre. C'est ainsi. Ni moi ni personne en ce royaume ne saurait expliquer ce mystère. Accepte-le et accomplis ton destin.

Elle se tourna vers moi, me couva de son doux regard si troublant. Puis elle déclara :

— Je n'ai jamais mangé de fumlet. Cela ne t'ennuie pas si nous retournons auprès de nos amis ?

Décontenancé, je me résignai à subir mon fabuleux destin. En chemin, le cœur battant, je tentai de glisser ma main dans la sienne, mais nos doigts ne firent que s'effleurer. Elle s'était dérobée.

A notre retour, Longtothe nous annonça que les cavaliers lititths ne feraient pas mouvement tant que nous ne serions pas revenus de notre mission.

— Même si Akys III en personne le leur ordonne ? m'étonnai-je.

— C'est évident. Ensuite, si nous réussissons, ils nous escorteront jusqu'à Olsomathe.

— Tous ? m'exclamai-je.

— Tous, confirma notre chef en plantant son regard fier dans le mien... qui l'était moins.

Une garde de douze mille cavaliers, songeai-je un peu plus tard, voilà qui aurait de l'allure. J'en jubilais d'avance. Il suffit, la seconde suivante, que j'imagine ce qui nous attendait le lendemain, pour que s'évanouissent mes rêves de général victorieux rentrant sous les acclamations dans la Rome antique.

30

Lizlide, dompteuse de dragon

Sans avoir rencontré le moindre contretemps, nous parvînmes à la garnison des chevaliers-dragon en fin de matinée. Le cirque granitique était en effervescence, car une violente bataille aérienne venait de prendre fin, et l'on soignait ici et là des dragons blessés, parfois atrocement. Ceux qui étaient revenus indemnes étaient encore dans l'excitation du combat et compliquaient dangereusement la tâche des soigneurs, qui devaient mobiliser toute leur vigilance pour ne pas se faire happer un bras ou une jambe par mégarde, quand ce n'était pas la tête.

— Nous tombons mal, déclara Longtothe.

Nous nous tenions sur nos montures à l'entrée du site.

— J'aperçois le capitaine Azrathorm, annonça Ergonthe. Allons lui parler.

Je me tournai vers Lizlide, craignant que ce spectacle ne l'effraie, d'autant qu'il empestait le sang et la charogne.

— Veux-tu nous attendre là ? lui demandai-je.

Elle me dévisagea quelques instants, puis répondit :

— Izlide-Orbath n'aime pas cet endroit, je vais le laisser s'éloigner.

Elle parlait de son cerf qui tournait des yeux terrorisés vers les dragons les plus proches, lesquels l'avaient repéré et le lorgnaient avec intérêt.

— Et toi, que vas-tu faire ?

Comme je m'y attendais, elle ignora mon inquiétude.

— Accompagne nos amis. Ils vont avoir besoin de tes arguments pour convaincre le capitaine de nous prêter deux de ces...

Elle chercha un terme approprié pour désigner les dragons.

— Monstres, l'aidai-je.

Bien sûr, j'étais à côté de la plaque.

— Animaux, rectifia-t-elle.

Après lui avoir recommandé de se tenir prudemment à l'écart de ce théâtre répugnant et dangereux, je demandai à Armaintho de s'élancer derrière les trois Lititths. Il rechigna d'abord, puis se décida à avancer avec beaucoup de réticence. Tel un chat épouvanté, il avait les oreilles basses, lançait des regards en biais et marchait presque ventre au sol. Je n'étais moi-même pas plus tranquille, d'autant que l'immense aire résonnait des cris stridents des montures ailées et des glapissements à peine humains de leurs maîtres. Malgré nos précautions pour rester hors d'atteinte des crocs des « animaux », nous sentîmes plus d'une fois le vent pestilentiel de leur haleine nous friser les moustaches. Heureusement, nos équineds étaient assez prompts pour esquiver les attaques sournoises des dragons, lesquels recevaient chaque fois de sévères coups de trident. Soigneurs et chevaliers nous houspillaient dans la foulée. Il est vrai que ces derniers, déjà épuisés par dix jours de combat, n'étaient pas d'humeur à accueillir des importuns.

— Nous devrions peut-être revenir à un autre moment, suggérai-je.

— Il est acquis que ce n'est pas aujourd'hui que nous accomplirons notre mission, reconnut Ergonthe. Mais il faut quand même que nous parlions à Azrathorm.

L'officier en question nous aperçut et se montra d'emblée irrité d'être dérangé en pareilles circonstances. Il se tenait avec plusieurs de ses « pilotes de chasse » près d'un dragon blessé. Celui-ci était renversé sur le flanc, près de la paroi rocheuse contre laquelle il était venu buter après un atterrissage en catastrophe. Un sang vert foncé, épais comme de la cire, coulait de sa gueule. L'une de ses ailes avait été déchiquetée par les mâchoires d'un prédateur au moins aussi gros que lui. Agonisant, il poussait de longs râles de rage. Enfin, le capitaine réalisa que si nous étions là, ce n'était pas pour lui commander un baptême de l'air. Il se décida à venir à notre rencontre et nous mîmes tous les trois pied à terre. Après avoir salué notre chef d'une brève inclinaison de la tête, il demanda :

— Seigneur Longtothe, que faites-vous ici ?

— Nous devons vous parler, capitaine.

— Croyez-vous que j'aie du temps pour cela ?

— Il ne nous en faut que très peu. Nous avons besoin de vos chevaliers-dragon, de trois ou quatre au maximum.

— Trois ou quatre ! s'écria le capitaine. Mais regardez donc autour de vous ! Trois ou quatre équipages, c'est à peine ce qu'il me reste pour repousser les incursions ennemies. Et pourquoi en avez-vous besoin ?

Longtothe n'y alla pas par quatre chemins.

— Pour nous transporter au sommet de la tour du Grand Guetteur.

Azrathorm parut incrédule quelques secondes, puis il dit d'un air mécontent :

— Suivez-moi. Il y a trop de bruit ici. Mettez vos équineds dans cette écurie.

Il désigna non loin de là une profonde caverne, aménagée pour accueillir les montures des visiteurs et celles des messagers de la compagnie. Une fois nos compagnons en sécurité, nous lui emboîtâmes le pas. Avant de gravir derrière lui un escalier taillé dans la roche, je me retournai pour voir où était Lizlide.

— Nom d'un chien, mais qu'est-ce qu'elle fait ! m'exclamai-je.

Elle s'était approchée d'un dragon particulièrement agité. Les ailes déployées, dressée comme un aigle germanique, la tête légèrement penchée sur le côté, la bête fixait la frêle silhouette de l'elfe. Les Litiths et Azrathorm se retournèrent à leur tour, et restèrent stupéfaits par cette scène inouïe.

— Elle va se faire dévorer ! m'écriai-je. Capitaine !

Lizlide était maintenant à portée de gueule du monstre et lui parlait, ou plus exactement chantait. Charmé par cette mélopée limpide et caressante, le dragon cessa de s'agiter. Il replia les ailes, puis se mit à considérer avec une curiosité accrue l'étrange créature qui parvenait à le dompter par le seul son de sa voix.

— Incroyable, souffla Azrathorm. Je savais que les elfes dialoguaient avec les animaux, mais jamais je n'aurais cru...

Il s'interrompit, car le plus extraordinaire était en train de se produire. Le dragon baissa son museau répugnant, baveux et encore maculé du sang de son dernier repas, puis laissa Lizlide y poser la main.

— Il faut absolument que je recrute des elfes, murmura le capitaine pour lui-même. Venez, mes amis. J'ai peu de temps à vous accorder, mais je vous écouterai avec attention.

Par une série d'escaliers, Azrathorm nous mena jusqu'à une habitation troglodyte, la sienne, et l'une des rares à posséder deux pièces : une chambre spartiate et un vaste bureau. Assis derrière une grande table encombrée de notes et de cartes, il nous écouta en effet, puis réfléchit, sérieusement, et même contesta des points de détail, notamment notre suggestion « dérangeante » de maquiller ses dragons en noir, et d'affubler ses pilotes des cuirasses que nous avions récupérées la veille sur les cadavres des chevaliers-dragon ennemis. Pour finir, il nous fit une promesse : « Dès que mes effectifs auront retrouvé un niveau acceptable, je vous le ferai savoir. » Manière élégante de nous refuser une aide immédiate. Les Litiths, qui s'attendaient à une telle réponse, n'insistèrent pas. Un instant, pour jouer une ultime carte, je fus tenté de lâcher ce que Lizlide m'avait appris la veille, un instant seulement car j'entrevis avec effroi les funestes conséquences d'une telle révélation, à savoir me retrouver transformé en monnaie d'échange. De toute façon, comme mes amis j'avais compris que rien ne pourrait convaincre le capitaine de changer d'avis, hormis peut-être un ordre écrit d'Akys III.

Déçus, et pour ma part désemparé, nous redescendîmes dans le bruyant cirque de pierre. Lizlide se tenait toujours près du dragon qui s'était couché devant elle, tel un fauve soumis. Les soigneurs étaient abasourdis, les chevaliers s'étaient approchés et commentaient l'exploit sans oser interroger l'elfe. Apercevant leur commandant, tous s'empressèrent de retourner à leurs tâches respectives.

Longtothe remercia Azrathorm, puis lui indiqua, par pure forme, qu'il pourrait nous joindre dans les prochains jours du côté des plaines d'Isparine. Nous observant échanger ces derniers mots avec le capitaine, Lizlide devina à nos visages sombres que nous n'avions pas obtenu satisfaction. Sans doute en conçut-elle autant de déception que nous, bien que rien dans son expression ou son attitude ne le trahît. Nous tournâmes les talons pour aller récupérer nos équineds. Sortant de l'écurie, je vis que l'elfe n'avait pas bougé et me fixait comme si elle attendait quelque chose, sans doute que j'aille lui parler. Je confiai Armaintho à Frégainthe, puis marchai vers elle.

— Il va nous falloir trouver un autre moyen, annonçai-je en la rejoignant.

Je m'aperçus alors qu'elle était tendue, et même qu'elle tremblait légèrement.

— Qu'est-ce qui se passe ?

— Thédric, combien d'hommes faut-il pour emporter la vasque du Destin ?

Je blêmis.

— Pourquoi cette question ?

— Réponds-moi. Vite !

Dans mon souvenir, la vasque en question n'était qu'un bouclier posé sur un socle de pierre. Mais je n'aurais su dire s'il était scellé.

— Un seul suffirait, je crois, répondis-je.

— Alors nous partons.

Je jetai un regard inquiet vers le dragon qui, dans le dos de l'elfe, avait relevé sa tête monstrueuse.

— Attends, ne me dis pas que...

— Il m'obéira, me coupa Lizlide. Mais si tu hésites, il te tuera.

J'avalai ma salive et éprouvai une réaction émotionnelle désormais familière : jambes coupées, poitrine compressée, cœur battant à tout rompre...

— D'accord, consentis-je. A trois, on fonce.

— Non, surtout pas. Donne-moi la main.

Elle me la prit, enfin ! Puis elle se retourna vers le monstre, auquel elle adressa un bref message en langue elfique. Le dragon se rallongea, signifiant que nous pouvions monter en selle.

— Il nous accepte, déclara Lizlide.

Sans hésiter, nous nous avançâmes, sourds aux voix qui nous interpellaient de toutes parts. L'elfe sauta sur la cuisse de la bête, enfourcha la selle du pilote et s'y sangla. Je pris place derrière elle, sur le siège plus étroit et nettement moins confortable du passager.

— Es-tu prêt ? m'interrogea Lizlide.

— Pas tout à fait !

J'étais tellement nerveux que mes doigts en étaient maladroits et gourds, comme dans les cauchemars. Les soigneurs et les chevaliers s'égosillaient pour nous intimer l'ordre de redescendre, et nous prévenir que nous allions mourir. J'étais bien incapable de les entendre, je ne sentis même pas le trident qui me heurta la cuisse.

— C'est bon, Lizlide ! m'écriai-je. Je suis attaché !

L'instant suivant, le dragon se redressa, provoquant une sensation de tangage qui me rappela un départ d'excursion touristique, en Inde, à dos d'éléphant. Là s'arrête la comparaison. De part et d'autre de notre vaisseau vivant, les ailes claquèrent. Mes cuisses serrées contre son corps sentaient, malgré les écailles, se contracter et rouler sa musculature.

Le sol vacilla, puis disparut brusquement... Nous avions décollé. De cette incroyable expérience, je garde en mémoire l'image des Litiths, pétrifiés de stupeur, mais émerveillés par notre audace. J'aurais voulu les saluer, c'était impossible ; j'étais agrippé à deux mains aux poignées de ma selle, disposées derrière chaque fesse, crispé comme dans un chariot de montagnes russes.

31

Retour à la tour du Grand Guetteur

Une fois en altitude, j'essayai de me détendre, comme lors d'un baptême de l'air *dragonnien*. Malheureusement, cette fois, je ne pouvais occulter que nous partions pour une excursion qui risquait d'être sans retour. Le paysage filait sous nos pieds, si bien que je le vis rapidement se transformer en une sinistre lande grise, déjà contaminée par le souffle acide des Mondes noirs. Les cieux ne valaient guère mieux. Une brume noirâtre et compacte, pareille à celle de l'incendie d'une raffinerie de pétrole, formait un plafond contre lequel j'avais l'impression que nous pouvions buter. Et pourtant, sur ordre de Lizlide, le dragon monta s'y perdre. L'opacité nous saisit dans un étau que j'eus du mal à supporter, d'autant que ces nuées empestaient la suie et les oxydes gazeux. D'après ce que j'avais lu dans mon guide numérique, à la rubrique « Des guerres de mille ans », l'Immonde et son émanation, le Seigneur noir, ne se contentaient pas de conquérir les terres du Sud avec leurs hordes d'orques. Ils incendiaient des lacs de bitume, dont les dégagements sulfureux suivaient l'avancée des troupes d'invasion, pareils à des bataillons d'extermination, polluant irrémédiablement les sols et les cours d'eau, anéantissant toute forme de vie.

— Nous allons nous perdre dans cette fumée ! m'écriai-je.

— Non. Cet animal sait où il va, me rassura Lizlide.

— Alors nous mourrons asphyxiés avant d'avoir atteint la tour !

— Préfères-tu que les dragons noirs nous repèrent ?

L'argument était convaincant. Je posai ma main droite sur l'épaule de la jeune femme.

— Je te fais confiance, Lizlide. Tu es la lumière de... Ooooh !

Avant la fin de ma déclaration, notre monture plongea en piqué. L'estomac me remonta dans la gorge. Et je ne suis pas près d'oublier la descente en spirale qui suivit. Les mâchoires crispées, les yeux exorbités, les fesses serrées... je vis la terre sombre réapparaître d'un coup. Nous chutions vers un hexagone de pierre. C'était la tour du Grand Guetteur. Si mon cerveau avait pu fonctionner normalement, j'aurais sûrement crié : « Lizlide, ordonne-lui de se poser, pas de s'écraser ! » Le dragon déploya soudain les ailes et, à une vitesse ébouriffante, vira sur la gauche. L'édifice brun nous tourna autour de la tête. Deux claquements, une secousse, un dernier coup de vent dans les cheveux. Outch ! Nous étions arrivés. Je pouvais me remettre à respirer.

— Eh bien... chaud, l'atterrissage ! soufflai-je.

J'avais le cerveau sens dessus dessous, les yeux pas encore tout à fait en face des trous, et je n'avais même pas eu le temps d'avoir peur. Deux mains vinrent s'affairer du côté de mes cuisses, tandis que la voix douce de Lizlide m'avertit :

— Nous n'avons que très peu de temps, Thédric.

Elle avait déjà défait mes sangles. Il fallait que je me bouge. Je me frottai énergiquement le visage, pris une grande goulée d'air nauséabond. Enfin, je pus rejoindre ma compagne sur la terrasse de la tour. A quelques mètres, j'aperçus la longue-vue reposant sur son rail. L'image atroce du château de l'Immonde, que j'avais contemplé au péril de ma raison, me fouetta l'esprit comme une gifle, mais je la chassai aussitôt. Je me tournai vers notre dragon en équilibre précaire sur le parapet crénelé, pourtant très épais.

— Nous attendra-t-il ? m'inquiétai-je.

— Oui.

Je tirai mon épée fixée sur mon dos, me souvenant que c'était dans cette tour qu'on me l'avait donnée. Je regrettai de ne pas avoir pu emporter mon svilth, avec lequel je me sentais beaucoup plus à l'aise. Lizlide et moi avons échangé un regard, pour nous insuffler mutuellement du courage, puis j'annonçai :

— Maintenant, c'est moi le guide.

Nous contournâmes la tourelle édifiée au centre de la terrasse, afin de trouver l'entrée du large escalier en spirale. J'ignorais le nombre d'étages qu'il nous faudrait descendre, mais j'étais quasiment sûr de reconnaître la porte derrière laquelle était conservée la vasque du Destin.

Après quelques dizaines de marches, la pénombre céda la place aux ténèbres. Il me semblait m'enfoncer dans la gorge d'un monstre.

— Tu y vois quelque chose ? chuchotai-je.

— Rien. Il n'y a que de la pierre et du bois mort, ici.

— Donne-moi la main.

Je rengainai ma lame. L'instant suivant, légère comme une plume, sa main se glissa dans la mienne et j'en fus vivement troublé malgré le stress des circonstances. Me guidant sur le mur courbe à ma gauche, je m'arrêtais à chaque porte rencontrée et l'examinais à tâtons. D'après mon souvenir, sur celle que je cherchais était fixée une plaque en métal sculpté. Ce bas-relief représentait Borham, l'ancêtre des frères-seigneurs (à moins que ce fût Borhus), bousculant l'adversaire de son bouclier lors d'une féroce bataille rangée.

— Thédric, chuchota Lizlide, je perçois une présence !

Nous stoppâmes. Un vent glacé vint me lécher le visage, s'insinua dans mon cou comme une langue.

— Ce n'est rien, murmurai-je en réprimant un frisson. Avançons.

Peu après, mes doigts palpèrent enfin le signe de Borham.

— Nous y sommes ! annonçai-je.

Je poussai le lourd battant, qui ne comportait ni serrure ni loquet, puis nous pénétrâmes dans la chambre plongée dans une obscurité opaque.

— Il nous faut de la lumière, dis-je.

D'un étui attaché à ma ceinture, je sortis une boîte qui contenait un petit stock de bâtonnets de soufre, mini-torches d'une autonomie de trois minutes. J'en enflammai un. Dans la nature, il aurait diffusé une lumière verte pareille à une phosphorescence cristalline. En ces lieux sinistres, son rayonnement était d'un verdâtre lugubre. La vasque était là, sur son support de granit, lui-même juché sur une colonne torsadée d'un mètre de haut. Tout autour de la pièce, étaient disposés des candélabres à influorescence.

— Il faudrait que nous en allumions un ou deux, dis-je. Sais-tu comment on fait ?

— Oui.

Lizlide fit simplement pivoter une molette sur le pilier supportant la lampe en fer forgé. La pénombre remplaça la nuit sans la chasser tout à fait. Je m'approchai de la vasque et constatai avec désarroi qu'elle était fixée à son socle par trois pattes de fer, telle une pierre sertie sur une monture.

— Ça ne va pas être simple, dis-je.

Je fis une première tentative. Le bouclier bougea légèrement, provoquant des rides à la surface du mercure. Je vis alors le reflet livide de mon visage se déformer monstrueusement.

— Ça devrait être bon, estimai-je en forçant un peu sur l'optimisme.

Avec mon poignard, j'essayai ensuite de tordre l'une des fixations. Mais je compris vite que ce ne serait pas le métal de celle-ci qui céderait en premier. Par contre, il me sembla qu'en exerçant une traction sur le bouclier lui-même, je parviendrais à le déformer assez pour le libérer d'une des pattes et par conséquent des deux autres.

Je relevai la tête et m'aperçus que mon elfe n'était plus dans la pièce.

— Lizlide ! appelai-je à mi-voix.

Je me précipitai vers la porte. Elle reparut par l'entrebâillement à l'instant où j'allais la rouvrir.

— Ils arrivent ! annonça-t-elle dans un souffle.

— Les orques ?

— Oui. Leur odeur les précède.

Je jetai un regard vers la vasque.

— Si seulement nous pouvions les retenir deux minutes...

Alors soudain, dans une illumination, je sus comment faire.

— Bon sang, comment ai-je pu oublier ça ! Lizlide, remonte près du dragon.

Elle me dévisagea avec une expression de peur comme je n'en avais encore jamais vu sur son beau visage.

— Il ne doit pas partir sans nous ! expliquai-je.

Elle eut un geste de dénégation de la tête.

— Ecoute-moi... s'il te plaît, pour une fois. Tu sais que j'ai raison, n'est-ce pas ?

Elle était parfaitement consciente que si un dragon noir se présentait dans le ciel de la tour, le nôtre ne résisterait pas à l'instinct de combat, sauf peut-être si elle était là pour le retenir.

— Les orques vont te tuer, gémit-elle.

— Sûrement pas. Ce n'est pas mon destin. Je... je l'ai vu dans la vasque, mentis-je pour finir.

Elle me fixa. Peut-être me crut-elle, car elle parut se détendre un peu. Je lui proposai ensuite d'installer une « barrière magique » anti-orques.

L'un des sachets que m'avait donnés Oda, le fermier-botaniste chez qui j'avais soigné Lizlide, contenait de l'extrait de kozmariste, cette plante capable de repousser les orques aussi efficacement qu'un répulsif à cafards. Cela m'était complètement sorti de la tête. Une chance en vérité, car je les avais conservés sur moi, ainsi qu'Oda me l'avait d'ailleurs conseillé, au lieu de m'en débarrasser dans ma sacoche de voyage. Le moment était venu d'en mesurer l'efficacité. Je détachai de ma ceinture ma gourde d'eau et en ôtai le bouchon. Ensuite, j'y versai délicatement toute la kozmariste contenue dans la petite bourse de tissu végétal. Un coup de shaker, la tisane était prête.

— Je vais en asperger l'escalier. Pendant ce temps, remonte vers le dragon, dis-je.

— Non, laisse-moi faire. Il vaut mieux que tu t'occupes de la vasque.

Je n'eus pas le temps de la contredire qu'elle m'avait déjà ravi la gourde. Un mauvais pressentiment m'étreignit à cet instant, au point que je faillis lui proposer de renoncer et de nous enfuir à tire-d'aile. Mais elle se détourna, me promettant de vite regagner le sommet de la tour, sitôt sa tâche accomplie. Je me hâtai de retourner à la mienne, m'obligeant à ne penser à rien d'autre, et m'y attaquant avec rage. Malgré cela, mon affaire s'avéra plus compliquée que je ne l'avais présumé, car le métal dans lequel était martelée cette relique n'avait rien perdu de sa robustesse. Je tournai autour comme un requin affamé autour d'un plongeur dans une cage, donnant des coups, tirant, poussant, soufflant, grognant, lançant les pires jurons... Bientôt, je me retrouvai haletant et en nage. Je constatai tout de même que mes efforts avaient fini par fragiliser les supports métalliques, au niveau du socle de granit dans lequel ils étaient plantés. Cela me redonna du courage. C'est alors que dans l'escalier j'entendis résonner des aboiements, qui en fait devaient être des éternuements. Les orques n'étaient donc plus très loin, bloqués par notre potion magique. Je remerciai Oda en pensée et repris ma tâche.

Moins d'une minute plus tard, enfin, une des pattes métalliques céda. Je n'avais plus qu'à soulever la vasque pour la libérer. Avant cela, je m'accordai quelques secondes pour reprendre mon souffle, mains sur les genoux, respirant à pleins poumons. Je tournais le dos à la porte. C'est alors que la température chuta brutalement, me glaçant jusqu'aux os. Je fis volte-face et me pétrifiai de stupeur.

IL était là, devant moi.

Et le souffle me manqua pour hurler de terreur...

32

Dialogue avec l'Immonde

Au sommet de la tour battu par un vent violent, Lizlide devait élever la voix pour apaiser le dragon qui ne cessait de s'agiter sur le parapet, tantôt la regardant, tantôt fixant au loin vers l'est un point noir apparu depuis peu. Elle savait qu'elle parviendrait à maintenir sur lui son pouvoir elfique tant que ce congénère ennemi ne l'attaquerait pas. Mais ce n'était plus qu'une question de minutes.

Lizlide se retournait sans cesse, espérant voir surgir l'étranger auquel elle se sentait liée comme l'arbre au soleil. Mais il n'arrivait pas ! Le dragon poussa un long cri d'impatience, presque de douleur à devoir refréner sa soif de combat. Elle lui parla encore et encore. Jamais elle n'avait tant parlé à un animal, car le plus souvent, elle communiquait moins par les sons que par les vibrations de l'esprit. Or, avec cette bête extrêmement primitive, la jeune elfe devait dépenser une formidable énergie physique pour conserver son emprise. Et cela ne pourrait plus durer, même si elle n'hésiterait pas à aller jusqu'au bout de ses forces.

De mon côté, je reculai et butai contre la vasque. L'Immonde ne devait pas être beaucoup plus grand que moi, mais il me semblait gigantesque, écrasant de puissance. Il était aussi immobile et silencieux qu'une statue. Par contre, le froid qui émanait de lui était comme une main qui me frôlait, me palpait, m'explorait. J'eus d'abord du mal à me faire une idée précise de son apparence. Sa silhouette, tel un trou noir, absorbait le peu de lumière qu'émettait la lampe à influorescence, si bien que je ne voyais qu'une forme ténébreuse, vaguement humaine, les bras le long du corps. Si j'avais voulu parler, j'en aurais été totalement incapable. Les muscles de mes mâchoires étaient tétanisés, et ma cage thoracique comprimée jusqu'à la suffocation. La douleur me pliait en deux. Finalement, fermer les yeux me permit de rompre un peu le charme maléfique dans lequel je m'étais moi-même enfermé, par ma seule peur. Je me redressai, me forçai à me tenir aussi droit que possible, et m'obligeai à soutenir la vision de cette... « chose ». La confrontation silencieuse dura un long moment, durant lequel je luttais pour reprendre la maîtrise de mon corps. Et puis, il y eut cette voix qui s'éleva dans la salle, en même temps que passait sur mon visage un souffle glacé :

— Est-ce vous l'étranger qui détient le secret de l'Immonde ?

Ce qui me frappa n'en fut pas tant le timbre, ni très grave ni très puissant, que son... omniprésence. Impossible d'en localiser la source, ni même d'être certain qu'elle provenait de l'extérieur de ma tête. Peut-être ma conscience était-elle altérée par le choc émotionnel que je venais de subir. En tout cas, il me fallut fournir un bel effort de volonté pour parvenir à articuler ma question :

— Qui êtes-vous ?

— Quel est ce secret ? me demanda-t-il.

— Quel secret ?

— L'Immonde vous écoute.

Il suivait sa logique, moi la mienne ; nous n'étions vraiment pas faits pour nous entendre. Je secouai négativement la tête, puis lançai comme une provocation :

— Vous n'avez qu'à interroger la vasque du Destin !

Alors, à ma grande surprise, il avança, me provoquant une violente poussée d'adrénaline. Je m'écartai vivement, tel un valet poltron devant son maître. Il se planta près de la vasque et attendit quelques secondes avant de demander avec une déconcertante innocence :

— Comment faut-il faire ?

Abasourdi, je me rapprochai du bouclier et me plaçai en face de l'Immonde. En étendant la main, j'aurais presque pu le toucher. Là enfin, je pus le détailler, grâce à la faible luminosité renvoyée par la surface miroitante du mercure. Il portait une cuirasse en croûte de bitume modelant une puissante musculature, à la manière des plastrons romains, qui épousait ses épaules jusqu'aux deltoïdes. En dessous, il était vêtu d'une sorte de chemise qu'on aurait dit taillée dans un caoutchouc souple et noir, et était ganté de cette même matière d'une mollesse répugnante. Un ceinturon orné d'une boucle en fer ovale, sans motif, ceignait sa taille. Je levai les yeux pour observer son visage. Il n'en avait pas ! « Le Prince sans visage », pensai-je, me rappelant qu'il était surnommé ainsi dans certaines légendes. En vérité, je finis par me rendre compte qu'il portait un masque en métal dépoli, sans reflet ni couleur, sur lequel le nez et la bouche étaient à peine esquissés. Ses yeux étaient réduits à deux trous en amande. Cette prothèse sans expression était fixée, comme la visière amovible d'un heaume, sur un casque de fer noir recouvrant entièrement son crâne et son cou. De la sorte, aucune parcelle de sa peau n'était visible. Quant à l'ensemble, il inspirait un indéfinissable rejet confinant à l'exécration.

— Comment faut-il faire ? répéta-t-il.

J'éprouvais encore des difficultés à respirer et j'avais le cœur au bord des lèvres. Si j'avais voulu fuir, je n'en aurais pas eu les jambes. Pour un peu, j'aurais imploré pitié pour une torture qui n'avait même pas commencé.

Des bruits retentirent dans l'escalier : cliquetis métalliques, éternuements, grondements... Plusieurs guerriers pénétrèrent dans la salle. J'eus un nouvel accès de frayeur en découvrant qu'il s'agissait d'orques, pas des *mi-* ni des *sous-*, de vrais spécimens humanoïdes, 100 % non-humains. Ils m'apparurent tels que Frégainthe me les avait décrits un soir, devant le feu de notre bivouac. C'étaient des colosses de deux mètres, taillés comme des bourreaux médiévaux. Leur peau gris anthracite et caoutchouteuse faisait de leur figure un masque sans ride ni expression, où ne se distinguait que le scintillement aigu de leurs prunelles. Leur armure était en croûte de bitume, naturellement, mais elle se distinguait par l'ajout sur les épaules et autour de la taille de bandes de fourrure noire (du loup à poil ras ? Plus sûrement du rat). Cela m'amena à déduire qu'il s'agissait probablement d'officiers de la garde personnelle de l'Immonde.

L'effet de la kozmariste était puissant à en juger par leurs raclements de gorge incessants et leur respiration saccadée. Mais de toute évidence pas encore assez puisqu'ils étaient là. Tout à coup, je repensai à Lizlide qui m'attendait au sommet de la tour, et un terrible désarroi m'étreignit. Je ne craignais pas pour sa vie, car je savais qu'elle ne se laisserait pas attraper. Par contre, j'imaginais sa détresse de me savoir piégé. Décidé à en finir rapidement, je reportai mon attention sur l'Immonde. L'instant suivant, ma velléité fut balayée par un défaitisme absolu. J'en avais les larmes aux yeux. Les orques émirent quelques sons en arth-neuhm. Leur souverain se contenta en guise de réponse de lever la main gauche. Aussitôt, ils reculèrent et refermèrent la porte en quittant la salle.

— Donnez-moi le secret, exigea une nouvelle fois l'Immonde.

Que pouvais-je lui répondre, puisque je l'ignorais ? Je me voyais mal le lui avouer, encore moins en inventer un. En attendant de trouver une issue, je pouvais toujours tuer le temps.

— Pourquoi le ferais-je ? demandai-je.

— Parce que ce secret appartient à l'Immonde. Il doit lui donner le pouvoir qui lui manque.

— Quel pouvoir ?

— Celui de la vie.

Cette révélation m'intrigua. Que voulait-il dire ? Une réponse de bon sens me vint à l'esprit : s'il représentait la mort, en s'appropriant le pouvoir d'engendrer la vie il devenait l'égal de Dieu, étant admis que Satan est dans la hiérarchie des puissances divines l'égal du Tout-Puissant, moins un petit quelque chose qui le décale irrémédiablement (comme le mot lui sied bien !) au rang inférieur. Dieu est le 7 et lui, le 6. La différence est peut-être là, dans le don de la vie...

— Quand bien même pourrais-je vous donner ce secret, enchaînai-je, qu'en feriez-vous puisque vous représentez l'exact contraire de la vie ?

Il releva la tête, et les deux trous noirs de ses yeux me fixèrent. J'avais touché un point névralgique, me dis-je. Mais sa voix morne ne me laissa pas l'espérer longtemps.

— Comment faut-il faire ? reprit-il.

Ce dialogue était assez déroutant, car j'avais l'impression que l'Immonde attendait une réponse, dont la teneur l'indifférait totalement. Je me l'expliquais ainsi : il était un néant émotionnel, une machine, même si l'on pouvait envisager qu'elle fût biologique. « En ce cas, qui le manipule ? », pensai-je.

— Si je vous le dis, que me donnerez-vous en échange ?

— Rien.

La réplique tomba comme un couperet de guillotine, comme l'annonce d'une maladie incurable. J'éprouvai alors une terrible lassitude. Cette discussion ne rimait à rien. Elle était sans issue, absurde, parfaitement vaine. Je me demandai comment je pouvais espérer sortir vivant de cet endroit, sachant qu'il était aux mains des orques. En la présence de cette créature, peut-être devrais-je dire *anti-créature*, je me sentais gagné par une insondable détresse, un engourdissement des sens et de la pensée. Peu à peu, insidieusement, je perdais l'envie d'argumenter, la volonté de combattre.

— Bien sûr, dis-je avec dépit, puisque vous ne savez donner que la mort.

— L'Immonde ne donne rien, il ne sait que prendre.

— L'Immonde n'est rien, voilà la vérité ! m'exclamai-je dans un sursaut de résistance. Rien qu'une illusion, le négatif de la réalité. C'est pour cela que vous ne pouvez dire *je*. Vous n'avez pas d'âme, pas d'existence... vous n'êtes pas vivant, même pas réel ! Et pourtant je vous parle, me lamentai-je. Mais alors qui êtes-vous ? Qu'êtes-vous ? Répondez ! Répondez et vous aurez votre secret !

Je le fixai, effaré par ce que j'étais en train de comprendre. Lui restait immobile, silencieux, infiniment patient. Je baissai les yeux et vis à la surface du mercure l'image de mon buste, et de l'autre côté... rien ! Pas même une ombre. Ce fut comme une illumination ; à cet instant, je pensai avoir découvert le mystérieux secret. Fatale erreur ! Dans le même temps, je réalisai que ce n'était pas à l'Immonde qu'il était destiné, mais à moi ! Je n'en revenais pas. C'était si simple, si logique et pourtant si incroyable ! Encore que... J'étais dans un infinimonde de l'imaginaire...

— Je vais vous dévoiler le secret de l'Immonde, annonçai-je brusquement, délivré de toute peur. Ou plutôt, c'est la vasque du Destin qui va le faire, ainsi que je vous l'ai dit tout à l'heure.

— Que faut-il faire ? répéta l'Immonde comme une mécanique.

— Observez le mercure et formulez à voix haute cette question : qui suis-je ? La réponse qui vous sera donnée, et que vous attendez comme le messie, élucidera ce mystère, ironisai-je, convaincu que la vasque ne reflèterait que le néant.

Sans hésiter, l'Immonde se pencha légèrement au-dessus du bouclier renversé, puis prononça de sa voix monocorde :

— Qui suis-je ?

J'étais persuadé que la vasque répondrait que l'Immonde n'est rien, et que cela provoquerait son autodestruction.

Contre toute attente, une image se forma à la surface du métal liquide. Je restai un moment ahuri, ma raison ne parvenant pas à admettre ce que mes yeux voyaient pourtant clairement. Puis soudain, j'éclatai d'un rire nerveux. Aussi extravagant que cela paraisse, je découvrais que je tenais la clé du mystère de ce monde, et ce aussi loin que l'on remontât dans son histoire.

33

Une coquille vide

Lizlide avait atteint les limites de ses forces. Son étranger ne revenait pas et le dragon était sur le point de briser les chaînes de sa soumission. Dans le ciel aussi, les événements se précisaient. Le spécimen noir, apparu quelques minutes plus tôt, avait été pris en chasse par les deux équipages lancés en appui des pirates de l'air par le capitaine Azrathorm (contraint et forcé). Ce ballet aérien n'avait fait qu'accélérer l'approche de l'ennemi et renforcé l'excitation du dragon qui, sur le parapet de la tour, battait des ailes sans oser encore décoller. Soudain, surgirent sur la terrasse plusieurs orques, armés d'épées ou d'arbalètes. Leur essoufflement, en grande partie dû à la kozmariste, ne leur permit pas de se précipiter immédiatement sur Lizlide. Comprenant que la partie était perdue, au moins provisoirement, l'elfe se résigna à grimper sur la monture surexcitée. Elle eut à peine le temps de se sangler sur la selle que le dragon déployait ses ailes (dans lesquelles vinrent se ficher plusieurs traits d'arbalète). Puis il bascula dans le vide afin de prendre sans effort un maximum de vitesse.

Lizlide tenta de lui ordonner de rester à proximité de la tour, mais sa voix avait perdu tout pouvoir. Alors, les yeux fermés, elle se laissa emporter et fut bientôt prise d'un malaise qui acheva de la réduire au silence. Dans sa demiconscience, elle perçut les cris des monstres ailés qui s'entre-déchiraient, les brusques manœuvres d'évitement, les vrilles et les chocs. Elle finit par perdre complètement connaissance. La chance voulut qu'aucun autre dragon noir ne vînt se mêler à ce combat aérien. Les chevaliers-dragon purent ainsi rapidement débarrasser le ciel de son unique danger. Après quoi, ils escortèrent jusqu'à leur base le spécimen détourné qui portait sa cavalière effondrée sur son cou.

Dans le cirque de casernement, les trois Litiths eurent d'abord un élan de joie en apercevant l'escadrille qui revenait au complet. Mais bien vite, ils se rendirent compte que Lizlide était dans le coma, et seule ! Une fois les animaux posés, ils se précipitèrent pour prendre en charge la jeune elfe et la porter dans la chambre du capitaine Azrathorm. Là, ils l'étendirent sur l'étroite couche.

Lizlide demeura inconsciente quelques minutes, puis ouvrit les yeux d'un coup. Elle se redressa vivement.

— Thédric ! Où est Thédric ? interrogea-t-elle en jetant des regards affolés autour d'elle.

— Il n'était pas avec vous, répondit Longtothe. Que s'est-il passé ?

L'elfe parut à nouveau sombrer. Elle se rallongea et resta un long moment haletante, le visage crispé de douleur. Elle eut tout de même la force de déclarer :

— C'est lui qui détient le secret de l'Immonde.

Les Litiths ne parurent pas étonnés par cette révélation, car Longtothe avait reçu des Ancêtres le message clair que cet homme n'était pas un étranger ordinaire, qu'il jouerait un grand rôle dans le destin du royaume et devait être aidé. Le chef ne put maîtriser son impatience et pressa la jeune femme de questions :

— Pourquoi avez-vous échoué ? Qu'est-il arrivé à Thédric ? Est-il mort ?

Elle hocha négativement la tête.

— Non, répondit-elle.

— En êtes-vous certaine ?

— J'entends battre son cœur dans le mien. Tant qu'il en sera ainsi, nous saurons qu'il vit.

Longtothe voulut poursuivre l'interrogatoire, mais Ergonthe lui conseilla de laisser la rescapée se reposer. Ils sortirent de la pièce.

— Que devons-nous faire s'il ne reste aucun espoir de revoir l'étranger ? interrogea Frégainthe.

— Retourner auprès des nôtres, répondit gravement Ergonthe, et combattre.

— Et Lizlide ? demanda encore son frère.

— Si elle peut voyager, mieux vaut qu'elle vienne avec nous. Elle pourra retrouver les siens et peut-être se joindre aux armées du royaume.

— C'est dit, conclut Longtothe, nous partirons dès qu'elle sera en état de monter Armaintho.

Dans le même temps, ma confrontation avec l'Immonde s'était poursuivie, prenant une tournure inattendue, digne des plus terrifiants cauchemars. J'avais donc découvert ce mystérieux secret dont j'étais l'inconscient détenteur, et je pensais qu'il me restait à en faire bon usage. Encore fallait-il que je vive assez longtemps pour cela. Or j'étais coincé dans la gueule d'un loup qui n'avait qu'à refermer les mâchoires pour mettre fin à mon *raid émotions fortes au royaume des Sept Tours*. Je ne m'étais pas résigné à mourir, pourtant il me vint cette pensée saugrenue : « Ce n'était pas la peine de payer l'option *rapatriement du corps* en cas de décès. » La voix de l'Immonde me tira de cette réflexion :

— Maintenant que je puis me nommer, mon pouvoir va s'étendre jusqu'aux confins du royaume.

Cette déclaration me provoqua une douloureuse montée d'angoisse, car il disait vrai. Sans avoir besoin d'interroger la vasque du Destin, compte tenu de ce que je savais désormais, j'entrevoyais le déroulement du désastre. Il commencerait par la défaite des armées alliées, lors de la bataille d'Isparine qui allait prochainement s'engager. Il se poursuivrait par des massacres, sans doute même des génocides, et s'achèverait par la transformation du royaume en Monde noir.

— Que vont devenir les étrangers ? demandai-je.

L'Immonde émit un rire. Sa voix avait un peu changé, prenant des inflexions plus « humaines » et d'autant plus effrayantes. Rempli de son secret sur lequel il pouvait désormais mettre un nom, il commençait à prendre vie. Il finirait par obtenir un visage et quand son incarnation serait achevée, il serait le nouveau Seigneur noir. Je compris pourquoi les légendes le confondaient souvent avec l'Immonde. Le Seigneur noir était donc une créature de chair, dotée d'une individualité (comme le fut Uzlul en son temps), concentrant toutes les perversités, à commencer par l'instinct de conquête. Dans la continuité de mon « éveil », je réalisai qu'en révélant à l'Immonde le mystérieux secret, je lui avais fourni l'image dont il avait besoin pour se construire et j'avais, de ce fait, scellé le sort du royaume. J'étais le géniteur du Seigneur noir. L'horreur absolue !

La panique me saisit à la gorge, tel un gosse qui aurait par mégarde mis le feu aux rideaux. Il fallait réagir, éteindre l'incendie, remonter le cours du temps pour effacer cette effroyable bévue. L'Immonde émit à nouveau un rire, un rire de victoire. Il m'avait oublié. Il naissait.

Au comble de l'affolement, je tirai l'épée. La brandissant à deux mains, j'attaquai sans réfléchir ce monstre qui n'esquissa même pas un geste de protection. Mon coup, mal maîtrisé, le frappa à la poitrine du plat de la lame et ne le fit que reculer d'un pas. Il resta bras ballants, comme figé de stupeur. Je levai à nouveau mon arme, et d'un mouvement circulaire le décapitai. Sa tête roula avec un bruit métallique jusqu'au mur contre lequel elle buta. Elle s'immobilisa, masque tourné vers moi et me fixant de ses yeux vides. Je détournai le regard. L'Immonde sans tête était face à moi, parfaitement immobile. Je m'approchai et constatai avec effarement que son col n'était qu'un trou obscur, son corps une statue creuse. J'y enfonçai mon épée qui ne rencontra aucune résistance. Il ne vacilla pas. Cette coque de croûte de bitume était donc vide. L'Immonde n'avait pas de corps.

D'un coup d'épaule, je le renversai au sol, lui arrachai son plastron, puis piétinai la chemise et le pantalon qui s'étalaient sous mes yeux, telle une dépouille de peau molle. Tout cela m'inspira un dégoût sans nom. Je pris un peu de recul et songeai que je venais d'une pichenette de déboulonner le mal. C'était stupéfiant et pourtant logique puisqu'il n'était qu'une illusion de puissance.

Mon esprit était en ébullition, mais mon corps frissonnait, car il régnait dans la pièce un froid glacial. Une nouvelle réflexion me vint sur la nature du mal : « Comme la nuit et le froid, il demeure. Vigilant. Omniprésent. Toujours prêt à mordre. » Je devais donc m'attendre à ne pas en avoir fini avec lui. Dans l'immédiat, c'était des orques que je devais me préserver. J'explorai la pièce du regard, à la recherche d'une improbable issue, puisqu'il n'y en avait aucune autre que la porte d'entrée. Je m'y rendis et l'entrouvris avec prudence. De haut en bas de la tour résonnaient des éclats de voix. Lizlide avait dû fuir. Je me retrouvais donc seul, assailli par un engourdissement qui finirait par me paralyser si je ne me décidais pas à déguerpir. L'Immonde était peut-être en train de me vampiriser pour retrouver, sinon une forme, du moins une force. A moins que ce ne fût sa manière d'exprimer sa colère. Je marchais de long en large pour garder la maîtrise de mon corps et de ma pensée. Il devenait urgent que je trouve une solution pour sortir de ce piège à rat, sachant que je ne pouvais le faire que par la grande porte... C'est ainsi que me vint une idée, la seule qui me laissait un espoir de survivre plus de quelques minutes hors de cette pièce.

Je m'empressai de la mettre à exécution.

Un court repos avait suffi à Lizlide pour retrouver toute sa vitalité. Elle se leva et alla rejoindre ses compagnons litiths qui discutaient à mi-voix dans le bureau voisin. Azrathorm était redescendu auprès de ses chevaliers et de leurs dragons. Les trois hommes se levèrent de leur siège à l'entrée de la jeune elfe.

— Lizlide, vous... vous allez bien ? s'enquit Longtothe.

Elle acquiesça d'un signe de tête.

— Pourrez-vous monter Armaintho et voyager avec nous jusqu'à Isparine ?

— Oui, assura-t-elle simplement.

— Alors partons sans délai. La bataille ne va pas tarder à s'engager, et je tiens à ce que les cavaliers litiths aient leur chef à leur côté.

Ils allèrent saluer le capitaine qui paraissait avoir complètement effacé de sa mémoire le détournement d'un de ses combattants ailés, puis ils se hâtèrent vers l'écurie où les attendaient leurs équineds. A l'instant de monter en selle, l'elfe poussa un bref cri, comme si elle avait reçu un coup.

— Qu'y a-t-il ? s'inquiéta Ergonthe en s'approchant.

Elle le dévisagea avec une expression désespérée qu'il sut instantanément interpréter.

— C'est Thédric ? articula-t-il.

Lizlide ferma les yeux, puis resta un long moment silencieuse avant de lâcher dans un murmure :

— Son cœur a cessé de battre.

34

Le nouveau visage de l'Immonde

Après avoir renversé et disloqué l'enveloppe de l'Immonde, j'étais retourné près de la vasque du Destin achever ma mission. En très peu de temps, j'avais réussi à libérer le bouclier de Borhus de ses fixations, puis vidé le mercure. Je constatai alors qu'à l'intérieur se trouvaient toujours les lanières de cuir et la poignée métallique qui permettaient de le maintenir au bras. Elles étaient comme neuves, de même que le métal poli sur lequel ne restaient accrochées que d'infimes billes de mercure. Sa face bombée était richement ciselée de scènes de guerre, et le pourtour orné d'une ligne d'écriture dont les signes pouvaient rappeler les runes germaniques. Je m'arrachai à ma contemplation pour passer à la deuxième phase de mon idée : endosser le costume de l'Immonde.

Sans ôter mes propres vêtements, je passai d'abord la chemise qui m'était un peu grande. Cela n'avait pas d'importance puisque j'allais la porter sous l'armure en croûte de bitume. Rien qu'au touché, ce tissu caoutchouteux me fit grimacer et frissonner, comme lorsqu'on entend des ongles griffer un tableau. Ensuite, je passai le pantalon et la coque rigide du buste qui s'ajusta à peu près sur mes épaules. Enfin, j'enfilai les gants et bouclai le ceinturon à ma taille. Tout en me costumant ainsi, j'étais travaillé par l'envie de vomir, non pas à cause d'une quelconque odeur nauséabonde, mais parce qu'en vérité j'étais terrorisé. J'avais l'impression de me damner en volant la peau de Satan en personne. Et j'avais beau me répéter que celui-ci n'existait pas, j'étais dévoré par la trouille. Mais le pire était à venir : enfourner ma tête dans le heaume de l'Immonde, dont le masque hideux, du fond de la salle, n'avait cessé de m'observer... et de m'attendre. J'allai le ramasser, puis le considérai à la lumière de la lampe à influorescence. Soudain, je me décidai.

Et ce furent les ténèbres !

Plaqué dos au mur, je suffoquai comme un asthmatique. J'étais aveugle ! Une atroce douleur me vrilla le cerveau, puis je distinguai l'Immonde debout devant moi. Il ne portait plus son masque, mais mon visage déformé par un rictus simiesque de cruauté haineuse. J'étais paralysé. Mon souffle se bloqua, mon sang se glaça dans mes veines. C'est alors que je cessai d'entendre mon cœur battre. Je me suis vu m'effondrer et mourir. Le temps se figea sur un instant d'éternité, sur la vision de Lizlide qui, comme un ange venu à mon secours, s'imposa à ma conscience et chassa mon épouvante ainsi que la lumière chasse les ténèbres.

Quelque chose sur mes yeux me gênait. J'ôtai mon gant droit et portai la main au masque sous lequel je respirais avec difficulté. D'un geste brusque, je soulevai la visière-visage. Mon index palpa mon œil droit, puis le gauche... C'était mes paupières que je touchais ! Je les rouvris et ma vision, victime d'une cécité hallucinatoire, redevint normale. Dans la pénombre lugubre, je distinguais au centre de la chambre le piédestal, désormais dépourvu de la vasque du Destin que j'avais plantée en appui contre la colonne. La lumière verte de la lampe luisait sur son métal doré. A gauche, gisait mon épée dans son fourreau, dont je m'étais défait pour enfiler les habits de l'Immonde. Je regardai ma main dégantée, fis bouger mes doigts. J'étais vivant et stupéfait de l'être. Je semblais avoir gardé la maîtrise de mon corps et de mon esprit. Je n'avais plus qu'à me remettre de mes émotions. Je pensai ensuite que j'avais été le jouet de ma propre terreur, un peu comme un alcoolique en plein delirium tremens qui se voit assailli par des araignées et des serpents. De la peur à l'enfer de la folie, il n'y a que la largeur d'un fleuve qu'on traverse sur la barque de l'illusion. J'avais franchi ce Styx. Lizlide me l'avait fait retraverser avant que je ne me perde à jamais.

Ce retour sur terre, si je puis dire, me ramena à des préoccupations guère moins anxiogènes. Il fallait maintenant que je m'enfuie avec la vasque du Destin, en me faisant passer pour le maître du mensonge. Voilà qui ne manquait pas d'ironie. Je m'emparai du bouclier de Borhus et le fixai à mon bras gauche. Ensuite, je sortis dans l'escalier obscur et glacé. Je fus tenté de me rendre au sommet de la tour, mais je me dis que dans cet accoutrement, je ne pouvais guère espérer être secouru par Lizlide, encore moins par les chevaliers-dragon d'Azrathorm, éventuellement présents dans le secteur. Quant à enlever mon casque pour me faire reconnaître... Un éclat de voix dans les étages supérieurs mit fin à mes hésitations ; les orques avaient pris position sur la terrasse et n'en partiraient pas de si tôt.

C'est donc vers le rez-de-chaussée que je dirigeai mes pas, à tâtons, la respiration difficile car j'avais rabattu la visière-visage de l'Immonde.

Quelques étages plus bas, une porte s'ouvrit brutalement à gauche, et trois orques surgirent sous mon nez d'une salle éclairée. Ils se figèrent, comme si je les surprenais en flagrant délit de rapine, ce qui n'était apparemment pas le cas. Ils s'inclinèrent respectueusement, puis l'un d'eux prononça quelques mots en arth-neuhm. Je ne lui donnai bien sûr pas la réplique et me contentai de leur ordonner de passer devant moi d'un mouvement de la main, ce qu'ils s'empressèrent de faire. Ma difficulté fut ensuite de parvenir à respirer en silence, et à descendre ces maudites marches dans le noir complet sans me tordre une cheville, ou pire me casser la figure ! En caméra infrarouge, la scène aurait été cocasse à filmer.

Après une interminable descente, nous parvînmes enfin au bas de l'escalier. Dès lors, ce fut beaucoup plus simple pour moi, car la haute et longue galerie qui menait vers la sortie était éclairée par le rougeoiement des vasques à braises, suspendues aux murs par des potences. Mon escorte prit les devants au petit trot, pour aller tirer les lourds battants de la porte. Une lumière grise envahit la galerie. Les orques sortirent. Leurs lourdes silhouettes guerrières se découpèrent sur un fond blafard.

Le pas auguste, un peu mécanique, je fis mon apparition sur le parvis de la tour du Grand Guetteur. M'attendaient là des dizaines, sans doute même des centaines d'orques en armes qui, alertés à grands cris par mon escorte impromptue, se tournèrent vers moi tandis que s'abattait un impressionnant silence. Priant le ciel que l'éclat de mes prunelles ne me trahisse pas, je me campai devant ces créatures qui s'étaient reculées pour former un grand arc de cercle devant moi.

Il devait être près de midi, mais les nuages d'encre, provenant de la combustion des lacs de bitume et roulant en masse vers le sud, transformaient le jour en crépuscule volcanique. Je vis alors s'avancer vers moi deux grands types filiformes, chauves, au teint gris bleu, vêtus de longues toges violettes. Ils m'apportaient une cape noire en bitume caoutchouteux, qu'ils fixèrent à mes épaules. Je serrai les poings pour qu'on ne voie pas mes doigts trembler. Ensuite, quand mes « valets » se retirèrent, je ramenai d'un geste impérial les pans de la cape devant moi. En tournant légèrement la tête vers la droite, j'aperçus une troupe de cavaliers qui devaient être les terribles orques-seigneurs, dont Frégainthe m'avait fait un jour une description dantesque. Ces monstres de guerre appartenaient à une race différente de ceux qui les environnaient et qu'ils dominaient hautainement, juchés sur leurs lourds équineds à robe brune. Certes, ils avaient eux aussi la peau anthracite.

mais leurs traits étaient beaucoup plus fins et réguliers, et leur corps, tout aussi musclé, était plus élancé. Ils portaient les cheveux longs, pour partie ramenés en chignon sur l'arrière du crâne. Deux longues tresses coulaient sur leurs épaules et leur cuirasse noir mat. Ils étaient imberbes, sans sourcils et avaient le front haut, ce qui leur donnait une figure inexpressive de poupée infernale. Leur allure générale ne donnait vraiment pas envie de les approcher. Ils avaient attaché leur casque à leur selle et portaient au côté une épée à large lame.

J'eus une nouvelle montée d'adrénaline quand on m'apporta ma monture. Je n'avais jamais vu un équined aussi noir. Ses crocs, brillants de salive, ressemblaient à des pointes de réglisse. Il me les montrait à la manière d'une panthère, ce qui me fit craindre qu'il ait senti mon odeur de viande fraîche. Les écuyers (équipés de protections en croûte de bitume qui leur couvraient tout le haut du corps) avaient du mal à le maîtriser, car il piaffait, bronchait et donnait des coups de dents qui ne claquaient pas toujours dans le vide. Quand il fut près de moi, comme il se montrait toujours aussi excité, un orque-seigneur s'approcha et lui flanqua entre les oreilles un coup de poing ganté de fer qui eut pour effet de le calmer sur-le-champ. Le cavalier gronda quelque chose à mon adresse, du genre : « Voilà, Seigneur, il est rendu à votre autorité. » Je n'esquissai même pas un semblant de remerciement. Les mâchoires crispées, je luttai contre une irrépressible envie de déguerpir en hurlant.

Je m'avançai, agrippai comme je le pus le bord de la selle, enfilai mon pied gauche dans l'étrier puis, avec autant d'aisance que possible, enfourchai la bête. Par chance, mon bouclier était assez léger et solidement arrimé à mon bras pour ne pas me gêner. Je me calai sur la selle et ne bougeai plus. Un spectacle hallucinant s'offrit alors à moi, dont je ne pouvais me rendre compte tant que j'étais à terre. Une armée de plusieurs dizaines de milliers d'orques campait sur les vastes terrains qui s'étendaient au sud de la tour. J'apercevais au loin les dos ronds de bataillons entiers de phantrons, les dômes de centaines de tentes noires, les énormes chars qui allaient transporter sur le front les monumentales machines de guerre. Face à moi, les cavaleries et la piétaille manœuvraient pour dégager une large avenue sur laquelle, déduisis-je, j'allais devoir chevaucher, entraînant à ma suite ces formidables légions du mal. Pris d'un étourdissement, je fermai les yeux et dus déployer une volonté de fer pour m'interdire de penser à ce qui m'attendait quand je me retrouverais face aux Alliés.

Ainsi, après avoir révélé à l'Immonde son nouveau visage, voici que j'amenais à mes amis des nuées d'ennemis gonflés à bloc. Une culpabilité atroce me torturait. Je me sentais aussi vulnérable que Petit Gibus dans *La Guerre des boutons*. « Si j'aurais su, j'aurais pas venu », pensai-je. Et voilà que « mon » armée me gratifiait d'une ovation, dont la vibration dut retentir jusqu'aux oreilles d'Akys III…

35

Le cavalier noir

Lizlide n'avait pas souhaité rejoindre les compagnies elfes, dont beaucoup avaient déjà pris position dans les forêts alentour pour décimer tout ennemi qui s'y aventurerait. S'étant armée d'un arc et d'un carquois, elle avait préféré rester avec Ergonthe et Frégainthe. Elle n'avait donné aucune justification à son choix, et les deux frères ne lui en avaient pas demandé. Ils lui avaient promis de la protéger, jusqu'à ce qu'elle éprouve le besoin de retourner auprès des siens. Sans doute avaient-ils perçu l'espoir qui demeurait dans son cœur à sa manière de contempler l'horizon, vers les terres du Nord, comme si son étranger pouvait encore en revenir. Pour Longtothe, le sort de ce courageux garçon était réglé, et avec lui le projet de rapporter la vasque du Destin. Akys III, qui avait eu vent de cette expédition malheureuse, était entré dans une colère noire, allant même jusqu'à menacer le clan litith de l'exclure de la Coalition. Convoqué pour s'expliquer, Longtothe avait accusé l'affront en quittant la tente du généralissime sans le saluer. Plus tard, le Premier écuyer du frère-seigneur était venu transmettre un message d'apaisement, auquel le chef litith avait eu la sagesse de répondre par des excuses. A présent, chacun attendait son heure, le regard rivé sur l'ennemi qui formait au fond de la plaine une mer de cafards grouillants.

Les cinq autres frères-seigneurs avaient rejoint le front, faisant installer leur campement quelques kilomètres en arrière des lignes. Ils allaient bientôt devoir se montrer sur la crête dominant le champ de bataille, lorsque résonneraient les premiers tumultes.

Lizlide et les commandants de compagnie lititlis attendaient sur leurs équineds, en retrait des premières lignes de fantassins. Ils observaient la plaine depuis une petite élévation qui formait un court plateau en pente douce, offrant face au nord un escarpement rocheux de quelques dizaines de mètres. Il y eut soudain un claquement derrière eux, suivi d'un vrombissement. Ils levèrent les yeux et suivirent du regard la trajectoire en cloche d'un énorme boulet de pierre, qui alla ravager le potager d'une fermette, avant de faire exploser le bâtiment.

— Les artilleurs règlent leurs machines, expliqua Ergonthe à Lizlide qui ne paraissait pas comprendre la finalité de ce tir.

Un long silence suivit, seulement troublé par le mugissement des projectiles que lançaient ici et là les catapultes de la Coalition. A l'horizon, le soleil commençait à ensanglanter les montagnes de Mystéria. En même temps que l'ombre des pics dévorait la plaine d'Isparine, la tension montait dans les cœurs, et pas seulement ceux des humains. Dans un bois placé en avant de la ligne de front alliée, était dissimulée une compagnie de cavalerie lourde (des phantrons de combat, de la taille d'un mammouth). Deux mâles particulièrement impatients d'en découdre échappèrent au contrôle de leur cornac. Après avoir semé la panique autour d'eux et renversé quelques arbres, ils surgirent à découvert et foncèrent vers le nord, éperon de bronze pointé vers l'ennemi. Après une chevauchée infernale, ils pénétrèrent dans un camp orque, comme dans un champ de blé, où ils disparurent en détruisant tentes et chariots sur leur passage.

De tels incidents se multipliaient à mesure que le crépuscule avançait. Bientôt, les escarmouches annonçant le début de la bataille allaient commencer, que suivraient les premiers assauts de masse. La plaine se couvrirait peu à peu de foyers d'incendie, à la lumière desquels se dérouleraient de nombreuses échauffourées. Cela durerait sans doute jusqu'à l'aube. Alors, les généraux des deux camps analyseraient les résultats de cette nuit de combats et adapteraient leur stratégie. On se donnerait la matinée pour cela. Ensuite, la guerre reprendrait, pour ne cesser qu'à l'anéantissement d'un des adversaires.

Le chef des cavaliers litiths rejoignit enfin ses officiers sur l'éperon herbeux. Il portait le masque de la colère.

— Nous n'avons toujours pas l'ordre de nous déployer, annonça-t-il d'emblée. Si Akys III croit ainsi nous pousser à la faute, il se trompe lourdement.

— Ce qui signifie ? s'enquit Ergonthe.

— Qu'on ne bouge pas ! La vue est très belle d'ici. Alors admirons le paysage jusqu'à ce que l'envie nous prenne d'aller nous offrir quelques têtes d'orques.

Aucun des trente chefs de familles présents n'y trouva à redire, bien au contraire, car tous savaient que cette première nuit de bataille verrait se massacrer la piétaille des deux camps dans le plus grand désordre et sans gloire. Eux préféraient les coups d'éclat où se renversent les situations désespérées et se gagnent les places au Walhalla des Litiths.

Lizlide eut alors un étrange comportement, qu'Armaintho répercuta par une soudaine nervosité : elle avança jusqu'au bord de l'à-pic et se mit à scruter, sourcils froncés, un point précis de l'horizon.

— Que se passe-t-il ? demanda Ergonthe en venant se placer à sa droite.

— Ils arrivent.

La vue des elfes est d'une telle acuité qu'il fallut plusieurs minutes aux cavaliers pour distinguer à leur tour, loin dans le paysage, les mouvements de troupes adverses. Grand fut leur étonnement : cette armée ne progressait qu'en un seul point, entraînée par un puissant contingent d'orques-seigneurs précédé d'une minuscule silhouette noire.

Une rumeur commença à parcourir les rangs de la Coalition : « Ils attaquent au centre ! », criait-on un peu partout. Cela signifiait que l'ennemi s'apprêtait à percer le front, telle une pointe de lance une poitrine sans protection. On pouvait craindre qu'ensuite il parvienne jusqu'au cœur, c'est-à-dire au camp des frères-seigneurs afin de le ravager et, sans doute, de s'emparer des souverains eux-mêmes. La perspective de voir le royaume ainsi décapité provoqua un tel affolement que de nombreux soldats quittèrent leur position pour barrer la route à l'assaillant. Lui-même saisi d'inquiétude, Akys III mit du temps à réagir. L'idée lui vint d'engager les bataillons lititbs stationnés à l'est, et simultanément la cavalerie lourde positionnée à l'ouest, dans une opération cisaillante, dont l'objectif serait de trancher la tête d'attaque orque, une fois celle-ci enfoncée dans les lignes alliées. L'espoir revint. Le généralissime appela un héraut pour dicter ses ordres à Longtothe, puis il se ravisa. Après réflexion, tout en se caressant la barbe, il décida de changer de tactique et communiqua ses instructions, que le chevaucheur s'empressa d'aller transmettre à son destinataire.

Le chef lítith n'en avait nul besoin pour savoir ce que devaient faire ses hommes.

— Frégainthe, que nos frères se préparent. Une glorieuse chevauchée nous attend.

Tandis que le cavalier tournait bride, le héraut du généralissime arriva et délivra son message.

— Nous masser au centre ! s'exclama Longtothe. Se moquerait-il de nous ?

— C'est pourtant bien ce que souhaite Sa Seigneurie, confirma le héraut.

— Eh bien, faites savoir à Sa Seigneurie que les cavaliers lititbs détestent les sacrifices inutiles. Nous attaquerons au moment opportun, par un mouvement fauchant qui fera tomber la tête du dragon. Que nos Alliés se préparent ensuite à repousser le reste de la bête.

Et comme le messager montrait de l'indécision, il conclut :

— Et veuillez présenter mes profonds respects à notre bien-aimé généralissime. Allez, mon garçon, courez ! Vous faut-il une claque sur la croupe ?

Le jeune homme inclina sèchement la tête et s'en retourna au galop.

Au bord de l'escarpement, Ergonthe demeurait près de Lizlide, et bien qu'il n'eût rien perdu de ce qui se disait derrière lui, il ne manifesta aucune réaction. Il percevait et partageait la tension de l'elfe.

— C'est lui, murmura-t-elle.

Il tiqua, puis plissa les yeux pour mieux distinguer ce cavalier noir chevauchant seul devant les orques-seigneurs.

— Que je devienne aveugle sur-le-champ si ce n'est pas l'Immonde qui mène l'attaque ! s'exclama-t-il, abasourdi.

— Ce n'est pas l'Immonde qui vient à nous, le contredit l'elfe.

— Que voulez-vous dire ?

Lizlide tourna vers le guerrier son visage d'albâtre, auquel la splendeur orangée du soleil couchant donnait un teint de rose à peine éclose. Ses yeux noirs exprimaient une joie indicible, que seul un esprit fin et sensible comme celui d'un Litith était capable de percevoir. Ergonthe reporta son attention sur le chevalier dont le bouclier d'or créait un singulier contraste. Il avait encore accru son avance sur le contingent orque.

— C'est lui, répéta Lizlide, à présent sûre de son intuition.

— Mais comment est-ce possible ?

Une ombre d'inquiétude passa sur le visage d'Ergonthe.

— Est-il au service de l'ennemi ?

— Non. Il nous apporte la vasque du Destin.

Le Litith mit un moment avant de parvenir à comprendre, ou plus exactement à croire ce qui pourtant ne souffrait plus de doute. C'est alors que Lizlide ordonna à Armaintho de faire volte-face.

— Il va avoir besoin de nous ! cria-t-elle.

Secouant sa stupeur, le cavalier se retourna vers Longtothe que ces échanges avaient plongé dans la plus grande perplexité, et lui révéla que ce cavalier au bouclier vermeil n'était autre que... moi !

36

Retrouvailles mouvementées

Transpirant et suffocant sous mon masque, je chevauchais à allure soutenue sur un animal qui sans cesse tentait d'échapper à mon autorité. Et pourtant j'exultais. Sans avoir prononcé une parole, j'avais entraîné derrière moi des dizaines de milliers de guerriers, parmi les plus féroces que l'imagination puisse concevoir. Je ne pouvais m'empêcher de penser au petit bonhomme que j'étais dans le *vrai-monde-où-l'on-s'ennuie* (comme dirait Olivier Rameau, le célèbre héros de bandes dessinées), et que mon existence d'étudiant parisien m'apparaîtrait bien fade et médiocre après une telle expérience. Je me laissais donc aller à l'euphorie d'un sentiment de puissance impériale qui me gonflait d'orgueil. J'étais Guillaume le Conquérant, Alexandre le Grand et Gengis Khan réunis.

Mais tout à coup, quand m'apparut sous un ciel rougeoyant l'immense armée de la Coalition, ma morgue se réduisit comme peau de chagrin. Une succession de légions hétéroclites s'étendait d'un extrême à l'autre du paysage. A l'ouest, le long de la forêt des Titans, trépignait le contingent des phantrons lourds, une véritable muraille vivante destinée à la protection d'Isparine. Au sud, les troupes en armure, d'où émergeaient les lances et les étendards, formaient un tapis d'étincelles. Sur le flanc est, les crêtes étaient hérissées d'artillerie lourde, protégée par plusieurs lignes de défense, avec fossés plantés de pieux à l'oblique. J'aurais aimé pouvoir m'arrêter pour contempler ce spectacle digne d'un péplum en Cinémascope, reprendre mon souffle et surtout réfléchir à ce que j'allais dire pour ne pas être criblé de flèches, mais c'était impossible. Du coup, ma chevauchée d'empereur romain se transforma en fuite en avant, avec pour terme le bord d'un gouffre.

Parvenu à moins de cinq cents mètres des troupes de première ligne, les orques-seigneurs me dépassèrent. Ils brandissaient leur épée en poussant d'effrayants cris de guerre. Je réalisai avec effroi qu'ils partaient à l'assaut, alors que mon intention était de les stopper bien avant le contact. Ensuite, j'espérais m'avancer seul vers mes amis (leurs ennemis), comme si j'avais eu un message à délivrer avant d'engager le combat. Comment interrompre cette charge ? Reprendre les devants en talonnant ma monture ? Cela ne pouvait que stimuler davantage les orques. Laissant parler mon instinct, je me dressai sur mes étriers et poussai un hurlement de bête, à m'en rompre les cordes vocales. Et je recommençai, les bras en croix pour signifier que je n'appréciais pas qu'on me double ainsi. Les orques-seigneurs les plus proches de moi reçurent mon ordre cinq sur cinq et le répercutèrent aux autres. Ensuite, de proche en proche, se diffusa mon message, que je renouvelai pour la forme :

— RRRHÂÂÂÂ ! RHÂ-ÂÂÂ ! ! !

Déconcertés, mes chevaliers de l'Apocalypse rompirent le galop. Ils tournèrent vers moi leur face de poupée déconfite, et nombreux furent ceux qui m'interpellèrent en arthneuhm. Même les équineds manifestaient leur incompréhension. Tout autour de moi résonnaient les souffles rageurs qu'ils expulsaient par leurs narines dilatées, et les chocs sourds de leurs pattes griffues frappant et lacérant le sol. Je me rassis puis, de ma main libre, ordonnai à mes troupes de s'arrêter. Un orque-seigneur, sans doute un officier de haut rang, s'approcha pour m'interroger. Je feignis de l'ignorer, puis talonnai ma monture et m'éloignai sans me retourner. Mais je sentais, plantés dans mon dos, les regards déconcertés et déjà méfiants des cavaliers noirs.

Dans l'autre camp, on avait du mal à interpréter ce qui se passait du côté de l'ennemi. Akys III, juché sur un superbe équined gris à longue crinière soyeuse, croisa les bras :

– Qu'est-ce qu'ils fichent ? se demanda-t-il.

Il aperçut alors le contingent litith faire mouvement depuis le flanc est vers le centre. Il s'étirait au pied des coteaux en une longue colonne, comme si finalement il s'était soumis à son ordre de faire barrage à l'attaque frontale.

– Et eux ? lança-t-il encore.

Le frère-seigneur n'était pas au bout de son étonnement. Il observa avec satisfaction les farouches guerriers défiler sous ses yeux, puis se positionner à quelques centaines de mètres en avant des bataillons de fantassins attendant leurs ordres, massés dans les champs et les prés. Mais il afficha un air ahuri en voyant un groupe de quelques cavaliers se détacher de la troupe pour se porter à bride abattue à la rencontre du cavalier noir, qui lui-même approchait au galop.

Son écuyer accourut lui annoncer :

– Votre Seigneurie, les frères-seigneurs sont arrivés.

– Et alors ! Qu'est-ce que vous voulez que ça me fasse ! s'écria Akys III. Arphindrite, Elgol, Favide ! appela-t-il.

Trois officiers supérieurs en armure bleue, casque sous le bras, approchèrent sur leurs montures.

– Nous sommes à vos ordres, répondit l'un d'eux.

– Allez voir ce que signifie cette mascarade. Et allez-y en force, avec les chevaliers-seigneurs de ma garde personnelle !

Je n'en croyais pas mes yeux. Galopaient vers moi Longtothe, Ergonthe, Frégainthe et, montée sur Armaintho, Lizlide qui portait en travers de la poitrine un arc elfique.

Nous n'étions plus séparés que par un pré. Je fus tenté de faire voler le casque de l'Immonde, puis de saluer mes amis en hurlant de joie. Par je ne sais quelle intuition, je jetai un regard en arrière. Les orques-seigneurs s'étaient élancés à ma suite ! Mon attitude les avait perturbés, et ils commençaient à se douter que « l'habit ne fait pas l'Immonde ». Malgré cela, je ne pus me retenir plus longtemps de soulever mon masque-visière. L'air frais qui fouetta mon visage en sueur fut comme un baume apaisant. Il me fallut quelques secondes pour reprendre un peu de souffle. J'ordonnai alors, peut-être un peu trop sèchement, à mon équined de stopper. Il m'obéit si brutalement qu'il faillit me désarçonner. Il se mit ensuite en position d'attaque : corps en tension, oreilles basses, grondant sourdement... Il avait repéré les équineds adverses. Je sus dès lors qu'il me serait impossible de gagner le camp allié avec lui. Mon elfe perçut le danger et en déduisit qu'on ne devait pas m'approcher de trop près. Elle en fit part à ses compagnons, qui commandèrent aussitôt à leur monture de se mettre au pas. Enfin, nous nous arrêtâmes tous les cinq, séparés d'à peine une trentaine de mètres. Ma monture émettait un feulement continu. Vibrant de rage, elle attendait mon ordre pour se ruer à l'assaut. Je l'avais encore en main, mais je sentis qu'avant peu, l'instinct de combat serait le plus fort.

Longtothe m'interpella :

— Thédric ! Par tous les pères de nos Pères, est-ce bien vous ou votre spectre ?

Je me tâtai le torse de ma main libre avant de répondre :

— Aux dernières nouvelles, j'étais encore de ce monde.

— Alors, qu'attendez-vous pour nous rejoindre ?

— Je vais devoir le faire à pied, en espérant que cette bête ne se mette pas en tête de me prouver son amour dévorant.

Je vis Lizlide s'emparer de son arc et y ajuster une flèche. Je crus qu'elle allait abattre l'équined de l'Immonde, ce qui ne m'aurait pas chagriné le moins du monde. En vérité, la première bataille d'Isparine était sur le point de commencer.

Je sautai à terre et fus saisi d'effroi. Les orques-seigneurs étaient maintenant tout près. C'était une effrayante vague sombre aux visages de cire, tous l'épée brandie à la verticale. Il y eut un chuintement bref au-dessus de moi. L'instant suivant, le cavalier de tête recevait une flèche en pleine poitrine et vidait les arçons. Lizlide avait ouvert le bal de l'horreur.

— Thédric ! Venez ! cria Ergonthe.

Je fis volte-face et me ruai vers mes amis, mais à peine avais-je fait dix pas qu'un coup violent dans le dos m'envoya rouler à terre. L'équined de l'Immonde m'avait renversé d'un coup de patte, comme l'aurait fait une lionne chassant une gazelle. J'étais à présent à sa merci. Je le vis se cabrer, griffes prêtes à lacérer, mais avant qu'il ne s'abatte, une flèche le frappa qui pénétra jusqu'au cœur. Littéralement foudroyé, il s'effondra en un bruit sourd, m'écrasant tout de même une jambe. Je me relevai, puis en boitant rejoignis mes amis. C'est Armaintho qui se trouva le premier devant moi pour m'offrir son dos. Je saisis la main que me tendait Lizlide et montai en croupe. Avec une vivacité quasi surnaturelle, elle tira de nouveau sur un orque-seigneur. Bien que terrassé par une flèche en plein front, il fallut éviter ce monstre comme un boulet de canon.

Nous nous rendîmes compte qu'il était déjà trop tard pour fuir. Nous étions cernés et devions combattre pour mourir dignement. Encore eût-il fallu, me concernant, que je dispose d'une lame. Celle de Lizlide ! me dis-je soudain. Je dégainai l'épée courte alors que ma protectrice abattait un troisième orque. Armaintho manœuvra habilement pour éviter ceux qui se jetèrent ensuite sur nous, tels des kamikazes. Pas un ne parvint à nous atteindre. Jusqu'à ce qu'une lame me rase la joue de si près que je crus un instant avoir été balafré. Je n'eus pas le temps de vérifier que l'agresseur levait à nouveau son bras armé. Je me fendis et sentis ma lame rencontrer un obstacle mou dans lequel elle s'enfonça. J'avais embroché mon premier orque. Tout surpris de mon exploit, je le regardai vaciller sur sa monture, une main plaquée sur le ventre. Son équined effectua un brusque mouvement de recul pour éviter les griffes d'Armaintho, ce qui eut pour effet de faire basculer son cavalier.

Les Litiths déboulèrent en nombre pour stopper la charge ennemie. Dès lors, tout autour de nous, dans un tumulte de cris, d'appels, de cliquetis et de rugissements de fauve émis par les équineds, l'échauffourée vira à la folie furieuse. Je tournais la tête dans toutes les directions, à la recherche de mon orque suivant à embrocher, mais ne vis que des combattants amis. Je m'aperçus ainsi qu'ils s'étaient regroupés pour former un rempart autour de nous, qui nous isolait au cœur de la bataille. Quand par malheur un orque-seigneur parvenait à le traverser, il mourait d'une flèche elfe en plein front.

La voix de Longtothe résonna au-dessus du tumulte :

— Lizlide, avec moi. Nous ramenons Thédric !

Aussitôt, Armaintho s'élança au galop dans le sillage d'une dizaine de cavaliers litiths, dont Ergonthe. Incapable de crier à cause de mon essoufflement, je lui adressai un sourire de reconnaissance, auquel il répondit par un simple regard d'une grande fraternité. Nous vîmes alors arriver, à bride abattue, une cavalerie de plusieurs centaines d'hommes en armure. C'était la garde d'Akys III. Soudain, un vrombissement traversa le ciel. Plusieurs chevaliers-seigneurs valsèrent en l'air, en même temps que d'énormes mottes de terre herbeuse. L'artillerie lourde ennemie venait d'entrer en action.

Curieusement, Lizlide ordonna à Armaintho de stopper. Elle se retourna pour scruter le ciel vers le nord.

— Que fais-tu ? m'inquiétai-je.

— On n'échappe pas au danger en lui tournant le dos.

Je me mis à mon tour à observer l'horizon. La vue de l'elfe était beaucoup plus perçante que la mienne. Heureusement, car trois nouveaux projectiles s'élevèrent au-dessus du champ de bataille. Après une rapide estimation de leur trajectoire, Lizlide nous fit déguerpir de la zone d'impact, bien avant qu'ils ne labourent le sol.

37

Confrontation musclée

Bientôt, le tumulte de ces premiers combats fut loin derrière nous. Nous n'avions plus à craindre la fureur des orques. Tandis que nous attaquions l'ascension de la colline sur laquelle l'état-major allié et les frères-seigneurs s'étaient installés, Longtothe nous avertit que nous allions devoir nous séparer.

— Thédric, Lizlide et moi-même, nous allons voir Akys III. Ergonthe et Frégainthe, rendez-vous auprès d'Onorys VIII. Demandez-lui de convoquer un Conseil des frères-seigneurs afin d'entendre le récit de l'étranger.

Je réagis aussitôt :

— Pardonnez-moi, seigneur Longtothe, mais il ne faut absolument pas que je rencontre le généralissime, du moins pas encore.

— Nous n'avons pas le choix, ce serait...

— Mais vous ne comprenez pas ! le coupai-je. Il va me faire arrêter et enfermer comme un traître. Peut-être même serai-je exécuté sur-le-champ.

— Allons, ne dites pas de bêtise ! Le royaume des Sept Tours a un protocole millénaire. Se présenter en priorité au généralissime après une action de combat est un impératif en temps de guerre. Si vous ne le respectez pas, vous commettrez un affront intolérable à l'autorité du chef suprême des Alliés.

Malgré l'évidence de ces propos, je voulus insister :

– J'entends bien, mais si je peux d'abord parler à Onorys VIII...

– Onorys VIII ne voudra même pas vous entendre ! s'énerva Longtothe. Il exigera qu'on vous jette dans un cachot pour vous apprendre les bonnes manières. Alors, s'il vous plaît, mon ami, faites-moi confiance. Quand vous serez devant Akys III, sachez vous montrer à la hauteur du rôle que vous pensez jouer dans notre guerre.

Voilà ce qui s'appelait une belle mise en boîte. Je n'avais plus qu'à bien me tenir... Certes, mais comment ? J'étais tellement décontenancé que tout l'édifice de farouche détermination, que j'avais bâti lors de ma longue chevauchée en empereur Immonde, s'écroulait comme un château de cartes.

Nous accédâmes au sommet de la colline. Akys III y avait fait monter une grande tente, sous laquelle il tenait ses conseils de guerre. A quelques centaines de mètres, une petite tribune couverte et pavoisée avait été dressée à l'intention des cinq autres frères-seigneurs. Ils y avaient pris place côte à côte, campés en majesté dans leurs fauteuils à haut dossier apportés d'Olsomathe. De sorte qu'ils se trouvaient idéalement placés pour assister au spectacle de la bataille d'Isparine. Je suivis du regard Ergonthe et Frégainthe qui se hâtaient vers eux, et priai le ciel que leur démarche se déroule avec succès.

Nous nous présentâmes devant la tente du généralissime. Des écuyers et valets de guerre se précipitèrent pour s'occuper de nos équineds, et de toute chose dont nous voudrions nous débarrasser. Moi seul, une fois que j'eus mis pied à terre, n'eus droit à aucune prévenance. Et pour cause ! Mon accoutrement terrifiait ces hommes et suscitait une vive hostilité à mon égard.

– Il faudra que je me change rapidement, murmurai-je à Lizlide, ou l'un de ces soldats serait capable de m'assassiner en croyant accomplir un acte héroïque.

— Ta sacoche avec tes habits d'étranger est sur Armaintho, me répondit l'elfe.

Je lui adressai un sourire de tendre reconnaissance.

— Ce ne sera pas la peine, j'ai gardé ma tenue lithithe sous l'horrible peau de l'Immonde, précisai-je.

Nous nous faisions face et pouvions enfin nous regarder dans les yeux. J'étais dévoré par l'envie de l'embrasser, de la serrer contre moi, de lui exprimer combien j'avais eu peur de la perdre à jamais... Tout ce que je pus faire, dans l'état où je me trouvais, fut de la contempler, m'abreuvant de désir à la coupe de ses lèvres délicieuses, m'abîmant avec volupté dans son insondable regard de biche... Le temps aurait dû s'arrêter, mais Longtothe rompit cet échange silencieux pour me mettre en garde :

— Akys III sera à prendre avec délicatesse, Thédric. Le Premier écuyer m'a confié qu'en nous voyant arriver, il est rentré dans sa tente pour nous y recevoir comme si nous étions des généraux orques capturés.

— Je me suis préparé à ce moment, répondis-je pour le rassurer.

En vérité, je n'avais pas la moindre idée de ce que je devais dire ou taire. Même le silence m'était interdit.

Introduits par un chevalier-seigneur de haut rang, nous rejoignîmes donc le généralissime sous la tente. Le souverain était assis dans son fauteuil, placé au fond, face à l'entrée. Visage fermé, impassible, Akys III nous toisa comme un maître de Justice incorruptible et impitoyable. Une table longue encombrée de cartes, de carnets et de liasses de feuilles manuscrites, occupait la partie droite de la tente tandis que la gauche, voilée d'un rideau translucide, avait été aménagée en chambre à l'ameublement spartiate. Outre la dizaine d'officiers et de conseillers présents, la garde rapprochée du généralissime comptait six soldats, plantés de chaque côté du trône. Ils étaient armés d'arbalètes et de lames de tailles diverses, signe que notre hôte ne se sentait pas totalement en sécurité sous son propre toit.

Le chevalier-seigneur nous pria de stopper au centre de l'espace, à cinq mètres d'Akys III. Ensuite, il s'approcha de moi pour me défaire de mon bouclier, ce que je refusai d'un signe de tête. Il n'insista pas. Longtothe planta alors un genou au sol, puis courba la nuque, main sur le cœur. Je l'imitai tout en remarquant que Lizlide à ma droite restait debout, observant avec attention le frère-seigneur qui lui-même soutenait farouchement son regard. Nous nous redressâmes, puis attendîmes que le maître daigne parler, ce qu'il ne tarda pas à faire.

– Je vous écoute, lâcha-t-il.

– Votre Seigneurie, commença le chef litith.

C'est tout ce qu'il put dire. Akys III l'interrompit sèchement :

– Ce n'est pas de vous, seigneur Longtothe, que j'attends des explications.

Mon estomac, déjà affreusement comprimé par le trac, se tordit encore un peu plus. J'allais devoir passer un oral digne d'un tribunal de l'Inquisition. Je me souvins alors que dans ce type de situation, le plus dur c'est le démarrage. Ensuite, les mots viennent tout seuls, avec la crainte dans mon cas de jouer ma tête à chaque phrase. Une pensée me traversa alors l'esprit : il fallait que je me positionne par rapport à mon interlocuteur, non comme un subalterne fautif, mais comme un cavalier litith.

– Votre Seigneurie, je ne saurais parler ainsi recouvert de la peau de l'Immonde. Accordez-moi le droit de m'en défaire.

Akys III parut hésiter quelques secondes, puis il crut sage de m'accorder cette requête. Sans me presser, je commençai par ôter le casque que je déposai à mes pieds. Le masque de fer se rabattit d'un coup en claquant, de telle sorte que ses yeux creux se mirent à fixer le frère-seigneur. Ensuite, je posai en pile devant moi le reste du costume en croûte de bitume, ainsi que le bouclier de Borhus. J'éprouvai dès lors une merveilleuse sensation de délivrance, comme si l'on m'avait déplâtré de la tête aux pieds. Finalement détendu, j'attaquai le récit de mes aventures par mon retour à l'imaginoport, peu avant sa fermeture, évitant de me perdre dans les détails inutiles, restant aussi détaché que possible. C'est quand j'en vins à ma proposition d'expédition à la tour du Grand Guetteur, que je commençai à bafouiller, et Akys III à s'intéresser à ce que je disais. Déstabilisé par mon émotivité, je ne pus m'empêcher de changer de registre, c'est-à-dire de me justifier :

— Bien sûr, je ne suis qu'un étranger, mais je me sentais concerné par cette guerre, comme si j'avais pu y jouer un rôle, même modeste. C'est ainsi que j'ai eu cette idée de...

Je baissai les yeux sur le bouclier de Borhus, que j'avais posé sur les vêtements de l'Immonde.

— De commettre un sacrilège, m'aida le frère-seigneur.

— De faire parler la vérité, rectifiai-je. Puisque la vasque du Destin pouvait nous renseigner sur les motivations réelles de l'Immonde, rien n'interdisait de l'interroger.

— L'avez-vous fait ? me demanda-t-il.

Le visage impénétrable, je gardai le silence de peur de me trahir. Son regard, difficile à soutenir tant il dégageait d'autorité, me sonda comme une caméra thermique. Si je mentais, je savais qu'il le décèlerait, mais lui révéler la vérité serait tout aussi suicidaire. La solution était de manier habilement la langue de bois, comme je l'avais appris dans un livre de communication politique :

— Tel n'était pas mon rôle, Votre Seigneurie, répondis-je enfin. Mon intention était de m'emparer de la vasque et de la ramener à...

Je faillis dire à Onorys VIII. Lizlide sentit mon trouble, car elle se tourna vers moi alors que jusque-là elle n'avait pas quitté des yeux le généralissime.

— A moi ? m'aida Akys III sous forme de question.

— A vous, bien sûr, monseigneur, mentis-je.

Je n'avais pas le choix.

— Continuez, m'invita-t-il.

Je devinai qu'il attendait maintenant que je lui parle de l'Immonde, mais le portrait que je lui en dressai parut le décevoir, et même l'agacer. Il est vrai que j'avais choisi l'option *super-laconique* :

— C'est une coquille vide. Tout ce que j'ai vu de lui est sous vos yeux. Il n'y a rien à dire de plus.

— Que vous a-t-il demandé ?

— Je ne lui ai pas laissé le temps de me questionner.

— Vous mentez ! s'écria Akys III en frappant les accoudoirs de son siège. Il savait que vous étiez l'étranger détenteur du mystérieux secret. Il vous a forcément interrogé.

Je fis semblant de rester perplexe devant ce raisonnement d'une implacable logique.

— Si je suis effectivement un étranger, rien ne dit que je détienne un quelconque secret.

Le frère-seigneur plissa les yeux, comme s'il décelait ma rouerie.

— C'est vous, affirma-t-il d'une voix sourde. Et je suis convaincu que vous avez parlé avec l'Immonde. Pourquoi me le cacher ?

Je hochai la tête. La vraie raison tenait justement au mystère que j'avais élucidé lors de ma confrontation avec l'esprit du mal. Et je ne devais surtout rien en dire à cet homme. Par contre, je pouvais lui fournir une réponse plausible :

— Parce que c'est au Conseil des frères-seigneurs que je dois parler, et non à vous seul.

— En situation de guerre, JE représente le Conseil, répliqua-t-il en appuyant sur le *je*.

— Ce que j'ai à dire dépasse une *situation de guerre*, rétorquai-je. Cela concerne le fondement même du royaume des Sept Tours. Il ne s'agit donc pas d'une information stratégique ni du plan d'une nouvelle arme. C'est... (il me fallut quelques secondes de réflexion pour trouver la formule adéquate.)... c'est LE secret de l'Immonde. Voilà pourquoi, Votre Seigneurie, je ne parlerai que devant le Conseil des frères-seigneurs. C'est ainsi, et dans votre infinie sagesse, vous devez le comprendre, n'est-ce pas ?

Akys III resta de marbre, un temps si long qu'on eût pu croire qu'un petit malin lui avait enlevé les piles. Tout le monde comprit qu'il était en train de prendre une décision capitale. Enfin, il sortit de son inertie :

— Bien, je vois, lâcha-t-il. Chevalier Asmyde !

L'officier supérieur, qui nous avait introduits dans la tente, s'avança.

— Mettez cet homme aux arrêts, ordonna Akys III d'une voix singulièrement tendue. Et désarmez le seigneur Longtothe, ainsi que l'elfe.

38

La terrible décision

Ce que je redoutais s'était donc produit. Désemparé, je restai sans réaction, ce qui ne fut pas le cas de Longtothe, et encore moins de Lizlide. Alors que le premier portait la main à la garde son épée, la seconde avait déjà bondi et plaqué sa lame elfique sous la gorge du chevalier-seigneur Asmyde. L'instant suivant, toutes les épées étaient dégainées et toute résistance vouée à l'échec. Longtothe tenta d'intervenir, mais Akys III le devança :

— Inutile, seigneur litith. Nous ne pouvons laisser libre un homme qui nous arrive du Nord et a endossé la peau de l'Immonde, qui plus est un étranger. Il ne mérite même pas un jugement.

En clair, j'allais être exécuté sur-le-champ, ou au mieux avant la fin du jour. Je lus alors dans le regard de Lizlide une telle détermination que je sus qu'elle n'en resterait pas là. Mais je m'interrogeai sur ses intentions, car elle devait savoir que la menace d'égorger le chevalier-seigneur aurait autant d'effet sur Akys III que si l'otage était un poulet. C'est en la voyant tourner les yeux vers le frère-seigneur que je compris.

— Non, Lizlide, pas ça ! m'écriai-je.

Le généralissime fronça les sourcils, mais avant qu'il réalise ce qui se tramait, il était déjà trop tard : la lame de l'elfe avait changé de gorge. Lizlide se pencha sur Akys III, raidi contre le dossier de son siège, sa carotide palpitant sous le fil de l'épée. Elle lui susurra quelques mots en langue elfique. Il esquissa un mouvement d'acquiescement, puis déclara sur un ton de défi :

— A l'instant même où votre lame aura quitté mon cou, vous serez morte. A quoi bon vous sacrifier pour cet étranger ?

— Ma vie ne vaut pas la sienne. Qu'il parte et ne soit pas inquiété.

— Et vous ?

— Je puis rester des heures ainsi immobile, sans éprouver la moindre fatigue.

Désemparé, je sollicitai du regard l'avis de Longtothe.

— Suivez votre destin, Thédric, sans vous retourner, me répondit-il. Le cœur a ses faiblesses que la raison doit savoir parfois ignorer.

En clair, si je ne saisissais pas la chance qui m'était offerte de gagner un sursis, je trahissais Lizlide qui se sacrifiait pour moi. Je tournai les talons et m'élançai vers la sortie. Une silhouette se découpa soudain dans l'ouverture, et je stoppai net devant un homme aux épaules larges, à la chevelure longue et ondulée, portant une courte barbe blonde. Derrière lui venaient Ergonthe, Frégainthe, ainsi qu'un important aréopage de chevaliers-seigneurs.

— Eh bien, commença ce personnage imposant, je vois qu'on s'amuse bien chez notre généralissime, tandis qu'au-dehors la bataille prend une drôle de tournure.

Autour de moi, les guerriers et la garde inclinèrent la tête pour saluer le nouveau venu. Celui-ci pénétra sous la tente, tel un patriarche rendant une visite impromptue à un parent.

— Je suis désolé de te déranger pendant tes audiences, mon frère, reprit-il, mais il se passe sur la plaine des événements qui requièrent ta présence.

Lizlide rengaina son épée. Mortifié d'avoir été surpris dans cette situation plus qu'embarrassante, Akys III grommela :

— Que viens-tu faire ici, frère Onorys ?

— Les orques reculent.

Interloqué, le généralissime eut du mal à le croire.

— Comment cela ?

— En bon ordre et sans hâte, comme s'ils renonçaient à combattre.

— C'est absurde, lâcha Akys III.

« Pas tant que ça », songeai-je. J'avais une idée assez précise sur la cause de cette retraite, mais je me gardai bien d'en parler. Je réservais mes révélations pour le Conseil. Onorys VIII se tourna vers moi et me dévisagea.

— C'est vous ? lâcha-t-il.

Je crus sentir de la déception dans sa voix. Que s'était-il donc imaginé ? Un colosse aux longs muscles de métal, avec une tête de pitt-bull et des yeux laser capables de découper des tôles comme un chalumeau à protons ? A la réflexion, je le comprenais un peu ; un étudiant en droit de soixante-quinze kilos, ça n'impressionne pas son monde. Je restai de marbre. Onorys VIII s'adressa ensuite à son homologue pour lui annoncer que le Conseil des frères-seigneurs désirait entendre l'étranger, « sans retard », c'est-à-dire dans l'heure. Akys III se raidit encore un peu plus de mortification, mais ne pipa mot. Il avait perdu cette bataille, mais ruminait déjà sa revanche. Quant à moi, en attendant le prochain round, je pouvais souffler et féliciter mes amis litiths qui, une fois encore, m'avaient sauvé la mise.

Lizlide se rapprocha de moi. Je voulus la remercier également, mais l'inquiétude qui se lisait dans ses grands yeux sombres m'alarma.

— De quoi as-tu peur ? demandai-je. La situation semble évoluer dans le bon sens, non ?

— Es-tu certain que le secret de l'Immonde doive être révélé ?

Sa question me surprit, puis elle me fit l'effet d'une bombe. Une fenêtre ignorée s'ouvrait dans mon esprit, éclairant mes certitudes d'un jour nouveau. « Bien sûr que le secret de l'Immonde doit être connu ! », répondis-je en pensée. Pourtant, j'étais désormais pris d'un doute, un doute affreux en forme de choix cornélien. D'un côté taire le secret, mais cela ne permettrait pas de savoir quel éventuel danger il dissimulait. De l'autre, le dévoiler, ce qui revenait à prendre le risque d'ouvrir une boîte de Pandore. L'Immonde pouvait être satisfait, pensai-je, j'étais pris dans les rets de sa duperie. Il m'avait piqué au vif et son venin d'angoisse circulait désormais dans mes veines.

— Sortons, dis-je. J'ai besoin d'air.

Avec plus d'une heure de retard, s'ouvrit le Conseil extraordinaire des frères-seigneurs. Nous avions rejoint leur campement à l'arrière du front, et avions investi la tente la plus vaste. C'était un véritable palais où chaque souverain disposait d'un appartement privé. La réunion devait se dérouler au cœur du chapiteau, aménagé en salle des audiences, où les six frères-seigneurs siégeaient comme à Olsomathe, par trois en vis-à-vis. Pour se faire, deux tribunes à quatre degrés avaient été montées face à face. Normalement destinées à accueillir la centaine de dignitaires et autres chefs de tribu du royaume, elles étaient vides en raison de la guerre. Seuls avaient été autorisés à y prendre place mes amis litiths, Lizlide, ainsi qu'un certain nombre de chevaliers-seigneurs et de conseillers politiques. Au centre de cette arène, à ma demande, la vasque du Destin avait été placée sur un trépied. J'avais aussi exigé qu'on la remplisse de mercure. Je fus conduit devant le Conseil. La tension qui régnait dans cette assemblée restreinte était palpable, et j'avais moi-même beaucoup de mal à maîtriser mon émotivité. En vérité, je n'avais qu'une envie : fuir ! Et qu'une possibilité : rester !

Onorys VIII prit la parole pour m'inviter à me présenter, ce que je fis brièvement. J'enchaînai ensuite sur un récit non moins expéditif de mon périple au royaume des Sept Tours (j'aurais pu dire de mon *raid sensations fortes*), insistant seulement sur le rôle que joua mon séjour chez les

Litiths dans ma volonté de me mêler de ce qui ne me regardait pas. Ainsi, j'en arrivai à ce qui intéressait vraiment mon auditoire : le secret de l'Immonde. Les regards s'aiguisèrent, les doigts se crispèrent sur les accoudoirs et les cœurs se mirent à battre plus vite.

— Messeigneurs, avant toute chose, commençai-je, je tiens à vous dire qu'en achetant mon voyage auprès de la compagnie des *Explorateurs de l'imaginaire*, je n'avais pas, mais alors pas du tout, l'intention d'interférer dans les affaires de ce royaume. Que je sois à l'origine d'une guerre me désole et m'atterre. Je jure que...

— Vous n'êtes pas dans un tribunal, me coupa le frère-seigneur Ovadys VI. Personne ne vous demande de vous disculper ou de vous excuser. Nous avons besoin de connaître le secret de l'Immonde, pas de savoir pourquoi c'est un étranger qui doit nous le dévoiler. Continuez, je vous prie.

J'esquissai un sourire d'approbation. Cette déclaration m'aida un peu à me détendre.

— Les circonstances, qui m'ont lié aux Litiths et aux elfes, m'ont donc amené à m'impliquer dans ce conflit imminent avec l'Immonde, repris-je. Comme vous tous, je me suis demandé ce qu'un étranger avait à y voir et je me suis inquiété du danger potentiel qu'il représentait pour vous. En toute innocence, il m'apparut logique d'utiliser la vasque du Destin pour connaître son identité. Puisque la tour du Grand Guetteur était aux mains de l'ennemi, je ne voyais qu'une opération commando pour la ramener, afin que le Conseil puisse la consulter. N'étant pas de ce monde, je n'étais pas entravé par la dimension sacrilège de cet acte, seulement effrayé par ce qu'il fallait affronter pour le réaliser. Seul, je ne me serais jamais lancé dans une telle entreprise, mais avec les cavaliers litiths et l'aide de cette jeune elfe, je l'envisageai réalisable.

— Vous doutiez-vous alors que vous étiez le détenteur du mystérieux secret ? me demanda un frère-seigneur.

— L'elfe Lizlide l'avait senti et me l'avait dit.

— Pourquoi ne pas en avoir aussitôt informé notre Conseil ?

— Pourquoi ? répétai-je. Parce que...

Je fixais Akys III. Répondre que je craignais d'être arrêté, puis vendu à l'Immonde en échange de quelques mois de paix, revenait à l'accuser et à provoquer un scandale ingérable. Mieux valait noyer le poisson.

— Parce que j'avais besoin d'en être sûr, et que le seul moyen pour cela était de faire parler la vasque du Destin.

Un puissant doute m'étreint soudain : devais-je poursuivre ? Car plus j'avançais, plus se forgeait en moi la conviction que j'étais en train de commettre une bourde monumentale.

— Qu'y a-t-il ? s'inquiéta Onorys VIII.

— Une peur, Votre Seigneurie. Celle qu'en révélant le mystérieux secret, l'Immonde n'en soit que plus fort.

— Qu'est-ce qui vous fait croire ça ?

— Si je le savais..., soupirai-je.

— Continuez, m'invita Onorys VIII avec douceur.

Il me fallut quelques secondes pour surmonter mon trouble.

— Comme vous le savez, je fus transporté au sommet de la tour du Grand Guetteur par un dragon que Lizlide avait...

Je me tournai vers la jeune elfe dont la pâleur me saisit. Ma concentration n'en fut que davantage perturbée. Je devins hésitant, ma voix perdit de sa conviction et les mots me venaient difficilement.

— Nous nous rendîmes dans la salle où était conservé le bouclier de Borhus, repris-je, cherchant du regard un soutien psychologique du côté des Litiths. Je m'y suis retrouvé seul, parce que Lizlide devait remonter près du dragon. C'est alors que l'Immonde est entré. Sur le coup, cette apparition m'a complètement terrorisé. C'était une peur si intense, si viscérale que j'aurais pu en mourir... (Je frémissai à cette évocation.) L'Immonde m'a demandé si j'étais l'étranger qui détenait son secret. Je ne savais quoi lui répondre puisque j'ignorais moi-même de quoi il parlait.

Spontanément, je lui ai répliqué : « Vous n'avez qu'à interroger la vasque ! » A mon grand étonnement, il s'en est approché, puis m'a naïvement questionné sur ce qu'il devait faire. C'est alors que j'ai réalisé que j'étais peut-être, effectivement, la clé du mystère.

Je marquai une pause, car dans ma tête défilait le film de ces événements, avec les douloureuses sensations qui les accompagnaient.

— Ensuite... (j'éprouvais maintenant des difficultés à respirer) ensuite l'Immonde m'a révélé qu'il avait besoin de ce secret pour « prendre vie ». Sur le coup, je n'ai pas compris ce que cela signifiait puisqu'il se tenait devant moi, qu'il bougeait, me parlait, était manifestement doué d'intelligence et doté d'une conscience. J'ai alors ressenti ce qu'était l'Immonde : l'Immonde n'est rien ! Rien qu'une illusion. D'où son impuissance à s'exprimer à la première personne. J'ai d'ailleurs ensuite pu constater qu'il n'avait pas de corps, en le renversant d'un simple coup d'épaule !

Les frères-seigneurs affichaient un air incrédule. Visiblement, je parlais chinois. Pourtant, ils savaient en leur for intérieur que je disais la vérité. En tout cas, aucun n'eut la tentation de tourner mon propos en dérision. Akys III saisit l'occasion pour placer la question qui leur brûlait à tous les lèvres :

— En ce cas, comment le vaincre ?

— Le mystérieux secret ne répond pas à cette question, si c'est ce que vous espérez.

— A laquelle alors ? lança Akys III, presque en criant tant il était nerveux.

— Le mystérieux secret n'est qu'une question et sa réponse.

— Quelle question ? me pressa-t-il, en s'avançant vers moi. Mais à la fin, allez-vous parler !

Ecrasé par son autorité, je m'entendis répondre :

— Qui... Qui est-il ?

Il éclata de rire.

— Nous voilà bien renseignés. Nous savons que l'Immonde n'est rien, mais que la révélation du mystérieux secret doit lui permettre de savoir qui il est. Votre histoire n'est qu'une farce !

Malgré moi, j'étirai un sourire sardonique, faisant écho à son propre ton sarcastique.

— Et pourtant, murmurai-je, épuisé par ce combat que j'avais l'impression d'avoir déjà perdu. Pourtant, tel est bien l'enjeu de cette guerre, ce pour quoi l'Immonde a engagé la quasi-totalité de son armée. Juste pour savoir qui il est, car une fois cette information obtenue...

Je m'interrompis, à nouveau gagné par la peur de prononcer l'irréparable.

— Peut-on enfin savoir qui est l'Immonde ? demanda Remaldys V.

— Si cela peut nous aider à le vaincre, c'est même une obligation, enchaîna Ghoram II, le doyen des frères-seigneurs.

— Rien n'est moins sûr, rétorquai-je. Je ne vous révélerai rien de plus. C'est à vous de...

— Thédric, non ! s'écria tout à coup Lizlide.

Une sensation de froid me fit frissonner jusqu'aux os. La jeune elfe s'était levée et me fixait comme si j'allais perpétrer un crime odieux. Les larmes coulaient sur son visage livide. Elle tremblait comme un animal terrorisé.

— Emmenez cette elfe, ordonna Onorys VIII.

Des gardes s'avancèrent. Je craignis sa réaction, mais elle se laissa faire. Je demeurai ensuite sans mouvement, vidé de mes forces et de toute volonté.

— Thédric, veuillez reprendre, m'ordonna ensuite Onorys VIII.

Je lui fis face pour souffler d'une voix à peine audible :

— Je crois qu'il ne vaut mieux pas.

— Vous n'avez pas le choix.

— Si. Celui de me taire.

— Nous pourrions vous soumettre à la torture, me menaça-t-il.

— Vous savez bien que non.

Akys III se leva vivement pour clamer :

— Il a raison ! Nous ne pratiquons pas la torture au royaume des Sept Tours. Mais c'est sans importance, car nous n'avons que faire de ce maudit secret, puisqu'il ne nous apprendra pas comment vaincre l'Immonde. Qu'il reste dans la tête de cet homme. Qu'il s'en retourne chez lui avec. Je suggère de remettre en fonctionnement l'imaginoport et d'expulser tous les étrangers, sans exception, puis de rompre toute relation avec le monde réel. Nous n'avons pas besoin de lui pour résoudre nos problèmes. Qu'ils partent tous ! Soumettons cette décision au vote et finissons-en !

Un autre frère-seigneur, Amathys Ier, se leva.

— Je m'y oppose ! Il est plus important de connaître d'abord le secret de l'Immonde. Thédric, allez-vous nous le donner, oui ou non ?

Je cherchai à nouveau dans le regard de mes amis lititths un soutien que je ne trouvai pas. J'étais seul, seul responsable du sort d'un monde entier, tel un dirigeant politique pressé par ses conseillers militaires d'appuyer sur le bouton rouge du feu nucléaire. Finalement, je donnai ma réponse :

— Non !

39

L'Immonde avance ses pions

J'étais soulagé. J'avais pris une décision que je n'aurais pas à regretter, même si elle était tardive, beaucoup trop en vérité. Onorys VIII se leva à son tour pour annoncer :

— Très bien, nous nous passerons de vous, étranger. Puisque la vasque du Destin est ici, servons-nous-en pour connaître cette vérité qui vous effraie tant.

Je saluai le Conseil, mais avant d'aller rejoindre les Litiths sur la tribune de droite, je sollicitai l'autorisation de faire une dernière déclaration, laquelle me fut accordée.

— Je sais maintenant, trop tard hélas !, que l'Immonde possède un formidable pouvoir de manipulation. Il utilise les faiblesses de ses victimes pour survivre. J'en suis la preuve vivante ! Il s'est servi de moi jusqu'à ce que je vous livre la première clé du mystérieux secret, cette question si simple et pourtant si funeste : « Qui est l'Immonde ? » Mais il est encore temps de renoncer à la seconde clé, la réponse, que bien sûr je connais. Je peux vous affirmer que si vous souhaitez malgré tout l'obtenir, elle va bouleverser l'ordre de votre monde, comme vous n'en avez pas idée car, dès qu'il sera nommé, l'Immonde s'incarnera. Vous aurez ainsi, malgré vous, servi votre ennemi. Et quand vous vous en rendrez compte, vous pourrez le rebaptiser : le *Grand Manipulateur*, au lieu du *Prince sans visage* qui n'aura plus lieu d'être.

— Mais enfin, comment cela est-il possible ? s'énerva le vénérable Ghoram II. Vous nous parlez par énigmes, vous nous avertissez de dangers qui n'ont pas de nom... Où est la manipulation ? Soyez plus précis, à la fin !

— Je ne peux rien vous dire de plus, Votre Seigneurie, sinon que cette vérité est comme un fruit empoisonné. Y goûter revient à se damner. Mais c'est à vous de décider, je ne suis qu'un étranger.

— Très bien, c'est ce que nous allons faire, trancha Onorys VIII. Veuillez nous laisser, je vous prie, tous !, afin que nous puissions débattre sereinement... si c'est encore possible, acheva-t-il d'une voix sourde.

Nous sommes donc sortis, chevaliers-seigneurs et gardes compris. Dehors, je fus soulagé de retrouver Lizlide à qui je résumai brièvement les derniers échanges. Elle avait meilleure mine, mais restait un peu fébrile.

— Je suis désolé de t'avoir causé une telle émotion, m'excusai-je ensuite. Me pardonneras-tu ?

En guise de réponse, elle vint se blottir contre moi. Je l'enlaçai et la serrai avec tendresse. Et mon cœur se mit à battre si fort qu'elle s'en inquiéta.

— Ce n'est rien, juste une montée de sève, la rassurai-je.

J'aurais pu dire d'adrénaline, mais la sève, c'est plus parlant pour une elfe des bois...

Nous n'avons pas eu à patienter longtemps. Quelques minutes à peine plus tard, on vint nous avertir que nous pouvions regagner la tente. Nous reprîmes place dans la tribune de droite.

— A quatre voix contre deux, annonça Onorys VIII, le Conseil des frères-seigneurs a décidé d'interroger la vasque du Destin. Nous le ferons en respectant le rituel de notre royaume, l'esprit tourné vers les Ancêtres et implorant leur protection contre l'Immonde... et leur pardon, si nous nous sommes trompés, ajouta-t-il en hochant la tête.

Je fermai les yeux de consternation, et de honte, car je me sentais en partie responsable de cette funeste décision. Lizlide ne manifesta aucune réaction, mais je la sentis vivement émue. Les six souverains quittèrent leur fauteuil pour aller se placer autour de la vasque. Akys III paraissait le plus nerveux, Onorys VIII le plus anxieux. Quant aux autres, qui avaient choisi de croquer la pomme du savoir, il était évident qu'ils étaient dévorés de curiosité. Le doyen Ghoram II posa une main décharnée et veinée de bleu sur le rebord de la vasque, faisant légèrement frémir le mercure. Puis il formula une longue prière en arth-neuhm. Ensuite, il interrogea du regard, l'un après l'autre, chacun de ses homologues qui acquiescèrent. Il prononça alors dans la langue des Ancêtres la question de tous les dangers : « Qui est l'Immonde ? »

Dans un silence d'une densité extrême, nous vîmes les six frères-seigneurs se pencher au-dessus de la vasque. Durant quelques secondes, ils restèrent immobiles, tendus, concentrés. Soudain, leurs yeux s'écarquillèrent de stupeur. Effrayé, l'un d'eux saisit le bras de son voisin de droite.

— C'est impossible ! souffla Onorys VIII.

Ils échangèrent des regards, puis se mirent à discuter à voix basse en arth-neuhm. Akys III parlait plus fort que les autres, poings serrés, comme s'il argumentait avec force. Je me penchai vers Ergonthe assis à ma gauche, pour lui demander de me traduire leurs échanges.

— C'est assez confus, me murmura-t-il. Il semblerait que le généralissime soit le sujet d'une polémique.

C'est alors que nous fûmes à nouveau priés de vider les lieux :

— Sortez ! Sortez tous ! cria l'un des frères-seigneurs avec un vif mouvement de manche.

Le ton avait singulièrement changé. Et pour cause !

Plus tard, je devais apprendre que la vasque avait répondu presque à l'identique qu'à l'Immonde, dans la salle du Destin.

Une fois la question posée, les frères-seigneurs avaient observé la surface du mercure qui reflétait l'image de leur buste. Un à un, leurs visages s'étaient troublés puis assombris jusqu'à n'être plus qu'une tache de nuit. Ensuite, le buste d'Akys III s'était modifié, remplacé par celui de l'Immonde dans sa cuirasse en croûte de bitume. Le souverain des Mondes noirs portait son casque, mais à la place du masque de métal, c'est le visage du généralissime qui était apparu. Les cinq autres frères-seigneurs avaient été évincés, noyés dans un épais brouillard. Seule était demeurée, au centre de la vasque, la silhouette de l'Immonde qui désormais possédait un visage.

A l'issue des seconds conciliabules à huis clos, les frères-seigneurs prirent des décisions radicales à l'encontre d'Akys III, que nul en dehors de moi ne pouvait comprendre. Le généralissime se vit retirer l'intégralité du commandement des troupes alliées. Il fut même privé de tout pouvoir d'autorité, hormis sur son Premier écuyer et son personnel de chambre. Enfin, suprême humiliation, il reçut l'ordre de se rendre à Olsomathe où il serait assigné à résidence jusqu'à la fin de la guerre, peut-être même à tout jamais. Nous l'avons vu quitter la tente du Conseil, suivi d'une dizaine de chevaliers-seigneurs qui n'étaient plus chargés de l'escorter, mais de le garder. Je remarquai que son fourreau d'épée était vide. La colère crispait son visage et quand il passa devant nous, je ne pus m'empêcher d'éprouver une sensation d'effroi. Longtothe s'approcha pour m'interroger :

— Qu'est-ce que cela signifie ?

— Quand j'étais face à l'Immonde dans la tour du Grand Guetteur, révélai-je enfin, lorsqu'il a demandé « Qui suis-je ? » à la vasque du Destin, c'est le visage d'Akys III qui est apparu. Ce soir, la même question a obtenu la même réponse.

— Voyons, c'est ridicule. Ça n'a pas de sens !

— Sans doute que si. Les Mondes noirs ne sont que le reflet en négatif du royaume des Sept Tours. Ici vivent les elfes, là-bas les orques. Ici, prospère la vie, là-bas, c'est la mort qui règne en maître. Tant que chacun reste sur son territoire, l'équilibre est maintenu. Mais voilà, quelque chose est venu le rompre...

— Vous ? suggéra le chef litith.

— Heureusement non ! Moi, je ne suis qu'un touriste de passage, dont s'est servi l'Immonde. Ce que je crois, c'est qu'Akys III devait nourrir depuis longtemps de sombres projets. Sa nature autoritaire et conquérante ne devait pas s'accorder avec le partage du pouvoir. En somme, il voulait régner seul sur le royaume !

— Je ne puis le croire ! s'offusqua Longtothe. Le royaume des Sept Tours est dirigé par le Conseil des frères-seigneurs depuis des siècles. Jamais personne n'a eu l'audace de remettre cet ordre du monde en question, pas même en pensée.

— Pourtant, d'après ce que je sais sur la fondation de votre royaume, c'est bien d'une guerre fratricide qu'il est né*.

— Certes, mais... Continuez.

— En assombrissant son âme d'ambition négative, Akys III a trouvé un écho du côté des Mondes noirs. Il a en quelque sorte réveillé le dragon assoupi. En déclenchant une guerre, l'Immonde mettait son poulain en selle. Ensuite, Akys III aurait manœuvré pour perdre la guerre. Et, de connivence avec l'ennemi, il aurait ainsi gagné le droit de régner en maître absolu sur le royaume. Mais un

* A l'origine, les frères-seigneurs n'étaient que deux, frères de sang et jumeaux parfaits. A l'âge adulte, ils se querellèrent sur le partage du pouvoir d'un territoire pourtant immense. Borhus voulait le diriger seul au prétexte que son frère, Borham, était un incapable. Ils rassemblèrent chacun leurs partisans et se livrèrent une guerre sans merci. Borhus fut refoulé au nord, sur les terres les moins fertiles, les plus hostiles, au climat le plus rude. Ainsi naquirent les Mondes noirs. De son côté, Borham fonda un royaume dont la frontière nord était gardée par sept tours-forteresses, occupées chacune par l'un de ses fils. La légende raconte que lors d'une énième bataille entre les deux mondes, Borhus fut tué par son frère et devint un spectre, une âme errante qu'on baptisa l'Immonde.

grain de sable est venu gripper la machine à perdre : l'étranger et son fameux secret !

Je m'interrompis, songeant qu'en fait de grain de sable, j'avais été la pièce maîtresse de ce jeu, dont l'Immonde tirait les ficelles... « Tirer les ficelles, me répétais-je, et ce n'est pas encore fini ! Les marionnettes bougent toujours. » Une réplique d'Ergonthe acheva ma prise de conscience :

— Pardonnez-moi, Thédric, mais j'ai du mal à croire que l'Immonde ait lancé toutes ses troupes sur le royaume, uniquement pour venir vous chercher...

Je le dévisageai avec une expression si bouleversée qu'il crut m'avoir blessé.

— Ne le prenez pas mal, je ne fais qu'essayer de comprendre.

— Ce n'est pas ça, Ergonthe. Je viens de réaliser quelque chose... Oh, nom de Dieu ! Ce n'est pas moi que l'Immonde est venu chercher ici, sur les terres d'Isparine... c'est LUI ! C'est Akys III !

Et ils comprirent en un instant ce que cela signifiait.

Nous courâmes récupérer nos équineds, que nous poussâmes aux limites de leurs capacités pour gagner au plus vite la tente du généralissime. En principe, il ne devait faire qu'y passer pour donner ses instructions à ses valets d'armes. Evidemment, quand nous arrivâmes, il était déjà trop tard. Nous trouvâmes le camp en grand émoi. Plusieurs soldats, dont le Premier écuyer d'Akys III, gisaient dans l'herbe, certains morts, d'autres blessés auxquels on apportait les premiers soins. Le chevalier responsable de la garde du frère-seigneur déchu était en larmes et pestait contre lui-même. Sans descendre d'Armaintho (Lizlide en croupe derrière moi), je m'approchai dans l'intention de l'interroger quand Ergonthe s'écria, en pointant de l'index sur la plaine quelques fourmis galopant vers le nord :

— Là-bas, il s'enfuit !

Sous un ciel ardoise, alors que nous n'étions qu'aux prémices du crépuscule, je distinguai un cavalier tout de noir vêtu qui filait à bride abattue. Plusieurs autres le poursuivaient, distancés de quelques centaines de mètres. Au loin, les armées orques étaient encore visibles, masse noire et mouvante qui refluait lentement comme la décrue d'un fleuve. Un terrible sentiment d'échec m'envahit ; plus rien ne pourrait stopper la course du nouveau Seigneur noir. Akys III avait endossé les vêtements de l'Immonde que j'avais moi-même déposés dans sa tente, telle une offrande. Ainsi, le Grand Manipulateur finalisait-il son plan diabolique : sa peau de bitume enveloppait un corps de chair et de sang. Les orques, désemparés de n'avoir plus personne à leur tête, avaient renoncé à leur invasion. Mais voilà qu'ils allaient pouvoir revenir à l'assaut, menés cette fois par un vrai stratège de guerre...

Je fus convaincu à cet instant que la bataille d'Isparine était perdue d'avance.

40

Chez les elfes, seule la femme parle

J'étais épuisé.

J'avais participé à un conseil de guerre interminable et vain. Les frères-seigneurs, leurs conseillers et les chefs de tribu n'avaient su que se quereller et s'invectiver, sans qu'il en sorte l'esquisse d'un plan de bataille. On eût dit une assemblée de généraux incompétents à la veille de la débâcle. Les elfes, aussitôt suivis des cavaliers lititħs, avaient fini par quitter la grande tente où se tenait la réunion, sans même prendre la peine de s'excuser.

La nuit était avancée et je n'avais personnellement qu'une seule envie : dormir. J'eus plaisir à retrouver Armaintho, lui-même si heureux qu'il échappa au jeune écuyer qui me l'amenait pour venir parader devant moi. Tandis que je le calmais comme un chien joueur, Lizlide accueillait son cerf qui revenait après avoir disparu dans les bois alentour depuis le matin. Une fois en selle, nous suivîmes Longtothe et son commandement jusqu'au vaste camp des cavaliers litiths, situé derrière les collines boisées où l'artillerie lourde avait été montée. Considérant la proximité des forêts, je proposai à ma compagne de rejoindre l'un des groupes d'elfes qui s'y étaient installés. Naturellement elle refusa, ce qui curieusement me contraria, car si d'un côté son attachement pour moi me ravissait, d'un autre il m'angoissait. Cet amour était impossible, plus encore que celui de Roméo et Juliette. Et quand on sait comment la pièce de Shakespeare se termine...

Longtothe nous attribua une tente ronde d'une dizaine de mètres carrés, dont le sol était entièrement recouvert d'épaisses fourrures. En y pénétrant, je ne pus m'empêcher de penser, non sans un pincement au cœur : « Un vrai nid d'amour. » Nous nous y installâmes sans échanger un mot. Je me déshabillai, ne gardant que mon caleçon long de cavalier litith, alors que Lizlide se dénudait entièrement. J'eus beau m'efforcer de garder mon sang-froid et mes yeux dans ma poche, si je puis dire, mon sang me battait les tempes et mes poumons réclamaient plus d'oxygène. Enfin, nous nous allongeâmes, nous enveloppant voluptueusement de fourrure. Lizlide se blottit contre moi, tel un jeune animal sollicitant chaleur et protection. J'en fus profondément bouleversé. Sa peau était d'un velouté vraiment étrange. Son odeur aussi était unique, évoquant la flore de la forêt d'Emeraude. Je posai un baiser léger sur son front. Elle me regarda. Une petite lampe à influorescence accrochée au piquet central de la tente irradiait une lumière blanche, irisante, qui resplendissait dans ses yeux noirs. Sa main émergea de la fourrure pour effleurer mon visage. Je frissonnais du désir de l'embrasser à nouveau. J'en fus incapable. Un sentiment puissant m'en empêchait... ni la honte ni la pudeur, plutôt le respect. Plus sûrement avais-je la crainte de rompre le lien d'un amour si singulier et si pur.

C'est elle qui fit le premier pas.

— Pourquoi gardes-tu ton vêtement ? me demanda-t-elle.

Je rougis comme une pivoine. Avant que je balbutie une explication confuse, elle se chargea avec une infinie délicatesse de me le retirer.

— Je... c'est peut-être pas...

— Bavarde-t-on toujours autant chez toi... avant l'amour ?

Je vis une lueur d'amusement briller dans ses yeux.

– C'est parce que...

– Chut, souffla-t-elle. Chez les elfes, seule la femme parle.

Alors elle ferma les yeux et se mit à murmurer des mots dans sa langue si mélodieuse. Puis elle se laissa couler sur le dos et s'offrit... corps et âme.

Au petit matin, la clameur d'une trompe me fit tressaillir sur ma couche. C'était le réveille-matin litith. Je le maudis dans les mêmes termes que mon propre radio-réveil terrestre. Incapable encore d'ouvrir grand les yeux, je cherchai Lizlide à tâtons. Je me redressai vivement. J'étais seul. « Une fois encore, pensai-je, je serai levé le dernier. » Assis en tailleur, je me livrai ensuite au rituel immuable de remise en route de mes facultés mentales et physiques : bâiller comme un ours, me gratter comme un gorille, m'ébouriffer comme... Un souvenir surgit à ma mémoire, une extase des sens et une joie de l'âme d'une telle intensité que je me serais damné pour l'éternité, dans l'espoir de le revivre ne serait-ce qu'une fois. J'en restai hagard, jusqu'à ce qu'une autre image s'impose à ma conscience : celle d'Akys III galopant vers son futur royaume. Combien de temps fallait-il à ce seigneur, devenu ténébreux comme la mort, pour prendre en main une armée de plusieurs centaines de milliers d'orques, dont la majorité ne devait pas posséder un QI supérieur à celui d'un phacochère ? Un jour, une semaine... un mois ? Chaque jour qui passerait rendrait plus forte son emprise sur ces monstres. Et connaissant l'intelligence stratégique du personnage, il y avait fort à parier qu'il préparerait un plan de guerre dont l'efficacité serait à la mesure de sa haine. Je finis de m'ébouriffer les cheveux, puis une idée me vint comme une révélation. Excité comme si j'avais découvert le secret du génie humain, je bondis sur mes pieds, m'habillai en hâte et sortis comme une fusée. J'aperçus Ergonthe près de l'enclos à équineds, discutant avec d'autres cavaliers. Je me précipitai vers lui en criant :

— Ergonthe, je sais… je sais ce qu'il faut faire pour vaincre le Seigneur noir !

Quelques minutes plus tard, je me retrouvai sous la grande tente de Longtothe, à m'expliquer devant une cinquantaine de chefs de famille (et Lizlide, qui avait passé la seconde partie de la nuit dans la forêt, auprès des siens). D'abord, je fis remarquer que les orques connaîtraient forcément une période d'instabilité, le temps qu'ils reconnaissent en Akys leur nouveau souverain. Cette réorganisation du commandement devait être mise à profit. Je leur relatai alors comment, lors de la première phase de la Seconde Guerre mondiale, l'Allemagne avait réussi à conquérir la moitié de l'Europe.

— Une fois les hostilités engagées, expliquai-je, les adversaires restèrent face à face durant plusieurs mois, le long d'une ligne fortifiée que les Alliés croyaient infranchissable. On appela cette période la « drôle de guerre ». Et puis subitement, les Allemands passèrent à l'offensive, massivement, plaçant leurs chars lourds en avant, tels des bulldozers…

— Des bulldozers ? s'interrogea Frégainthe.

— Des sortes de phantrons mécaniques. Ils concentrèrent leur offensive sur un front réduit, de manière à enfoncer les défenses opposées, et à manœuvrer librement dans le dos de l'ennemi. En face, le commandement français fut complètement dépassé par cette tactique, si fulgurante qu'on l'appela la Blitzkrieg, *la guerre éclair*. Voilà ce qu'il faut faire, une Blitzkrieg ! Foncer sur les orques avant qu'Akys ne les contrôle totalement ! Il faut attaquer, avec toutes nos forces, phantrons lourds en tête, cavalerie lithe transformée en hachoir à viande…

Il y eut un bref débat qui s'acheva par une approbation générale. Longtothe proposa que nous nous hâtions de demander audience à Onorys VIII. Celui-ci nous reçut sur-le-champ. Il ne lui fallut pas longtemps pour comprendre ce qu'il avait à faire. Il convoqua d'urgence un conseil, durant lequel il déploya une autorité remarquable pour imposer des décisions rapides. Nous vîmes ainsi naître un nouveau généralissime, et la confiance revint. Puis il ne fut plus question que de stratégie opérationnelle et de préparatifs matériels.

A l'aube du jour suivant, la bataille suprême fut engagée !

41

La charge héroïque

Sur toute la largeur de la plaine d'Isparine (il faut imaginer une trentaine de kilomètres), le formidable rouleau compresseur allié se mit en mouvement. A l'ouest, le long de la forêt des Titans, l'avance des phantrons lourds était la plus impressionnante. Des centaines de mastodontes, pesant chacun près de vingt tonnes de muscles et d'os, marchaient par lignes de trente, flanc à flanc, de telle sorte que pas un arbuste, pas même une touffe d'herbe n'échappait à leur piétinement. Derrière chaque rang d'attaque, couraient des escadrons de piquiers chargés d'achever les orques qui auraient survécu aux broyeuses sur pattes. Les cris de ces animaux préhistoriques étaient en outre si stridents et puissants qu'ils parvenaient à couvrir les multiples trompes et cornes de guerre qui sonnaient la charge.

Au centre de la plaine, les cavaleries ouvraient la marche. La plupart, disciplinées, respectaient l'ordre du Commandement général de ne pas trop distancer l'infanterie, laquelle devait pouvoir arriver très vite en soutien, une fois le contact établi avec l'adversaire. Mais quelques unités isolées se laissèrent emporter par leur enthousiasme belliqueux. Nous les vîmes se détacher de la première ligne et foncer dans le plus grand désordre vers le nord. Nous devions les retrouver plus tard décimées jusqu'au dernier cavalier, hachées menu au sens littéral du terme. Ce fut le cas également d'une compagnie d'*Ogrites d'assaut*, créatures mi-hommes de Neandertal, mi-trolls, devenues incontrôlables. Dans leur folie suicidaire, ces bêtes de guerre massacrèrent cependant plus de dix fois leur nombre d'ennemis, essentiellement des sous-orques.

De notre côté, le contingent litith progressait à allure raisonnable, par escouades d'une centaine d'hommes, espacées les unes des autres de quelques dizaines de mètres. Si bien qu'à nous seuls, nous couvrions une bonne partie de notre couloir d'attaque du flanc est.

Les elfes n'étaient pas loin, mais beaucoup moins visibles. Conformément à leur nature sauvage et indépendante, ils progressaient par petits groupes, la plupart à pied, les autres à dos de cervidés. J'aperçus une troupe d'elfes qui m'étaient inconnus, dont la magnificence me stupéfia. Lizlide m'expliqua qu'il s'agissait d'elfes des montagnes (des neiges, aurais-je dit). Ils étaient peu nombreux, mais plus redoutables au combat que des milliers d'orques. Ils avaient pour particularité, outre leur chevelure immaculée et leur peau très claire, légèrement bleutée, de chevaucher des fauves blancs presque aussi hauts que des équineds. Proches de nos pumas, ces montures étaient à la fois rapides et souples. Lizlide me confia que les elfes des montagnes n'étaient guère appréciés de leurs cousins des forêts, en particulier à cause de leurs compagnons carnassiers qu'il fallait bien nourrir de chair.

Nous marchâmes ainsi vers le nord une bonne partie de la matinée, sans rencontrer la moindre résistance. Puis soudain, l'armée orque fut devant nous, non pas fuyante mais campée l'arme au poing. Elle couvrait les collines et les champs comme une mer d'insectes noirs. Je notai avec inquiétude qu'elle aussi disposait de nombreux phantrons lourds. Les cavaleries orques étaient aussi puissantes et féroces que les nôtres. Quant à l'infanterie sous-orque, elle dépassait en nombre tout ce que j'avais imaginé. En vérité, il ne manquait qu'une chose à ces légions des Ténèbres pour nous balayer : un commandement cohérent. Akys n'avait pas eu le temps de l'organiser, c'était évident au premier coup d'œil.

Quand nous fûmes assez près, ils attaquèrent ! A ce souvenir, la frayeur m'envahit à nouveau. J'entends encore la clameur qui s'éleva de ces dizaines de milliers de gorges, d'une puissance telle que les combattants alliés, du généralissime aux guerriers les plus primitifs, en furent terrifiés. Par bonheur, chaque corps d'armée garda son sang-froid et manœuvra conformément aux instructions qu'il avait reçues de son chef. Ainsi, les bataillons du centre formèrent un front uni, dit en mâchoire de kosh (de loup), c'est-à-dire en dents de scie, dont la première ligne était constituée de fantassins équipés de grands boucliers ovales. Cette tactique pouvait rappeler celle des légions romaines, avec leurs fameuses « tortues ». En se heurtant à ce mur défensif, les orques se retrouvèrent comprimés dans les goulots d'étranglement, se gênant les uns les autres, se bousculant et se piétinant. Des lanciers et des arbalétriers décimèrent les assaillants par centaines. Ce massacre hallucinant dura peu, car la cavalerie ennemie (orques à équined, orques-seigneurs et phantrons) passèrent à l'offensive. Je constatai avec effroi que rien ne pouvait leur résister. Longtothe donna l'ordre à ses cavaliers d'entrer dans la bataille.

— Thédric, m'interpella Ergonthe, restez près de moi, quoi qu'il arrive.

J'acquiesçai. Je n'avais aucune envie de jouer les héros, d'autant que je n'en étais pas un. J'étais étudiant ! Un simple touriste qui, un mois plus tôt, aurait sursauté en entendant claquer une porte. Je me tournai vers Lizlide et vis qu'elle avait des difficultés à maîtriser son cerf.

— Je ne peux retenir Izlide-Orbath plus longtemps, m'annonça-t-elle. Il a peur.

Je saisis ce prétexte pour tenter de la persuader de se tenir à l'écart du danger :

— Moi aussi, mais pour toi. Alors, s'il te plaît, attends-nous ici. Je te promets de ne pas trop m'exposer.

– Non. Je vais monter avec toi sur Armaintho.

– Pas question !

En un éclair, elle avait déjà sauté sur mon équined. Je me retournai pour la dévisager avec une sévérité feinte, à laquelle elle répondit par un sourire désarmant.

– Ton svilth est-il chargé ? me demanda-t-elle.

– Et comment !

Je le pris en main, mais vérifiai quand même le fonctionnement de la culasse de réarmement. Outre cette arbalète, j'étais armé de mon épée, que je dégainais désormais rapidement, et de plusieurs couteaux à ma ceinture. En guise d'armure, mes amis litiths m'avaient offert un plastron magnifique, en cuir brun rigide, assez résistant pour intercepter un carreau d'arbalète orque, à condition qu'il fût tiré à plus de vingt mètres. Ma tête était protégée par un casque à nasal, de facture simple.

J'étais donc plutôt bien équipé, ce qui aurait dû me rassurer. En vérité, je ne l'étais pas plus qu'un *chicken little* en route pour l'usine à *chicken burgers*, d'autant que je connaissais la technique d'assaut préférée des mi-orques : sauter en croupe sur les équineds, pour égorger leur cavalier par-derrière, et criant en arth-neuhm le nombre d'ennemis qu'ils avaient tués ainsi depuis le début de la bataille. Ma chance était d'avoir mes arrières couverts par une elfe qui tirait plus vite que son ombre.

– C'est à nous ! s'écria soudain Ergonthe.

Mon cœur se comprima et je sentis les mains de Lizlide se resserrer sur ma taille.

Notre compagnie s'élança sur la pente douce d'une colline, droit vers un point de la bataille où ne s'affrontaient que des combattants à équined. Sur la droite se trouvait une zone de marais peu profonds, constituée d'un chapelet de petits étangs derrière lesquels s'élevaient les très grands arbres d'une forêt particulièrement dense. De celle-ci nous parvenaient des cris et des appels de trompes, signe que les elfes s'employaient à éliminer un contingent d'orques... à moins que ce fût le contraire. Les prairies sur lesquelles nous allions nous battre étaient parsemées de pierres, qui étaient autant de pièges pour les pattes de nos montures. Les coskoths (bisons) qui normalement les pâturaient avaient déguerpi en un troupeau compact devant nous, ajoutant à la confusion générale.

Les cavaliers orques que nous devions massacrer défendaient l'aile gauche d'un gros escadron exécutant une manœuvre de regroupement. En nous apercevant, ils firent ce que nous attendions d'eux : ils s'élancèrent sur nous, l'épée brandie à la verticale à la manière des orques-seigneurs. La rencontre allait être digne d'une scène de l'*Iliade*, les dégâts de même. Autour de moi, le martèlement des pattes souples et griffues de nos équineds, parfois synchronisé comme des roulements de tambour, rythmait la charge. S'y ajoutaient les cliquetis des armes et des harnais, le souffle puissant des animaux. Un vent frais nous léchait le visage. Tout concourait à rendre cette chevauchée à la fois exaltante, terrifiante et interminable.

A quelques secondes du choc, Ergonthe me lança :

— Derrière moi ! Thédric, placez-vous derrière moi !

Je ne m'étais pas rendu compte que nous l'avions dépassé. J'ordonnai à Armaintho de ralentir un peu, ce qu'il consentit à faire tout en émettant un grognement de mécontentement. Lizlide avait ajusté une flèche à la corde de son arc. Je lâchai la bride pour épauler mon svilth. Plus aucune peur ne m'étreignait. J'étais habité par la rage, par une folie guerrière qui avait chassé tout ce qui faisait de moi un garçon raisonnable et prudent. Et pourtant, j'étais lucide, hyper lucide ! Mais seulement pour hacher menu l'adversaire.

Soudain, les Litiths poussèrent d'une seule voix un puissant cri de guerre. Puis les deux cavaleries, tels des trains lancés à pleine vitesse sur la même voie, entrèrent en collision dans une cascade d'impacts sourds et de claquements métalliques. Aucun adversaire ne semblait me prendre à partie, ce qui ne devait pas durer : à une quinzaine de mètres, un orque me fixa, tel le laser d'un missile accrochant sa cible. Soudain, il talonna son équined brun pour nous charger. Je pointai mon svilth sur lui.

— Armaintho, je vais tirer ! m'écriai-je.

Mon hippogriffe se figea comme par un sortilège. Il me restait deux secondes pour ajuster mon tir. Une... Deux... Mon carreau fusa et atteignit l'orque en plein front. Armaintho eut le réflexe remarquable de s'écarter pour éviter l'autre équined emporté par son élan. Je n'eus pas le loisir de lancer un cri de victoire. Plusieurs autres ennemis bondirent sur le petit groupe que nous avions formé, Ergonthe, Frégainthe et une dizaine de Litiths que Longtothe avait affectés à ma protection. Ferraillant avec une violence inouïe, ils nous acculèrent à un petit étang. Déjà, nous pataugions parmi des ajoncs.

— Il faut avancer ! hurla Frégainthe.

Tous nos équineds entendirent l'ordre, mais cela eut pour effet de disloquer la cohésion du groupe, et le corps à corps vira au chaos. Ainsi me retrouvai-je flanc à flanc avec un ennemi sur ma gauche combattant à l'épée avec un Litith. Je lâchai mon arbalète d'une main, pour de l'autre lui planter un poignard dans les côtes.

— Thédric, à droite ! m'avertit Lizlide.

Un orque colossal m'avait vu occire son congénère, et était résolu à me le faire payer. Je le vis se faufiler rageusement entre deux duels, frappant même un des siens pour qu'il s'écarte. Dans l'affolement, je voulus réarmer mon svilth, ce que je n'avais pas eu le temps de faire depuis mon premier exploit. Je rappelle que réarmer un tel engin exige un mouvement vif et puissant, qui ne souffre aucune approximation. Et comme je me voyais déjà décapité, j'y arrivai d'autant moins.

— Nom d'un chien, mais c'est pas vrai ! maugréai-je en m'énervant sur mon arbalète.

Il y eut un claquement de corde à hauteur de mon oreille droite. Je relevai la tête et écarquillai les yeux. L'orque était pratiquement arrivé sur nous, le sternum transpercé d'une flèche elfique, le visage crispé de stupeur. Sa monture écumante tenta de mordre Armaintho qui répliqua... sans le rater. Son cavalier s'effondra sur son cou, l'assommant à moitié.

— Il faut te maîtriser, Thédric, me conseilla Lizlide, sinon tu n'arriveras jamais à réarmer ton svilth.

— Me maîtriser, répétai-je le souffle court, je ne fais que ça ! Tu y arrives, toi ?

— Oui. Parce que je dois te protéger.

Sous-entendu, il fallait que j'arrête de penser à moi pour devenir un guerrier performant. La leçon porta ses fruits, car peu après, j'étais de nouveau prêt à expédier un ennemi en enfer.

Par la suite, la situation s'arrangea quelque peu. Je reçus deux coups perdus, sans autre conséquence que des bleus. Je parvins à blesser sérieusement un orque d'un carreau au ventre. Lizlide me sauva trois fois la mise... Puis il y eut une vraie accalmie.

Je crus alors naïvement que le plus dur de la bataille était passé. Je me trompais lourdement ! Et surtout, j'ignorais que j'allais perdre un de mes chers compagnons d'armes.

42

La fin d'un cauchemar, l'annonce du suivant

Comme surgie de nulle part, une masse énorme et grondante déboula dans notre échauffourée. Sur le coup, je crus qu'il s'agissait d'un de nos phantrons en furie, car il écrasait et renversait indifféremment Alliés et orques. Puis, je vis que son cornac était cuirassé de croûte de bitume. Avec des gestes comiques, il hurlait des ordres tout en frappant la bête de son trident. L'incident eut pour effet de faire cesser une partie des combats, chacun devant garder un œil sur le monstre pour ne pas finir en pantin sanglant.

Ergonthe se porta soudain sur ma droite et fit volte-face en hurlant :

— Gare, Thédric, derrière !

Le temps que je me retourne, un orque-seigneur était au contact et portait un coup si rude que mon ex-guide en fut désarçonné. Lizlide elle-même fut prise au débotté. Elle décocha une flèche en un temps record, mais les orques-seigneurs disposaient de capacités autrement plus performantes que les simples orques qui déjà n'en manquaient pas. Celui-là avait vu venir le tir et l'esquiva en se couchant brutalement en arrière sur sa monture. C'est ainsi que, pour la première fois, je vis Lizlide rater sa cible. L'orque-seigneur se redressa vivement et, me toisant avec cruauté, lança d'une voix sifflante :

— Tu vas mourir, étranger !

Cela me tétanisa littéralement de terreur. Je le vis brandir à la verticale sa lame ensanglantée.

— Armaintho, *loff aslatt* ! s'écria Lizlide.

Cela signifiait : « Armaintho, recule et fuis ! » En somme, « Sauve Thédric ! » Je ne maîtrisais plus rien. Prenant appui sur mon épaule, l'elfe se mit debout sur la croupe de notre équined. L'instant suivant, son épée courte en main, elle bondissait sur l'orque-seigneur.

— Lizlide ! hurlai-je.

Je tirai sur les rênes afin qu'Armaintho m'approche de ce monstre, mais son obéissance à l'ordre elfique était plus forte. Il recula au lieu d'avancer.

— Non, Armaintho ! Attaque ! Attaque !

Ces instructions contradictoires le perturbèrent. Il virevolta sur place. Du coin de l'œil, je vis que Lizlide avait réussi à se positionner à genoux dans le dos de l'orque-seigneur. Hélas, celui-ci avait saisi au poignet la main qui allait l'égorger. Ils se battaient ainsi, tandis que je perdais le sens de l'orientation. C'est alors qu'une tête noire frappa Armaintho à la gorge. Une fois, deux fois ! L'équined de l'orque-seigneur lui planta ainsi trois fois les crocs dans le cou avant que je lui décoche un trait. Le crâne transpercé de part en part, l'hippogriffe brun vacilla, puis s'abattit sur le flanc comme une masse. Dans cette chute, son cavalier eut le réflexe fatal de lâcher le bras de Lizlide pour se réceptionner. L'elfe se rétablit avant lui, changea son épée de main, et d'un mouvement circulaire aussi vif que précis lui fit perdre la tête.

Armaintho ne résista pas longtemps à ses profondes blessures. Ses jambes ployèrent d'un coup, et je me retrouvai projeté sur une herbe gorgée d'eau. En me relevant, je compris qu'il était à l'agonie. Lizlide, comme moi atterrée et horrifiée, vint s'agenouiller près de sa tête, puis elle murmura des paroles d'apaisement qui firent cesser les mouvements convulsifs de ses pattes. Je m'aperçus alors que son œil cherchait à accrocher mon visage. Mais je restais paralysé d'impuissance et de douleur. Quand il ferma les yeux au seuil de la mort, je parvins enfin à surmonter ma léthargie pour me rapprocher de lui, le caresser et le remercier en pensée. Je perdais un merveilleux compagnon d'aventure, et même beaucoup plus puisque aujourd'hui encore son souvenir me hante, comme celui d'un être cher dont on ne parvient pas à faire le deuil.

Ergonthe, qui avait été blessé au bras droit, nous rejoignit à pied, son équined le suivant de près.

— La bataille n'est pas terminée, lâcha-t-il, le visage crispé de douleur. Mais nous devons nous éloigner et remonter vers l'arrière. Par la forêt, nous serons moins vulnérables.

— Et Armaintho ? m'écriai-je.

— Plus tard, si l'issue de la bataille le permet, nous reviendrons lui rendre hommage.

C'est ainsi que, sans discuter, nous abandonnâmes mon équined qui mourut dans l'instant même.

Nous venions à peine de franchir la lisière du bois, quand la plaine résonna du son de nombreux cors au timbre grave.

— Qu'est-ce qui se passe ? demandai-je en me retournant.

Ergonthe, surpris, s'immobilisa.

— Ce sont des trompes orques.

Ce cornement impressionnant parut s'éterniser, puis brusquement le silence revint.

— Ils vont reculer, annonça Lizlide.

— Tu veux dire battre en retraite ? m'étonnai-je.

— Je ne sais pas, mais c'était un appel à cesser le combat.

— Continuons, recommanda Ergonthe, nous saurons bientôt ce qu'il en est.

Effectivement, dès que nous eûmes retrouvé au sommet de la colline le commandement litith, nous constatâmes que la bataille avait pour ainsi dire cessé. Aussi loin que portait notre regard, les orques refluaient vers le nord, selon une tactique surprenante mais efficace. Ils protégeaient leur repli en laissant sur place une ligne de combattants sous-orques chargés de s'opposer à toute tentative de poursuite, et ce en se sacrifiant jusqu'au dernier. Nous ne nous éternisâmes pas sur ce spectacle sanglant, car Ergonthe avait besoin d'être soigné et aucun de nous n'avait le cœur à crier victoire.

Après dix jours d'une guerre se soldant par le massacre de milliers de sous-orques et une reprise du terrain perdu, Onorys VIII décida de rapatrier l'ensemble de l'armée alliée sur la plaine d'Isparine. L'ennemi avait quasiment achevé sa retraite derrière le mur d'Akré. Il conserva cependant une tête de pont qu'il fut impossible de lui reprendre : la tour du Grand Guetteur et quelques dizaines d'hectares autour. Son chef fit clore en un temps record cette conquête d'apparence mineure par une muraille crénelée. Nous apprîmes aussi qu'Akys III s'était rebaptisé Akhal, un nom plus adéquat à son nouveau statut de Seigneur noir, et qu'il avait installé ses quartiers dans sa tour où il comptait demeurer telle une épine empoisonnée plantée dans le dos du royaume des Sept Tours. De là, il préparerait sa prochaine guerre qui, d'après les frères-seigneurs, ne commencerait pas avant une ou deux années.

Une paix précaire s'instaura donc, durant laquelle la population du comté d'Isparine put retrouver ses foyers. De nombreux bataillons furent démobilisés et les elfes regagnèrent leurs territoires paradisiaques. Longtothe retourna en sa capitale, Osthonde. Ergonthe et Frégainthe, parce que j'avais émis le souhait de ne pas les quitter, eurent la délicatesse d'installer un camp non loin de la forêt d'Emeraude, me promettant d'y demeurer jusqu'à ce que je décide de reprendre en main les rênes de mon destin. De son côté, Lizlide retrouva les siens. Je fus admis dans sa communauté avec bienveillance, au début. Car il devint plus évident à chacune de mes visites, par la distance courtoise que tous me témoignaient, qu'ils étaient impatients de me voir rentrer chez moi. Il est vrai qu'ils avaient du mal à comprendre l'étrange relation que j'entretenais avec Lizlide. Quand j'arrivais, elle me sautait au cou. Nous disparaissions des journées entières, parcourant la forêt ou la campagne à dos de cerf. Quand la pluie nous surprenait, nous nous blottissions l'un contre l'autre sous un sapin ou dans une grotte. Lorsque le soleil resplendissait, nous allions nager nus dans des étangs ou nous inonder de volupté sous des cascades cristallines. Quand venait le moment de se séparer, c'était le déchirement, la rupture brutale et injuste d'un bonheur rare et pur.

Je dois reconnaître que, paradoxalement, ces parenthèses enchantées me devenaient de plus en plus douloureuses, justement parce qu'elles s'achevaient immanquablement par un chagrin, et le constat toujours plus insupportable qu'il m'était impossible de vivre un amour « humain » avec une créature qui ne l'était pas tout à fait (peut-être devrais-je dire qui l'était autrement, comme un ange ou une extraterrestre).

Et puis vint le jour où l'on annonça que l'imaginoport allait rouvrir, permettant enfin aux étrangers de rentrer chez eux. Onorys VIII tint à me l'apprendre en personne. Il me convoqua pour cela en sa tour des Vaillants, une incroyable forteresse baroque, constituée de centaines de tours et de tourelles en pierre verte ! L'entrevue fut agrémentée d'un banquet en mon honneur, un banquet de remerciement et... d'adieu ! Pourtant, jamais je n'avais manifesté le désir de repartir. J'ai craint un moment que ce fût pour mes nouveaux amis un moyen de me faire comprendre que je ne devais pas m'incruster chez eux. La vérité, c'est qu'aucun n'aurait imaginé que je choisisse de rester vivre dans le royaume. Mon « vrai » monde représentait pour eux une sorte de paradis, de réalité supérieure, d'autant plus fantasmée que son accès leur était impossible. Que je pusse y renoncer leur paraissait aussi inconcevable que pour un équined se convertir au régime crétois. Et pourtant, l'idée de retrouver Paris et ses encombrements, mes cours de droit et les prochains examens, me révulsait.

Il fallait pourtant bien que je me résigne.

Deux jours passèrent. Moroses, angoissants, interminables malgré les chevauchées endiablées dans lesquelles m'entraînèrent Ergonthe et Frégainthe. Il faut préciser que Lizlide avait disparu, laissant à l'un de ses semblables le soin de m'expliquer qu'un elfe éprouvé par un grand chagrin s'isolait jusqu'à ce que la souffrance s'estompe... ou que la mort l'emporte. Je m'étais préparé à ce que les dernières heures de mon séjour soient pénibles ; elles furent cauchemardesques, au point que je faillis annuler mon transfert. Ergonthe trouva les mots pour me faire comprendre qu'une telle décision ne ferait qu'aggraver les tourments de Lizlide.

– Elle peut encore survivre à votre séparation, argumenta-t-il alors que nous attendions dans le hall de l'imaginoport l'appel à l'embarquement. Si vous restiez, non seulement vous ne la reverriez certainement pas, mais de surcroît, apprenant que vous avez renoncé à suivre votre destin, elle s'en rendrait responsable, ce qui la tuerait encore plus sûrement que votre départ.

J'acquiesçai avec tristesse. J'avais retrouvé mon jean et mon pull de laine synthétique vert bouteille. Je me sentais ridicule dans cet accoutrement. J'avais même l'impression, en considérant les deux cavaliers litiths, que j'avais rapetissé.

– Bon, soupirai-je la gorge serrée, les meilleures choses ont une fin. Je reviendrai. C'est une promesse, à défaut d'être une certitude.

Il y eut un long silence. C'est alors que je vis Frégainthe se fendre d'un large sourire, comme s'il apercevait un ami du côté de la baie vitrée à laquelle je tournai le dos. Jetant un regard par-dessus mon épaule, j'aperçus une silhouette à longue chevelure fauve, montée sur un cerf aux immenses bois en berceau, qui se tenait de profil derrière les vitres. Parfaitement immobile, l'ovale clair de ce visage tourné vers nous et ces grands yeux sombres nous contemplant... évidemment, c'était elle !

Mon esprit s'envola vers Lizlide, mais mon corps demeura sur place, figé d'émotion.

— Eh bien, Blogarthe, allez-y ! m'incita Frégainthe.

L'entendre m'appeler par mon nom litith acheva de faire chavirer mon cœur. Les larmes aux yeux, je marchai vers mon amour elfique. A peine eus-je franchi les portes coulissantes qu'elle sauta d'Izlide-Orbath et se précipita dans mes bras. Nous sommes restés un long moment ainsi enlacés, puis elle se détacha pour m'implorer :

— Thédric, promets-moi que tu suivras toujours ta voie.

Au comble de l'affliction, je ne sus que répondre. Dans ma conception bêtement humaine de l'amour, je me serais plutôt attendu à ce qu'elle me supplie de ne pas l'oublier, et de revenir un jour. C'était mon destin qui la préoccupait...

— Je ne t'oublierai jamais, tu sais, dis-je, un peu gauchement.

— Ce n'est pas ce qui doit te préoccuper, répondit-elle sans cesser de me fixer.

Et dans son regard, je lus de l'apaisement. Une voix d'hôtesse numérique résonna dans l'imaginoport, mais je n'y prêtai pas attention.

— Je suis aussi venue te dire que je surmonterai toutes mes souffrances après ton départ, reprit-elle. Pour toi, parce qu'elles ne doivent pas troubler ta propre vie. Et puis... (elle baissa les yeux) parce que deux cœurs qui s'aiment ne sont jamais séparés.

— Je le sais.

— Nous nous retrouverons aussi souvent que nous le voudrons, dans nos rêves, déclara-t-elle avec un sourire radieux.

Je faillis répondre que rien ne remplacerait sa présence physique, que rien ne me serait plus difficile à supporter que de ne plus serrer son corps contre le mien... L'appel se renouvela dans le hall, me ravissant opportunément la parole. Ergonthe vint m'avertir que je n'avais plus de temps. Je pris le visage de Lizlide entre mes mains et l'embrassai, les yeux fermés, m'imprégnant pour la dernière fois et pour toujours de la douceur de ses lèvres et de l'étrangeté de son parfum boisé.

Déchiré jusqu'à la nausée, je tournai les talons et courus avec les Litiths vers l'escalier d'embarquement. Les adieux avec eux furent également poignants, mais plus brefs et surtout sans une parole. En haut de la passerelle, une hôtesse souriante m'accueillit. Je disparus dans le corridor menant au complexe de transfert. Mon périple au royaume des Sept Tours prenait fin.

Rien, jamais, ne serait plus comme avant.

Epilogue

Le moins qu'on puisse dire, c'est que je ne garderai pas un bon souvenir de mon retour à la maison. Déjà, dans la cabine de transfert, alors que les passagers chantaient et riaient de bon cœur, je luttai contre une épouvantable envie de vomir. Ensuite, il y eut l'accueil à l'arrivée. Les premiers étrangers de retour du royaume des Sept Tours avaient largement eu le temps de raconter aux médias les circonstances qui avaient entraîné l'arrêt brutal des liaisons avec la Terre. Aussi, quand je franchis la porte de débarquement de l'imaginoport de Paris, une horde d'agités armés de micros et de caméras m'attendait dans le hall. J'étais livide, le corps humide de sueur froide, un mouchoir sur la bouche. Qu'importe ! Je fus assailli de questions, giflé par les flashs des appareils photo, bousculé, pour un peu piétiné... et finalement sauvé par un malaise. On me transporta dans une salle où l'on m'allongea sur un divan. Une infirmière aux mains douces me tamponna le front, puis j'eus droit à une boisson revigorante.

Après une heure de tranquillité, des officiels en costume vinrent m'annoncer que les « autorités internationales seraient intéressées par mon témoignage sur les événements qui avaient secoué le royaume ces dernières semaines »... « Dès que j'aurais un moment », finirent-ils quand même par préciser. Je me souvins soudain de quelque chose. Je me redressai sur la banquette, me tâtai le buste, puis souris en sentant du côté de mon cœur mon carnet numérique. Dans sa mémoire holographique, j'avais entreposé pas loin de quinze cents clichés et clips vidéo. Cela me donna une idée : rédiger un carnet de voyage, un *Carnet de voyage extraordinaire* ! Et comme il faudrait bien y adjoindre des commentaires, des descriptions, des portraits... je décidai d'écrire un récit complet et précis de mon excursion « sensations fortes », comme un roman.

— Si vous m'accordez un peu de temps, déclarai-je à ces messieurs, je vous rédigerai le compte rendu de mes aventures.

— Très bien, approuva l'un d'eux. Pardonnez-moi, *un peu* comment, le temps qu'on doit vous accorder ?

— Disons... six mois.

Ce fut à leur tour de verdir.

C'est avec ce beau projet que je regagnai mon petit appartement de la rue Mouffetard. Je m'accordai ensuite une semaine de repos chez mes parents en Auvergne, où il me fut quand même bien difficile de me faire oublier des médias et des curieux de tout poil. De retour à Paris, je me laissai encore trois jours d'atterrissage en douceur. Ce furent des heures actives de visionnage et d'écriture, mais aussi de difficiles moments de nostalgie. Lizlide occupait mes pensées non seulement le jour, mais aussi la nuit...

Et puis il fallut bien que je retourne à mes études.

Ce matin-là, mon réveil me tira de la forêt d'Emeraude en me faisant sursauter... comme avant. Je me levai, bougon. Je me préparai, grognon. Je partis à la fac, cafardeux. Et je retrouvai mes profs et mes cours... profondément déprimé.

Savez-vous ce que j'ai fait ? Je me suis enfui ! Je me suis évadé, sans me retourner, comme si j'avais eu un dragon noir aux trousses. Et j'ai repris l'écriture de mon *Carnet de voyage extraordinaire*. Fort de ma notoriété de héros du royaume des Sept Tours (puisque l'affaire avait fait grand bruit dans les médias), et usant des relations qu'elle m'avait permis d'obtenir, j'ai pris l'initiative de contacter l'Agence internationale de surveillance et de gestion des relations avec les infinimondes de l'imaginaire.

Et j'ai été embauché !

Désormais, je suis un explorateur de l'imaginaire, un vrai ! Pas un touriste ! Je suis officiellement mandaté pour rendre compte d'événements, plus ou moins graves, agitant les infinimondes. On me confie aussi l'exploration de contrées récemment découvertes. Entre deux voyages, je me repose... dans la forêt d'Emeraude.

J'ai respecté ma promesse à Lizlide ; j'ai suivi la voie de mon destin. Et je suis revenu à elle, quoi qu'en pensent les elfes, les hommes, les bêtes, les arbres ou la Lune !

Table

Composition et mise en page

NORD COMPO
multimédia

« Loi n° 49-956 du 16 juillet 1949 sur les publications destinées à la jeunesse. »

Cet ouvrage a été imprimé
par **Bussière**
à Saint-Amand-Montrond (Cher)
pour le compte des Éditions Plon

Achevé d'imprimer en septembre 2006.

N° d'édition : 14061. — N° d'impression : 063422/1.
Dépôt légal : octobre 2006.
Imprimé en France